杨雨说词

杨雨 著

YangYu Shuo Ci

第二卷 宋

上海教育出版社

目录

目录

宋

鹤冲天（黄金榜上）	柳永	3
雨霖铃（寒蝉凄切）	柳永	12
蝶恋花（伫倚危楼风细细）	柳永	20
望海潮（东南形胜）	柳永	28
苏幕遮（碧云天）	范仲淹	36
渔家傲（塞下秋来风景异）	范仲淹	44
天仙子（《水调》数声持酒听）	张先	53
一丛花令（伤高怀远几时穷）	张先	61
破阵子·春景（燕子来时新社）	晏殊	69
浣溪沙（一曲新词酒一杯）	晏殊	76
山亭柳·赠歌者（家住西秦）	晏殊	84
浪淘沙（把酒祝东风）	欧阳修	92
朝中措·送刘仲原甫出守维扬（平山栏槛倚晴空）	欧阳修	102
采桑子（群芳过后西湖好）	欧阳修	110

生查子·元夕（去年元夜时）	欧阳修	118
桂枝香·金陵怀古（登临送目）	王安石	125
临江仙（梦后楼台高锁）	晏几道	134
鹧鸪天（彩袖殷勤捧玉钟）	晏几道	143
望江南·超然台作（春未老）	苏轼	151
江城子（十年生死两茫茫）	苏轼	160
江城子·密州出猎（老夫聊发少年狂）	苏轼	167
水调歌头（明月几时有）	苏轼	175
浣溪沙（簌簌衣巾落枣花）	苏轼	184
卜算子（缺月挂疏桐）	苏轼	193
浣溪沙（山下兰芽短浸溪）	苏轼	203
定风波（莫听穿林打叶声）	苏轼	211
念奴娇·赤壁怀古（大江东去）	苏轼	218
水龙吟（似花还似非花）	苏轼	227
临江仙（夜饮东坡醒复醉）	苏轼	235
定风波（常羡人间琢玉郎）	苏轼	244
蝶恋花（花褪残红青杏小）	苏轼	252

宋

宋

鹤冲天

柳永

黄金榜上,偶失龙头望。明代暂遗贤,如何向?未遂风云便,争不恣狂荡。何须论得丧。才子词人,自是白衣卿相。　烟花巷陌,依约丹青屏障。幸有意中人,堪寻访。且恁偎红翠,风流事、平生畅。青春都一饷。忍把浮名,换了浅斟低唱。

柳永是唐宋词史上很特别的一位词人,看到"很特别"这个形容,你可能要不屑一顾地"切——"一下了,因为"很特别"这个词实在是太广泛了,每个一流词人一定都会有他特别的地方,有的特别高雅,例如晏殊;有的特别旷达,例如苏轼;有的特别沉痛,例如李煜;有的特别深情,例如纳兰性德;有的特别沉郁顿挫,例如蒋春霖……

那柳永又有什么特别之处呢?在我看来,他是一个特别有故事的词人。当然,有故事的词人也很多,甚至很多词人的故事都富有传奇色彩,像苏轼,一生跌宕起伏,发生在他身上的故事数也数不清。

但柳永不同,发生在他身上的所有故事,几乎全部都与词有关。

换句话说,在唐宋词坛上那些大名鼎鼎的词人中,其实没有几个是真正意义上的专业词人,或者更准确地说,没有一个是职业词人。像唐代的白居易、刘禹锡,五代的李煜、冯延巳,宋代的晏殊、欧阳修、苏轼、辛弃疾,清代的纳兰性德、顾太清……对于这些词人来说,填词,不是他们最重要的专业,更不是他们赖以谋生的职业。填词,对绝大多数词人来说,只是相当于一个业余爱好而已。而柳永,可以说是一流大词人当中第一个职业词人,流传至今关于他的所有传奇经历,无论是荣耀的、委屈的,几乎全都和词有关。

这首《鹤冲天》可以说奠定了柳永职业词人的身份,标志着柳永成为词史上第一位职业词人的命运转折——尽管对于柳永而言,这样的命运转折实在是出于迫不得已的无奈。

当然了,写这首词的时候,柳永还不是柳永,那个时候,他的名字还是柳三变。

《鹤冲天》这个词牌还有一个名字叫作《喜迁莺》。《诗经·小雅·伐木》中说:"伐木丁丁,鸟鸣嘤嘤。出自幽谷,迁于乔木。"后人就以"莺迁"作为乔迁之喜的祝贺之辞,比如白居易就写过这样的诗句:"桂折应同树,莺迁各异年。"(《东都冬日会诸同年宴郑家林亭》)诗人将"莺迁"和"桂折"并提,比喻在科举考试当中一举及第。晚唐词人韦庄写的两首《喜迁莺》都是吟咏进士及第的喜悦,而且词中还出现了"争看鹤冲天"的句子,用"鹤冲天"来代指进士及第,一飞冲天,因此《喜迁莺》又被叫作《鹤冲天》。

虽然词牌名和词的主题内容并不需要有直接的关系,但柳三变的

宋

这首《鹤冲天》确实是讲他的科举经历。只不过他写的不是进士及第之喜，而是哀叹名落孙山之悲。所以他一开始很是幽怨地感慨了一番："黄金榜上，偶失龙头望。明代暂遗贤，如何向？"

"黄金榜上"，就是我们通常所说的金榜题名了。关于"金榜题名"这个词的来历，还有一个小故事。根据《玄怪录》的记载，有个叫崔绍的人进了冥府之后，判官把他带到一处瓦廊下，廊下又有一座小楼，判官引着他进了门。崔绍发现，楼里的墙壁上都是金榜、银榜和长铁榜，各个榜上都写满了名字。金榜上写的都是将相的名字，将相以下的贵人被列入银榜，至于各州、府、县的官员都被列入长铁榜。而且在三类榜上题名的人，都必须是在世的人，人一旦去世，名字也就从榜上除去。因此后世就将考试及第称为金榜题名。

柳三变一开始就说"黄金榜上，偶失龙头望"，是指自己考试落第，没有金榜题名。唐宋人称状元为"龙头"，因为状元是名列榜首的那个人。例如梁颢的《及第诗》就是这样写的："也知少年登科好，争奈龙头属老成。"也是用"龙头"代指状元。

"黄金榜上，偶失龙头望。明代暂遗贤，如何向？"这里的"明代"，指圣明的朝代。柳三变虽然考试落第，心里满是委屈，可他总不能公然怪罪皇帝不懂得慧眼识英才，因此他才委婉地说，虽然这是一个圣明的时代，可再圣明的时代也偶尔会有那么一两个贤才遗落民间啊，这又能埋怨谁呢？

"未遂风云便，争不恣狂荡。何须论得丧。才子词人，自是白衣卿相。"所谓"未遂风云便"就是指运气不好，没赶上好机会的意思。既然考场失意，那还不如尽情放纵，潇洒走一回，又何必斤斤计较人生道

路上的成败得失呢?"才子词人,自是白衣卿相。"才子词人,在这里当然是柳三变的自称了,可见柳三变虽然考试落第,他的自信心并没有受到致命打击,他不认为自己的失败是因为能力不够,只是机会不好而已。虽然他还只是一介平民百姓,那也是"白衣卿相",也就是穿着布衣的卿相。虽然没有卿相的官爵头衔,可是自己的才干,比起朝堂上那些衣冠楚楚的大夫卿相来,一点都不逊色。

古人穿着的衣裳服色是和官职、身份密切挂钩的,绝对不能混搭。比如平民百姓或者是地位低微的小吏,没有功名,没有正式官职,就只能穿白色的衣服。当然穿什么颜色代表什么官职,根据朝代不同会有一些变化。以唐代为例,三品以上的文武官员穿紫色,四品穿深红色,五品穿浅红色,六品穿深绿色,七品为浅绿色,八品服深青色,九品服浅青色。后代常常以"着绯"表示当了中级以上的官员,也就是五品以上,在古代,这就算是成功人士的象征了。例如白居易刚刚当上五品官员的时候,就写了一首诗给他的好朋友元稹:"那知垂白日,始是着绯年。"(《初着绯戏赠元九》)

这样看来"自是白衣卿相",表面上看似乎是柳三变的超级自信,认为自己身负卿相之才,应该是穿紫色官服的那一类人物才对,再不济也至少可以"着绯",可是没想到考了半天,至今还是一介白衣,老天真是瞎了眼,命运何其不公啊!

"黄金榜上,偶失龙头望。明代暂遗贤,如何向?未遂风云便,争不恣狂荡。何须论得丧。才子词人,自是白衣卿相。"词的上阕看上去内容挺丰富,其实柳三变只说了一件事:"我没考上!"

柳三变大约生于987年,第一次考进士具体是哪一年已经不得而

宋

知,可以肯定的是,他考了不止一次,而且是屡战屡败,直到景祐元年(1034)才最终考中进士,这一年他大约是将近五十岁的人了。

这首《鹤冲天》应该是写于他第一次考试失败之后,因为"黄金榜上,偶失龙头望",一个"偶"字,说明写这首词的时候,他还没有屡屡失败的体验,他还抱着一种侥幸的心理,认为偶尔的一次考试失利不过是运气不好而已。而且第一次经历的偶然性失败,并不能完全摧毁一个青年人的豪情壮志,因此这首词虽有很明显的怨气,但依然不失青年人的豪气,他还能够豪迈地宣称:"未遂风云便,争不恣狂荡。何须论得丧。才子词人,自是白衣卿相。"

正是因为带着年轻人这种不服输的狂傲之气,词的下阕就进一步将这种狂放不羁的情绪发挥到了极致:"烟花巷陌,依约丹青屏障。幸有意中人,堪寻访。且恁偎红翠,风流事、平生畅。""烟花巷陌"当然是指歌儿舞女聚居的秦楼楚馆了,"丹青屏障"是指色彩艳丽的屏风,其实也是对秦楼楚馆香艳之地的含蓄描绘。既然在考场上失意了,年轻的风流才子转而去寻求爱情的安慰。"幸有意中人,堪寻访。"还好,他在考场上没有得到考官的赏识,可是在笙歌艳舞的烟花巷陌里,他找到了音乐上和情感上的知音。

更重要的是,柳三变甚至发自内心地觉得,自己和歌女们的命运是相似的,他在考场上是一个沦落失意的读书人,歌女们也是不得已而沦落风尘。宋代著名歌妓严蕊就曾经写过一首《卜算子》,感叹自己身不由己的悲惨命运:

不是爱风尘,似被前身误。花落花开自有时,总是东君主。去也终须去,住也如何住。若得山花插满头,莫问奴归处。

像严蕊这样才貌双全的歌女在唐宋时代并不少见,那时的歌女们,往往经受过非常严格的训练,尤其是那些在同行中出类拔萃的歌女,一般都具有三大基本素质。

首先,当然是美丽妖娆的容貌身姿,善解人意的温柔性情。

其次,就是能歌善舞的才艺。比起美貌,多才多艺才是歌女们真正的"必杀技"。

最后,更高素养的歌女还必须具有与士大夫文人酬唱机变的才华。时代尚诗,则歌女们往往都能写诗;时代尚词,则歌女们往往都能填词。关于歌女这一群体对文化的贡献,有学者评价"唐宋元诗妓,词妓,曲妓,多如过江之鲫",那时候的歌女"不但为当时文人墨客之腻友,且为赞助时代文化学术之功臣"。(王书奴《中国娼妓史》)

歌女们的文学修养和多才多艺的禀赋,使得她们比一般的女子更能赢得文人才子在精神上的共鸣。也就是说,文人和歌女们有话说,聊得来,更容易找到共同语言,甚至还极有可能产生情感上的依恋乃至产生爱情。

无独有偶,不仅仅是中国的古代有这样的文化现象,恩格斯在谈到古代雅典的艺妓时,也充分肯定了她们对文化的贡献。恩格斯说:"斯巴达的妇女和一部分优秀的雅典艺妓,在希腊,是受古人尊崇并认为她们的言行是值得记载的唯一的妇女。"(《家庭私有制和国家的起源》)

也许正是因为沦落在烟花巷陌的歌女们具备这样全面的文艺素养,柳三变才会在这里找到他情感上的慰藉,这种感情,颇有一种"同是天涯沦落人"的惺惺相惜。"幸有意中人,堪寻访。且恁偎红翠,风宋

流事、平生畅。青春都一饷。忍把浮名,换了浅斟低唱。"你们那些朝廷官员看不上我没关系,幸好我还有自己的意中人,能够懂我惜我怜我,可以陪着我挥霍我的青春。既然你们不要我,那我也不要这"浮名"了,何必为五斗米折腰呢?青春那么短暂,转瞬即逝,还不如陪着心爱的女子"浅斟低唱"来得痛快呢!

"青春都一饷。忍把浮名,换了浅斟低唱。"我们现在再来听柳三变的这一番青春宣言,其实心里都明白,这不过是一个考场失利的年轻学子的一时气话、糊涂话,当不得真。如果柳三变真的甘心把对功名事业的追求,都"换了浅斟低唱"的话,那后来也不会再屡败屡战,直到年近半百才终于考中进士了。从他这种对科举考试的执着来看,他的内心深处,是把对功名的追求放在至关重要的位置的。

我在开头的时候说过,这首《鹤冲天》一向被看作是改变柳三变命运的一首词,这又是怎么一回事呢?北宋末年的严有翼写了一本《艺苑雌黄》,言之凿凿地讲了一个故事。

据说当年柳三变在词坛上已经才名卓著,因此就有人向宋仁宗推荐他,没想到宋仁宗一听柳三变这个名字,就很不屑地说:"就是那个爱填词的柳三变吗?那就让他去填词呗,求啥官啊?"这柳三变也是绝,既然已经被皇帝嫌弃了,他干脆就"破罐子破摔",皇帝不是要我去"浅斟低唱"吗?于是从此之后他每写一首词,落款的地方都要写上"奉圣旨填词柳三变"。

这样看来,这首《鹤冲天》是不是标志着柳永的命运转折呢?他从一个热衷于功名事业的青年学子,就这样转型成了一名职业词人。

严有翼写了这个故事之后影响很大,此后这个故事不断地被添油加醋,又形成了不同的版本,而且细节越来越具体。例如还有人说宋仁宗这个皇帝特别注重儒雅的文化风气,很讨厌那种浮艳虚薄的文字,可是柳三变写的那些艳情词早已名扬四海,尤其是《鹤冲天》这首词惹怒了宋仁宗:这个柳三变,还好意思说什么"明代暂遗贤",明明是你自己不好好学习没考上,为什么要怪我们选拔人才没眼光,偏偏遗漏了你呢?而且居然还写了"忍把浮名,换了浅斟低唱"这样轻浮的句子,太没出息了。结果,等到柳永再次参加考试临到要放榜的时候,宋仁宗看到榜上居然有柳三变的名字,就很生气,于是御笔一挥,亲自将他的名字划掉,一边划还一边批评说:"且去浅斟低唱,何要浮名?"正因为柳三变这个名字被宋仁宗特别关注了,柳三变不得已改名为柳永,景祐元年才终于考中进士,又历经波折才终于谋得一官半职。

这个故事编得相当精彩,尤其是联系到柳永一生的考场经历和仕宦经历,更让我们愿意相信这个故事的真实性。但这个故事其实是经不起推敲的,因为有一个很大的漏洞。什么漏洞呢?时间对不上号。为什么这么说呢?因为宋仁宗登基的时候才十三岁,根据先帝宋真宗的遗诏,由刘太后垂帘听政。直到十一年后刘太后驾崩,宋仁宗才正式亲政,而柳永恰恰是宋仁宗亲政的第一年也就是景祐元年(1034)进士及第的。为了显示自己的宽仁,宋仁宗亲政的第一年还特意下诏说,他非常怜悯那些贫寒士子或者多年考试不中的读书人,因此他规定,凡是年纪超过五十岁、多次考进士不第的学子,哪怕是这次考试不及格,也应该给他们破例录取的机会。柳三变正是在这一年考中进士的。

这样看来,宋仁宗不仅不是柳三变功名道路上的绊脚石,反而是

宋

他生命中的贵人。他此前在考场和职场上的沦落失意,应该是在宋真宗和刘太后执政的时期。所以,要是宋仁宗看到后人编排他和柳永的故事,编得这么有鼻子有眼的,他肯定会气得直嚷嚷:"这锅我不背!"

既然"奉旨填词柳三变"这个故事的真实性值得怀疑,那么"柳三变"这个名字到底是什么时候、什么原因才改成"柳永"的呢?根据当代学者薛瑞生先生的推测,应该是在他中晚年的时候因为生病的原因,为了图个吉利才改名为柳永,字耆卿。永就是永年、长寿的意思;耆,就是耆老。耆卿就是年老而且身份尊贵的人了。

黄金榜上,偶失龙头望。明代暂遗贤,如何向?未遂风云便,争不恣狂荡。何须论得丧。才子词人,自是白衣卿相。　烟花巷陌,依约丹青屏障。幸有意中人,堪寻访。且恁偎红翠,风流事、平生畅。青春都一饷。忍把浮名,换了浅斟低唱。

读完了这首象征着柳永命运改变的词,下一讲,我们该一起来欣赏职业词人柳永的代表作——《雨霖铃》了。

【拓展阅读】

陈匪石《声执》:

柳永高浑处、清劲处、沉雄处、体会入微处,皆非他人屐齿所到。且慢词于宋,蔚为大国。自有三变,格调始成。

雨霖铃

柳永

寒蝉凄切,对长亭晚,骤雨初歇。都门帐饮无绪,留恋处、兰舟催发。执手相看泪眼,竟无语凝噎。念去去、千里烟波,暮霭沉沉楚天阔。　　多情自古伤离别,更那堪、冷落清秋节!今宵酒醒何处?杨柳岸、晓风残月。此去经年,应是良辰好景虚设。便纵有千种风情,更与何人说!

在中国古典诗词中,秋天实在是一个非常重要的季节。春夏秋冬四季,如果要按诗词与季节关联的重要性排序的话,我个人以为秋天应该排在第一,春天当排第二,冬天排第三,夏天排第四。当然,我这样的排序并没有什么科学依据,只是凭借多年阅读诗词的直觉经验,从数量和质量上得出的一种感性认知而已。文人创作的诗词,无论是从数量上的庞大,还是从质量上的突出而言,悲秋诗词似乎都显得尤其出类拔萃。柳永的这首《雨霖铃》无疑是悲秋词中的翘楚。

宋

对于柳永的词,历史上的评价褒贬不一,而所有关于柳永词褒贬的争议,归结到一点,就是柳永词到底是雅还是俗的问题。批评柳永词俗的人,以李清照为代表,认为柳永的作品"词语尘下",登不得大雅之堂,"俚俗"几乎是历代公认的对柳永词的评价。但柳永粉丝的力量也相当强大,有两个很著名的小故事,可以看出柳永粉丝对他的忠诚度。

一个故事发生在北宋末年。当时有一位叫作刘季高的侍郎,有一次吃饭的时候大家偶然谈起流行歌曲,自然就会说到流行歌坛的巨星级人物柳永。刘季高显然是很看不起柳永的,"力诋柳耆卿",拼命诋毁柳永,"旁若无人"。这时候有一位老人家实在是听不下去了,默默地起身,去拿了纸和笔过来,跪在刘季高面前说:"先生说柳永的词写得那么差,那么,能否请您自己写一首给我们看看呢?"刘季高无言以对,突然就醒悟过来,如果在大庭广众之下要有所臧否,说话一定要慎重,一个不留神就有可能自取其辱。

还有一个小故事也发生在宋朝,而且这个故事和这首《雨霖铃》关系更为直接。《宋人轶事汇编》记载,在邢州开元寺里有个法号为法明的和尚,为人放荡不羁,像济公和尚一样不忌酒肉,每次喝到酩酊大醉的时候就一个劲儿地唱柳永的词,所以乡里乡亲们都不待见他。平时如果有人请法明和尚去吃斋他肯定不去,如果有人请他喝酒那他一定欣然参加,喝到高兴处依然是必唱几首柳永的词。几十年下来都是如此,大家都把他看成"风和尚"。有一天,"风和尚"突然对庙里的其他和尚说:"我明天就要圆寂了,你们都不要出门,看看我是怎么往生极乐世界的。"和尚们都笑话他:"你在痴人说梦吧?"

第二天一早,法明和尚穿戴整齐,把和尚们都召集到一起,说:"我走啦,走之前最后给你们留下一首诗吧。"和尚们都惊讶得竖起了耳朵仔细听,只听法明大声朗诵道:"平生醉里颠蹶,醉里却有分别。今宵酒醒何处?杨柳岸晓风残月。"朗诵完盘腿而坐,从容圆寂了。众和尚这才知道法明原来真的是一个异人。

看来,这个众人眼中的"风和尚"的的确确是柳永的知音,而"风和尚"留在这个世界上的最后两句话,就是柳永代表作《雨霖铃》中最经典的名句:"今宵酒醒何处?杨柳岸、晓风残月。"不光是这个"风和尚"终生为此痴迷,古往今来,不知有多少人倾倒在这优美的词句之下,柳永还因此赢得了一个雅号"晓风残月柳三变"。甚至当日苏轼想和柳永在流行歌坛上争个高下,他的幕客就以"杨柳岸、晓风残月"代表柳永的婉约词风,而以"大江东去"代表苏轼的豪放词风,连苏轼也不得不对柳永的才情表示服气。

那么,这首为柳永赢得千古词名的《雨霖铃》究竟好在哪里呢?

我归纳了这首词的三大魅力。其一,忧伤婉转的曲调旋律;其二,萧瑟凄美的孟秋景致;其三,依依不舍的离情别绪。

我们先来看看忧伤婉转的曲调旋律。

《雨霖铃》这个曲调的创制始于唐玄宗。安史之乱爆发后,唐玄宗李隆基在惊慌失措中,携最钟爱的贵妃杨玉环仓皇出逃,扈从他一起出逃的还有皇子皇孙、平素最亲近的王公大臣以及禁卫军等,其中也包括了宰相杨国忠。

杨国忠是杨贵妃的堂兄,贵妃得宠后,杨氏一族荣耀无比,杨国忠更是位至宰相,深得唐玄宗信任。安禄山正是趁着唐玄宗糊涂、杨国宋

忠专权、唐朝国内民怨沸腾的时机大举南侵,打的便是"清君侧"的旗号,也就是借口诛杀祸国殃民的杨国忠,夺取李唐的天下。

跟随唐玄宗逃难的军士一路上怨声载道,他们不敢直接指责皇帝,便把满腹仇恨和牢骚都发泄在杨国忠身上。当唐玄宗一行逃到马嵬坡(今陕西兴平)时,兵变终于发生:士兵们追杀了杨国忠,并且认为杨国忠已死,他的堂妹杨贵妃也不宜再侍奉在唐玄宗身边。因为一旦天下平定,杨贵妃重新得势,她势必会为杨国忠报仇,那这些将士的身家性命都得不到保障。因此,军士们杀掉杨国忠后,立即包围了唐玄宗休息的驿站,逼迫皇上赐死杨贵妃。

在孤注一掷集体哗变的兵士们面前,唐玄宗完全没有了皇帝的尊严。这位亲手缔造了开元盛世的大唐皇帝,到头来却保护不了一个心爱的女人。杨贵妃含着眼泪,一步一回头,被几个侍卫"保护"着来到佛堂,三尺白绫,一代国色天香的美人,就此香消玉殒。

这一幕惊心动魄的政变过程被白居易记录在了《长恨歌》中:"渔阳鼙鼓动地来,惊破霓裳羽衣曲。九重城阙烟尘生,千乘万骑西南行。翠华摇摇行复止,西出都门百余里。六军不发无奈何,宛转蛾眉马前死。花钿委地无人收,翠翘金雀玉搔头。君王掩面救不得,回看血泪相和流。"

贵妃缢死,军士们果然安静下来,继续护持唐玄宗直到成都。后来太子李亨即位,尊唐玄宗为太上皇。随着洛阳、长安相继被收复,唐玄宗终于可以从成都返回长安。当时正逢雨季,一路上雨淅淅沥沥下个不停,风雨敲打在车架的铜铃上,与山间的风雨声遥相呼应,丁零丁零,断断续续,仿佛是凄凄切切地诉说着什么。唐玄宗坐在车里,这一

路的颠沛流离,担惊受怕,还有痛失贵妃的哀伤一齐涌上心头,一首哀婉忧伤的乐曲流淌过唐玄宗备受摧残的内心。于是,著名的《雨淋铃》就这样诞生了。

唐玄宗原本就是高明的音乐家,当年他和杨贵妃创制了不少美妙的乐曲。如今,这一曲《雨淋铃》成了唐玄宗寄托对杨贵妃无限思念的载体。回到长安之后,唐玄宗召来筚篥演奏家张野狐为他吹奏《雨淋铃》。唐玄宗的余生,便是在悼念杨贵妃的哀伤情绪中度过的。

后来,《雨淋铃》成为重要的词牌名,又被称作《雨霖铃》。由此看来,虽然唐宋时代《雨霖铃》是怎么演奏、怎么歌唱的我们已经很难知晓,但可以肯定的是,《雨霖铃》常常用来表达离别相思之情,旋律的凄婉忧伤是可想而知的。而所有以《雨霖铃》为调名的词作中,显然柳永的作品是最杰出、最被人所熟悉的一首。

我们再来看看柳永这首《雨霖铃》是如何描写萧瑟凄美的孟秋景致的。

"寒蝉凄切,对长亭晚,骤雨初歇。"第一个出现的意象"寒蝉凄切",并非付诸视觉而是一种听觉感受。寒蝉是典型的孟秋意象。《礼记·月令》里说:"孟秋之月……白露降,寒蝉鸣。"一声寒蝉,本已点染出一派萧瑟凄凉的孟秋景象了,又怎么再经得起一番秋雨骤降呢?俗话说一场秋雨一场寒,雨停了,天却更冷了。这本来只是季节变化的自然表征,可是从离别在即的行人看来,寒蝉、秋雨,这样的凄清寒冷,怎一个愁字了得!

在告别的长亭里,听寒蝉鸣,看秋雨落,饮离别酒,离情别绪已经浓烈得让人难以承受了。可就在此时,催促启程的吆喝声再一次毫不

宋

留情地响起:"都门帐饮无绪,留恋处、兰舟催发。"都门是指都城汴京的城门,古人往往在城郊张设帷帐,宴饮饯别,这里当然是指长亭送别。柳永即将告别京城,也告别他所爱的人,再丰盛的宴席,再香醇的美酒,也不可能让他像往常一样豪兴满怀,因为他所有的情绪此刻全部专注于他的恋人身上了。

一边是无限留恋,一边是连声催发,词人真恨不得那场秋雨一直下,一直下,他才有足够的借口一直留,一直留。但"骤雨初歇"之后,他必将面临"兰舟催发",无论怎么耽搁淹留,离别的时刻终究近在眼前了。

"执手相看泪眼,竟无语凝噎。"这两句直写离人,写得空前绝后的好!泪眼相看,无语凝噎,这是伤感到极致之后的至情至性之语。我始终认为,真正的伤心,不是捶胸顿足,不是号啕大哭,不是喋喋不休的诉说,而只是泪眼相看,无语凝噎。黯然神伤,有千言万语想要倾诉,但所有的语言全挤在嗓子眼,想争先恐后地全都蹦出来,最终却是一个字也说不出来,那才是真正伤心到了极致。

当"相看泪眼""无语凝噎"将离别的情绪直接推送到最高点的时候,柳永却忽然宕开一笔,上片以风景作结:"念去去、千里烟波,暮霭沉沉楚天阔。"不忍离别却终究要转身离去,无论是对远行之人,还是对送行之人来说,此去天遥水阔,再见实在太渺茫。远行的船只渐行渐远,消失在黄昏的沉沉云雾中,而伫立在长亭边的送行人,孤独的身影也终究被隐没在越来越浓的夜色之中。

"念去去、千里烟波,暮霭沉沉楚天阔。"请特别留意"念去去"这三个字。这三个字都是去声,也就是第四声。去声字的运用对诗词的

起承转合往往有至关重要的作用,就像清代人万树在《词律发凡》中所说的那样:"名词转折跌宕处,多用去声,何也?上、入可作平,去则独异。当用去者,非去则激不起。""念去去"三个去声字连用,营造了一种非常激切发越的情绪,使得前面的"执手相看泪眼,竟无语凝噎"的静态画面突起波澜。因为"相看泪眼""无语凝噎"已是伤心的极致,再用任何抒情的语言也难以超越,故而接下来两句柳永不再直接抒情,而改用写景的方式,貌似是让情感稍有平复,但"念去去"三个去声字的领起,直把情绪又推向了新的高潮。"念去去、千里烟波,暮霭沉沉楚天阔",看似写景,实则是持续的抒情。

"寒蝉凄切,对长亭晚,骤雨初歇。都门帐饮无绪,留恋处、兰舟催发。执手相看泪眼,竟无语凝噎。念去去、千里烟波,暮霭沉沉楚天阔。"上片是直写离别,离别的场景写到这里,该说的话也都说尽了。下片则另辟蹊径,才刚刚离别,又开始推想离别之后的相思苦恨了。

"多情自古伤离别,更那堪、冷落清秋节!"下片先是泛写,离别之情自古就有,并非"我"所独有;清秋时节自古堪悲,也并非唯"我"独悲。甚至古人还说:"秋之为言愁也。"(《礼记·乡饮酒义》)还有人将"愁"字拆分开来解释:"愁者,秋心也。"看来悲秋之愁几乎是中国古典诗词逃不过的宿命了。

既然悲秋与离别之愁非"我"独有,那属于"我"的独特感触又在哪里呢?"今宵酒醒何处?杨柳岸、晓风残月。"这两句就是柳永的妙笔独创了。以设想"今宵酒醒何处"的问句激起情绪,以"杨柳岸、晓风残月"的实景作为回答,一虚一实之间,又遥遥呼应了上片写离别之时"都门帐饮"的意脉,章法结构浑然天成。当词人今夜酒醒梦回之

宋

时,船儿漂向何处已不重要,没有了爱人的温暖陪伴,无论是漂到哪里他都毫不关心了。他只感受到依依的杨柳、清寒的晓风,一弯残月孤悬空中,景色的清冷交织着相思的愁绪,令人愁肠百结。

正是这种无从排遣的愁绪,才顺理成章推出了最后几句至情之语:"此去经年,应是良辰好景虚设。便纵有千种风情,更与何人说!"经年,就是多年的意思。从此一别,年复一年,美景依旧,可是没有你,风景再美,又有何意义?又能与谁分享?

寒蝉凄切,对长亭晚,骤雨初歇。都门帐饮无绪,留恋处、兰舟催发。执手相看泪眼,竟无语凝噎。念去去、千里烟波,暮霭沉沉楚天阔。　多情自古伤离别,更那堪、冷落清秋节!今宵酒醒何处?杨柳岸、晓风残月。此去经年,应是良辰好景虚设。便纵有千种风情,更与何人说!

一曲忧伤的《雨霖铃》就这样被柳永演绎得荡气回肠,从离别之前的依依不舍,写到离别之时的痛断肝肠,再写到离别之后的后会无期、孤独凄凉。一场景,一段情,人生如醒醒醉醉,情景是虚虚实实,读起来你是不是也会觉得余味无穷、声情逼人呢?

【拓展阅读】

王世贞《艺苑卮言》:

"今宵酒醒何处?杨柳岸、晓风残月"与秦少游"酒醒处,残阳乱鸦",同一景事,而柳犹胜。

蝶恋花

柳永

伫倚危楼风细细,望极春愁,黯黯生天际。草色烟光残照里,无言谁会凭阑意。　　拟把疏狂图一醉,对酒当歌,强乐还无味。衣带渐宽终不悔,为伊消得人憔悴。

柳永这首《蝶恋花》在词史上相当有名,尤其是"衣带渐宽终不悔,为伊消得人憔悴"两句是被引用频率极高的金句,连眼光特别挑剔的王国维也给予这首词很高的评价。王国维在《人间词话》中曾引用这两句词,认为人生要成就一番大事业,必须经过三种境界:第一种境界是"昨夜西风凋碧树,独上高楼,望尽天涯路";第二种境界是"衣带渐宽终不悔,为伊消得人憔悴";第三种境界便是"众里寻他千百度,蓦然回首,那人却在灯火阑珊处"。第二种境界就出自柳永的这首《蝶恋花》,表达的是在追求理想过程中必须要有一种持之以恒、执着无悔的品格。而且王国维又说,从古至今,能够达到第三种境界的人实在太宋

罕见了,只要达到第二种境界,也就是"衣带渐宽终不悔,为伊消得人憔悴",就可以成为一世名家。的确,如果一个人能够一辈子无怨无悔,执着追求一个理想,即使你并没有抱着非得成名的念头,但也会成为某个领域里的精英。

那么,柳永的这首词怎么会被王国维看上,成为王国维版"成功学"的必经之路呢?我们不妨先来仔细品读一下这首《蝶恋花》。

"伫倚危楼风细细,望极春愁,黯黯生天际。"词一开篇,视野就非常开阔,"危楼"就是高楼。李白写过一首很有名的诗:"危楼高百尺,手可摘星辰。不敢高声语,恐惊天上人。"(《夜宿山寺》)这"危楼"已经是高耸入云,几乎可以和天上的神仙促膝谈心了。当然李白向来擅长夸张,说站在危楼上都不敢大声说话,怕惊扰了天上的神仙,这是很有想象力的表达。但"危楼"确实就是指又高又陡的楼。"伫倚危楼风细细",站在这么高的楼上,感受着春天细微的和风拂面而过,宽大的衣袖随风飘扬,很有那种飘飘欲仙的画面感。而且这幅画面并不是稍纵即逝,而是保持了相当长的一段时间。因为"伫倚"就是长时间斜倚的意思。

那么,词人在高楼上站了那么久,到底看到了什么呢?又是怎样别致的风景,吸引了他长时间的逗留呢?

"望极春愁,黯黯生天际。"柳永的笔法确实奇特,他在高楼上站了那么久,按道理,四周的景色一览无遗,可是他偏偏不告诉我们他到底看到了什么,因为此时此刻的他,不管看到了什么,都可以用一个字来概括,那就是——"愁"。

"望极春愁,黯黯生天际。"他放眼望去,什么风景都没看到,只看

到了一望无边的春愁。这就是我们曾经讲到过的移情作用了,并不是春天的景色天生就带着一种愁情,而是因为词人自己满怀愁绪,所以他看一切景物就都沾染上了悲愁的感觉。而且,他之所以要"望极春愁",就是想登上高楼,看得更远一点,站得高才看得远,他希望在视线的尽头会出现一点聊堪安慰的景致。可是,"黯黯生天际",他的这种"企图"还是落空了,因为哪怕是在视线的最远处,也依然是苍茫一片的悲哀。

愁生天际,越努力、越悲伤,这真是一往情深之语!

"草色烟光残照里,无言谁会凭阑意。"词人这一"伫倚",一不小心就站到了傍晚:日暮时分,夕阳斜照,萋萋芳草,蒙蒙烟雾,朦胧凄迷的景色更突出了词人独倚高楼的孤寂之感,又有谁能体会他此时此刻内心奔涌的情绪呢?

"伫倚危楼风细细,望极春愁,黯黯生天际。草色烟光残照里,无言谁会凭阑意。"伫倚以至日暮,望极而尽天际,这都不是一个薄情之人会去做的事情。上片几句,在情景交融之中,一位痴情之人的形象呼之欲出。

上片写因情深而生愁,下片转入因愁极而欲消愁。"拟把疏狂图一醉,对酒当歌,强乐还无味。衣带渐宽终不悔。为伊消得人憔悴。"词人消愁的手段是什么呢?

当然是酒!曹操不就说过"对酒当歌,人生几何。譬如朝露,去日苦多。慨当以慷,忧思难忘。何以解忧?唯有杜康"(《短歌行》),所以柳永也说,要对酒当歌啊,何必沉溺在悲伤当中不能自拔呢?他也要"拟把疏狂图一醉",疏狂,就是豪放不羁的意思。白居易的《代书

宋

诗一百韵寄微之》就写过"疏狂属年少,闲散为官卑"。年少之人性格往往不受拘束,狂放不羁,而官职低微的人往往没啥大事儿可做,生活比较闲散。当柳永豪迈地宣称要一醉方休的时候,他也确实这么做了。

可是一醉真能解千愁吗?当然不能,抽刀断水水更流,举杯销愁愁更愁啊!"对酒当歌,强乐还无味。"强作欢颜,强打精神,强装豪迈,酒醒之后只会觉得更加索然寡味,会觉得更加空虚无聊。显然,词人想要借酒浇愁的努力再一次宣告失败。于是,词人真正的信念直到这时才浮出水面:"衣带渐宽终不悔,为伊消得人憔悴。"为了心中的那个她,哪怕再消瘦,哪怕再憔悴,哪怕再孤独,那都是值得的,也是一生无怨无悔的。

"衣带渐宽"既是化用了《古诗十九首》中的"相去日已远,衣带日已缓",也暗含了沈约因病消瘦而衣带渐宽的感叹。"沈腰消瘦"的典故在讲李煜《破阵子》的时候已经详细解释过,这里不再重复。

"为伊消得人憔悴",消得,是值得的意思。"值得"真是一个很了不起的词,人生一世,要经历太多的事,也要遭遇太多的坎坷不平,付出努力却不一定有预期的回报。无论结果如何,如果最终都能坦然说一句"值得",那该是一件多不容易的事。

人的一生,到底有多少理想,是值得你无怨无悔地付出,不求回报,不问结果的呢?"衣带渐宽终不悔,为伊消得人憔悴。"在这首词当中,词人无怨无悔付出的对象就是他的爱情,为了他心里的那个她。他所有的惆怅,所有的孤独,所有的悲愁,所有的振作,都只是因为有个她。为了她,所付出的一切努力,所经受的一切苦难,都是值得的!

有人说,"为伊消得人憔悴"看上去是痴情之语,但更是大彻大悟之语,这样强烈到决绝的表达方式,和冯延巳的"不辞镜里朱颜瘦",和屈原《离骚》中的"虽九死其犹未悔"的精神是何等一致。追求爱情是这样,追求理想又何尝不是这样呢?无论理想有多高远,无论追求理想的过程有多艰难,有多痛苦,如果始终不放弃,那么,这个追求的过程,其实已经散发出无限光华,已经赋予了人生极致的意义。

"衣带渐宽终不悔,为伊消得人憔悴。"能够写出这样兼具人生哲理和宗教情怀的句子,柳永,到底是一个怎样的词人?他的一生,又到底经历了怎样的痛苦和曲折呢?

柳永,崇安(今福建武夷山)人,原名三变,字景庄,后来改名为永,字耆卿。排行第七,人称"柳七",他的词集名为《乐章集》。关于柳永的家世、生平资料,史书上的记载非常有限,大致应生活在北宋太宗雍熙四年(987)至仁宗至和二年(1055)之间。柳永出生在一个官宦书香世家,他的父亲柳宜原是南唐监察御史,入宋以后历任雷泽令、全州通判、国子博士等职。柳三变有三兄弟,其兄三复、三接都有才名,时称"柳氏三绝"。但大概在他很小的时候父亲就去世了,因此他的青少年时期生活比较艰难。

成年之后,柳永在考场上也很不顺利,直到仁宗景祐元年(1034)才考上进士,仕途上更是屡屡碰壁,一生奔波在一些低级官吏的位置上,最高曾经官至屯田员外郎,所以世称"柳屯田"。正因为一生落魄,在官场上始终不得志,柳永干脆就将主要精力全部都放在了填词作曲上,他迅速成长为那个时代最有名的流行乐坛音乐制作人,也可以说是词坛上第一位职业词人。他甚至还专门为歌手写词来赚

宋

取生活费。他的词,有很大一部分是带着商业性质的,目的是要赢得更多的"文化消费者"。

如果说,词坛也有国际巨星的话,那么柳永堪称那个时代的"国际柳",他的词不仅传到了西北边疆,"凡有井水饮处即能歌柳词",再偏僻的地方,只要有人住,就有人在唱柳永的词。他的词还传到了高丽,当地人都疯狂地崇拜他。甚至直到清朝的时候,朝鲜人第一次见到纳兰性德的词,非常惊喜,他们夸奖纳兰性德的词时说:"谁料晓风残月后,而今重见柳屯田。"没想到这么多年之后,还能见到一位写词写得像柳永一样好的词人。

怎么样?"国际柳"名不虚传吧。

在当时,那些流行歌坛上的歌手们,更是疯狂地追逐着柳永,想尽办法要打听到柳永的行踪,希望能够求得他原创的词、曲。因为只要是柳永写的词或者谱的曲,"一经品题,声价十倍"。歌手们为了提高自己的名气,都千方百计要成为柳永作品的原唱歌手。最有意思的是,别人去秦楼楚馆听歌女唱歌是要付费的,可是柳永去听歌不但不要付费,歌女们还争相出高价请他赐歌。正是从这个角度,我才说柳永是真正意义上的职业词人。

我记得有一回看湖南卫视的《歌手2017》节目,有一位著名歌手叫林志炫,他有一次唱了方文山作词的《烟花易冷》。唱完之后,他就开始对方文山表白。他说他之所以选择翻唱《烟花易冷》,而且唱得很努力很认真,就是想让方文山听到,并且能够注意到他,也专门为他写一首歌。后来有一次,我和方文山一起做一档诗词节目,我问他:"你给林志炫写歌了吗?"方文山回答说:"写啦,我们现在就在合作

当中。"

词人和原唱歌手的珠联璧合,大概就是一个职业词人和职业歌手最大的向往吧。

柳永名气这么大,难免就有人不服气,苏轼就是其中一位。苏轼平时也填词,自我感觉相当不错。一天,苏轼问他的幕士,也就是秘书:"你倒说说看,我和柳永相比,到底谁的词写得更好?"

领导这么直截了当地发问,秘书很为难:说实话吧,得罪领导;不说实话吧,违背自己的良心。好在苏轼身边的秘书也不会笨到哪里去,他略一思索,便回答:"柳永的词嘛,只适合十七八岁的女孩子,拿着红牙拍板,唱一唱'杨柳岸、晓风残月';而学士您的词啊,那得要威猛雄壮的关西大汉,豪迈高歌'大江东去'啊。"

苏轼一听,忍不住哈哈大笑。这个秘书,表面上说苏轼和柳永的词各有千秋:一个气势豪放,一个气质婉约。可事实上,宋代流行乐坛基本上都是女性歌手的天下,男性歌手根本没有市场。苏轼的词虽然写得大气磅礴,雄壮豪迈,可惜就是少了点宋词那种特有的柔美,更不适合女性歌手去演唱,而且经常还不合音律,老跑调。所以,表面上这个聪明的秘书好像是在表扬苏轼,实质上是在委婉讽刺他的领导:"您的词啊,写是写得好,可就是没法交给女歌手去演唱,实在流行不起来啊!"说白了,秘书的言外之意就是:苏学士,您就死心了吧,您怎么能跟柳永比呢!

当然了,即使是被自己的秘书讽刺,即使比不上柳永在流行乐坛上的影响力,洒脱大气的苏轼也不会真往心里去。毕竟,苏轼的成功是全能型的成功,而柳永的成功,却只是在流行乐坛上的成功。

宋

柳永去世之后，每年清明节歌女们都会成群结队地去给柳永扫墓，在他墓前唱他写的歌，这种一年一度的春季"露天演唱会"被美名为"吊柳会"。柳永在官场上的失意，在歌坛上全都赢了回来。官场上的得意不是衡量成功的唯一标准，柳永在流行乐坛上赢得的超高人气，完全可以说是另类的成功。

伫倚危楼风细细，望极春愁，黯黯生天际。草色烟光残照里，无言谁会凭阑意。　　拟把疏狂图一醉，对酒当歌，强乐还无味。衣带渐宽终不悔，为伊消得人憔悴。

当柳永独自伫倚危楼，感受着人生道路上的孤独，感受着追求过程的艰难的时候，无论最终成功与否，他都会心存感激。因为在漫漫人生路上，曾经有过那么一个人，曾经有过一种理想，值得自己无怨无悔地付出，他会感激自己曾经那么努力过。而我们，也会感激柳永，为我们留下了那么多值得深深品味的文字。"衣带渐宽终不悔，为伊消得人憔悴。"那是我们每一个人都应该追求的人生境界。

望海潮

柳永

东南形胜,三吴都会,钱塘自古繁华。烟柳画桥,风帘翠幕,参差十万人家。云树绕堤沙。怒涛卷霜雪,天堑无涯。市列珠玑,户盈罗绮竞豪奢。　　重湖叠巘清嘉。有三秋桂子,十里荷花。羌管弄晴,菱歌泛夜,嬉嬉钓叟莲娃。千骑拥高牙。乘醉听箫鼓,吟赏烟霞。异日图将好景,归去凤池夸。

北宋有两大著名城市——开封和杭州。如果想要知道京城开封有多繁华富庶,那最好去欣赏张择端的名画《清明上河图》;如果想要知道江南的杭州有多繁华富庶,那最好去欣赏柳永的著名词作《望海潮》。

在柳永之前,唐宋文人词大多描写女性容貌和男女爱情,而且多以小令为主。而柳永一生仕途不得志,其全部才华几乎都倾注于词,不仅创造了不少新的曲调,其词也被视为婉约正宗。他大力发展了长

宋

调慢词,将羁旅行役、城市风光等题材引入词中,扩大了词的境界,这首《望海潮》即是这类代表作之一。

这首词的逻辑结构非常清晰:首先是给杭州来个GPS地理定位和历史定位:"东南形胜,三吴都会,钱塘自古繁华。"杭州地处东南,在北宋属于两浙路,是东南最重要的城市之一。三吴指吴兴郡、吴郡、会稽郡,泛指今江苏南部和浙江的部分地区。杭州的邻居城市苏州也属于两浙路,为吴郡。钱塘,本来是指钱塘县,这里是从俗以钱塘代指杭州。

精确定位之后,柳永就开始直接描绘北宋时期的杭州到底有多繁华了:"烟柳画桥,风帘翠幕,参差十万人家。"你看,桥不是普通的桥,是"画桥",也就是有图画装饰的桥梁。杭州的桥不仅美而且多,根据宋代人周密《武林旧事》的记载,苏轼在元祐年间担任杭州太守的时候,筑有苏公堤,从南到北,横截湖面,夹道遍种花柳,其中间有六桥九亭。书中还记下了六桥的名称,例如第一桥名映波,第二桥名锁澜,第五桥名东浦,第六桥名跨虹。六桥之外,还有数不清的小桥,例如西泠桥、涵碧桥、黄山桥、石函桥、行春桥等,当然也包括我们最熟悉的断桥。

"参差十万人家","参差"这个词用得尤其形象。杭州依山傍水,依山的建筑高低不齐,像《西湖老人繁胜录》就有这样的描述:"回头看城内山上,人家层层叠叠,观宇楼台,参差如花落仙宫。""十万人家"当然只是泛指,事实上,杭州当时的常住人口远远不止十万户,但"十万人家"已经足够让我们认定这是一个人口众多、熙熙攘攘的大城市了。

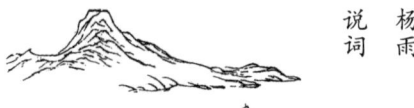

说完人口,就该说说杭州的自然环境了。"云树绕堤沙。怒涛卷霜雪,天堑无涯。""堤"当然是指西湖上的白堤、小新堤等,后来苏轼还修筑了苏堤,因为堤边往往多沙路,所以词中才会说"云树绕堤沙"。至于"怒涛卷霜雪,天堑无涯",毫无疑问是指壮观的钱塘潮了。钱塘江水面壮阔,仿佛"天堑无涯",而钱塘潮堪称天下之奇观,中秋节前后是欣赏钱塘潮的最佳时机。

据《梦粱录》记载,每年农历八月,是钱塘江潮水最盛的时候,从八月十一日开始,去观潮的人流就络绎不绝,"倾城而出,车马纷纷",一直到八月二十日才渐渐减少。苏轼曾写过《咏中秋观夜潮》诗,提到了中秋节观潮的热闹场面:"万人鼓噪骇吴侬,犹似浮江老阿童。欲识潮头高几许,越山浑在浪花中。"站在岸上远远观潮还嫌不够刺激,更有不怕死的弄潮儿成群结队迎着潮头溯水而上,以此来互相炫耀自己的胆量和好水性。据说每到这个时候,总是有当地数百名弄潮儿,披发文身,手里举着十面大彩旗,迎潮而上,出没于鲸波万仞之中,而彩旗居然一点都没有被潮水沾湿。弄潮儿就以此来互相比赛看谁的水性最好。

当然了,这是属于专业技能,绝对不可以随便模仿。我们今天去观赏钱塘潮,一定要注意站在绝对安全的地带,否则一个潮头卷来,那真是躲都躲不掉,太危险了!

宋朝的时候其实也是这样,除了这些专业技能超群的弄潮儿之外,大部分观潮的人都是远远地欣赏就好。方圆十余里,一眼望去,满眼都是珠翠罗绮,闪闪发亮。车水马龙,堵得个水泄不通。每次读到宋人这样的记载,我就不由得联想到现在的黄金周假期,每到这样的宋

假期,电视新闻里总会出现高速公路上堵成一条长龙的实况,各大旅游景点人山人海,挤爆了的场面给人的印象实在是太震撼了。

旅游的盛况其实从侧面说明了一个问题,那就是:有钱。只有基本生活需求得到了满足,人们才有闲钱去旅游。宋代是这样,当代也是这样。那么当年的杭州人到底有多富裕呢?听听柳永的描述吧:"市列珠玑,户盈罗绮竞豪奢。"

说实话,我觉得柳永在这里是运用了文学的夸张,就好比有人告诉你,到某某地方去吧,那里遍地都是黄金!那你可千万别相信,因为这样的话一定是夸张。"市列珠玑""户盈罗绮",说的是杭州的集市上到处陈列着珠宝金玉,光彩夺目,家家户户都有堆积如山的昂贵丝绸。看来杭州人不仅有钱,而且还爱炫富。

词的上片写到这里,一个繁华富庶的杭州就生动地呈现在我们眼前了:"东南形胜,三吴都会,钱塘自古繁华。烟柳画桥,风帘翠幕,参差十万人家。云树绕堤沙。怒涛卷霜雪,天堑无涯。市列珠玑,户盈罗绮竞豪奢。"

在柳永的笔下,杭州不仅占尽天时地利,还是一个富得流油的城市。虽然杭州确实很美很繁华很富裕,但像柳永这样的描述明显还是夸张的成分居多。文学作品里的夸张手法尽管很常用,不过柳永对杭州的这一番狠狠的夸奖,其实是另有目的的。那么,柳永的真实目的是什么呢?

原来,这首《望海潮》是一首投赠词,是柳永专门写了要呈献给一个人的。这个重要人物,就是杭州太守孙沔。

既然是写给杭州的太守,那么柳永如此卖力地赞美杭州,其真实

目的当然就是卖力地奉承杭州太守了。事情的原委是这样的:

北宋皇祐五年(1053)四月,孙沔来到了杭州。孙沔是一个文武双全的能臣,不但军功累累,而且对文学音乐都颇有造诣,尤其喜欢欣赏宋朝盛行的流行歌曲——宋词。因此孙沔一到杭州,就有人投其所好,向他透露了一个重要信息:西湖边有一位歌唱技艺绝佳的女歌手名叫楚楚。有幸听过楚楚唱歌的人都说:听楚楚一曲清歌,余音绕梁,可以使人三月不知肉味。

从此,楚楚就成了孙沔府上的座上宾,凡是有重要的宴会或客人到访,孙沔必派人邀请楚楚盛装出席,为大家歌舞助兴。楚楚美妙的歌声成了孙市长府上的保留节目。

这年中秋节,清风朗月,丹桂飘香,孙沔府上自然又是一番热闹,宴席到半酣之时,孙沔照例邀请楚楚清歌一曲以飨嘉宾。只见盛装打扮的楚楚今日越发显得娇美,她怀抱琵琶,略一施礼,便坐了下来,不慌不忙地说道:"今日为孙大人和诸位贵人献唱一曲新歌——《望海潮》。"

楚楚的歌声一如既往的美妙动听,可今天孙沔却更被歌词的内容所吸引,而且他越是仔细揣摩歌词的内容,越是心花怒放:这首词看似句句都在赞美杭州风景,实则都是在歌颂他这位太守的政绩,而且还暗含祝愿他不久就要高升回朝的意思。那么,从哪里可以看出,这首词还暗含了预祝孙沔高升回朝的意思呢?我们再来看看这首《望海潮》的下阕:

重湖叠巘清嘉。有三秋桂子,十里荷花。羌管弄晴,菱歌泛夜,嬉嬉钓叟莲娃。千骑拥高牙。乘醉听箫鼓,吟赏烟霞。异日图将好景,

宋

归去凤池夸。

下阕起句即点出西湖的景色,"重湖"说的是几个湖堤将西湖分隔成了里湖和外湖,"叠巘"是指重重叠叠的大山小山。"重湖叠巘清嘉"是描述湖山全景。"三秋桂子""十里荷花"是概括西湖的四季风光,秋天的桂花、夏天的荷花,都是美不胜收的景致。

"羌管弄晴,菱歌泛夜,嬉嬉钓叟莲娃。"这几句是刻画人与自然的和谐,昼夜笙歌的游人,悠闲的钓鱼老翁和采莲的调皮小孩,把西湖点缀得热闹无比,柳永从各个角度勾勒出西湖的如画美景。这一系列的铺垫,都是为了推出柳永的终极目的,那就是"千骑拥高牙"的杭州太守孙沔。

因为孙沔是杭州最高行政长官,"牙"指的是以象牙作为装饰的大旗,牙旗是只有高官才能使用的标志。"千骑"则是簇拥在大旗周围浩浩荡荡的随从。在杭州游西湖的人,谁还能有这样的气派呢?当然只有杭州太守孙沔了。

用"千骑拥高牙"一句作为过渡,《望海潮》从概述杭州美景,最终落实到杭州的灵魂人物孙沔身上,接下来就都是对孙市长的祝颂之词了:"乘醉听箫鼓,吟赏烟霞。"这是形容孙市长大摆筵席,一边欣赏西湖烟霞绚烂的美景,一边奏乐听歌的潇洒风度。孙市长为什么可以过得这么潇洒呢?当然是因为杭州城市如此富足,百姓生活如此幸福,这是任何地方官都梦寐以求的政绩。"异日图将好景,归去凤池夸。"等将来有朝一日,杭州太守孙沔高升再回京城朝廷的时候,就可以向皇帝和满朝文武大臣好好夸耀一番他治理杭州的可喜面貌了。

凤池即凤凰池,是中书省所在地,因此唐宋时代往往以凤池代指

宰相。孙市长是何等聪明的人物,虽然《望海潮》是一首以前从没听过的新歌,但楚楚这么一唱,他马上判断出来,这首《望海潮》必定是专为自己而写。

于是,等楚楚唱完,孙沔就发问了:"楚楚,今日这首《望海潮》果然不同凡响,但与你平日演唱的风格颇有不同。敢问这首歌出自何人之手?"

楚楚一听孙沔发问了,便款款起身施礼,答道:"回孙大人,此《望海潮》填词、作曲都是柳七。"

"柳七?"孙沔迅速地在记忆中搜索着这个名字,"你说的是排行第七、词名卓著的柳永柳七郎?"

"正是。柳七郎听说大人帅杭州,特意从苏州赶过来想谒见大人。可是孙府门禁森严,柳七郎恨无门路可通,就专为孙大人创作了这首《望海潮》,还特意找到楚楚,嘱咐我在中秋晚宴上为大人演唱。若蒙大人垂询,但说作词者乃柳七即可。"

孙沔一听,立即命令家人赶紧去迎接柳永上座,两人畅叙旧情,尽欢而散。

原来,孙沔比柳永小十来岁。三十多年前孙沔还未曾发达之时,曾和柳永一见如故,为布衣之交。如今孙沔年近花甲,柳永也已是六十多岁的老人,年轻时代的好友到暮年再聚,自然是感慨至深。只是当初分别时两人身份相差无几,如今却是天壤之别:一个贵为地方高官,政绩卓著,富贵风流;另一个却是几十年来沉沦下僚,为生计而到处奔波,只能担任一些无足轻重的低微官职。

一首《望海潮》,让两位失联多年的老友暮年重聚,再续前缘。据宋

说当时金国皇帝完颜亮听到之后,对柳永词中描绘的"有三秋桂子,十里荷花"的杭州顿起艳羡之意,"遂起投鞭渡江之志",于是大举挥师南下,企图占领江南的秀美河山。这个传说虽然有些离奇,倒也从另外一个角度说明了《望海潮》描写出了城市风光的动人魅力。

东南形胜,三吴都会,钱塘自古繁华。烟柳画桥,风帘翠幕,参差十万人家。云树绕堤沙。怒涛卷霜雪,天堑无涯。市列珠玑,户盈罗绮竞豪奢。　重湖叠巘清嘉。有三秋桂子,十里荷花。羌管弄晴,菱歌泛夜,嬉嬉钓叟莲娃。千骑拥高牙。乘醉听箫鼓,吟赏烟霞。异日图将好景,归去凤池夸。

一阕《望海潮》就仿若一幅壮美的图画,或纵横奔腾,或清徐舒缓,令人目不暇接,心驰神往,可以说是描写城市风光的诗词典范。

【拓展阅读】

吴自牧《梦粱录》:

柳永咏钱塘词曰"参差十万人家",此元丰(宋神宗年号)前语也。自高庙(宋高宗)车驾自建康幸杭,驻跸几近二百余年,户口蕃息,近百万余家。杭城之外城,南西东北,各数十里,人烟生聚,民物阜蕃,市井坊陌,铺席骈盛,数日经行不尽,各可比外路一州郡,足见杭城繁盛耳。

考证:

此词为至和元年(1054)柳永在杭州赠资政殿学士、知杭州孙沔作。孙沔向误作孙何。详见吴熊和《柳永与孙沔的交游及柳永卒年新证》一文。

苏幕遮

范仲淹

碧云天,黄叶地。秋色连波,波上寒烟翠。山映斜阳天接水。芳草无情,更在斜阳外。　　黯乡魂,追旅思。夜夜除非,好梦留人睡。明月楼高休独倚。酒入愁肠,化作相思泪。

这首词的主题很明显是悲秋和羁旅思乡的情感,这也是范仲淹笔下最为接近词之柔情本色的作品之一。

范仲淹,作为北宋一代名臣,身兼军事家、政治家、文学家等多重身份,他并没有在填词上倾注太多的精力,其词作也大半散佚,流传至今的仅存五首,但每一首都堪称经典。词学家龙榆生先生曾经说范仲淹的词"激壮沉雄,虽写离情,亦变大笔振迅,不作一软媚语,自是英雄本色。亦苏、辛派之先河也"。(《唐五代宋词选》)这段话用"激壮沉雄"来概括范仲淹词的整体风格,又将范仲淹在词史上的地位定位在"苏、辛派之先河",认为苏轼、辛弃疾所奠定的豪放词之先驱当数范宋

仲淹。

不过,在范仲淹流传至今的五首词当中,温柔妩媚的词作却占据了一半以上,这首《苏幕遮》,就正是一首缠绵凄美的婉约词:

碧云天,黄叶地。秋色连波,波上寒烟翠。山映斜阳天接水。芳草无情,更在斜阳外。　　黯乡魂,追旅思。夜夜除非,好梦留人睡。明月楼高休独倚。酒入愁肠,化作相思泪。

说实话,我们经常说"文如其人",意思就是一个人的文字和他本人的个性气质应该是一致的,或者说,一个人的文字反映的就是他的个性气质。这个规律大致是不错的,但对于词这种另类的文体来说,这个规律却并不太适用。因为在词坛上,我们会经常在读到某首词的时候大跌眼镜:啊?难道某某某竟然也会写出这样的词?

是的,词就是这样一种奇葩、另类的文体,它不像传统的诗、散文那样一本正经,承载了载道、言志的重要功能,身负着"为天地立心,为生民立命,为往圣继绝学,为万世开太平"的重大历史使命,而且在唐宋以后的科举考试中,写诗、作文都是主要的测试内容。词就不一样了。

词完全是在休闲娱乐中发展起来的流行歌曲,它没有那么多学问、道德的束缚。但是你可千万别小看了游戏中诞生和发展的小词,不知道你有没有这样的体会,要了解一个人最真实的一面,不要去看他正襟危坐的时候,而要去看他在休闲游戏时候的反应,因为一个人在娱乐的时候内心是最没有防备,最容易放肆纵情的,也最容易泄露真实性格。正如前人说的那样:"观人于揖让,不若观人于游戏。"叶嘉莹先生曾经这样解释过:"正因为'揖让'之际尚不免于有心为之,而

'游戏'之际,才更可以见到一个人真性情的流露。"(《唐宋词名家论稿·论欧阳修词》)词其实就具备了这样的功能。

通俗地说,写诗作文的时候,因为要写给领导看、写给同行看,甚至还想着流芳百世,所以难免要"端着",要把自己高明和高尚的那一面展示出来;可是填词唱歌的时候呢,人就彻底放松下来了,反正唱完拉倒,甚至大多数时候,古人都没有将词作保留下来的习惯,因为根本就没当它是一回事。

还有更极端的例子,例如五代著名的花间词人和凝,因为词写得相当好,有"曲子相公"的雅号,可是后来他当上了后晋的宰相,一本正经的时候多了,对自己当初写了那么多香艳的小词,真是后悔不迭呀。于是他专门派人把他以前的手稿,一把火全烧掉了。可是他的词在坊间早已广为传唱,还被选到了很多歌词选本中,烧是烧不完了,《花间集》里就选录了他20首词,他那些香艳的句子就一直流传到了今天。

读范仲淹的词,我们就很有可能发出同样惊讶的疑问:啊?范仲淹也有"酒入愁肠,化作相思泪"的时候?在我们平常的印象中,范仲淹是什么样的人啊?

他首先是一位全身心倾注在学问上的"学神"。你可能也听说过有关范仲淹从小勤学苦读的故事,著名的"断齑画粥"说的就是他。

范仲淹出生于成德军,也就是今天的河北省正定县,此时他的父亲范墉正担任成德军节度掌书记。不幸的是,范墉在范仲淹两岁的时候就去世了。范墉的官职并不高,并未给妻儿留下丰厚的积蓄和遗产。因艰难的生计所迫,几年以后母亲谢氏带着年幼的范仲淹改嫁给了朱文翰,因此范仲淹曾一度改姓为朱。

宋

不久,朱文翰任职澧州安乡(今湖南安乡)知县,范仲淹母子随行,年幼的范仲淹在安乡开始发蒙读书。

也许是从幼年便遭遇人生不幸的原因,俗话说得好,穷人的孩子早当家,范仲淹非常珍惜这来之不易的读书机会。有一个流传很广的故事说的就是范仲淹寒窗苦读的状况:传说范仲淹在醴泉寺读书的时候,因为穷,只能在头天晚上煮一锅稀粥,搁上一晚等它凝固了,第二天用刀将粥块分成四份,早上吃两块,晚上吃两块,再切几根腌菜下粥。这样的日子整整持续了三年。

这就是"断齑画粥"的故事。不过这个故事的真实性还有待考证,因为范仲淹的继父此时应该已调为山东长山县令,虽然县令官职不高,但似乎也不应该穷到只能让一个正在长身体的学生到"断齑画粥"的地步。而且从后来范仲淹对待继父的态度来看,他对继父的养育之恩是铭记在心并且涌泉相报的,所以他的继父应该并未苛待过他。

不过,"断齑画粥"的故事虽然有待考证,范仲淹读书发愤、生活节俭倒是毫无疑问的。青年时代的范仲淹曾进入宋代四大书院之一——应天书院(在今河南商丘)读书,他是所有学生中最为刻苦的一个,饮食起居都简化到最低限度,学识的积累遥遥领先于其他同学,进步神速。

有个小故事很能说明这位"学神"心无旁骛的学习精神。大中祥符七年(1014),宋真宗率百官去朝拜太清宫。太清宫是一个道观,位于今天的安徽省亳州市境内。宋真宗一行人从汴京浩浩荡荡出发,途经应天府书院的所在地。皇上御驾亲临,文武百官前呼后拥,这当然是一件轰动当地的大事。这一天应天府人流涌动,热闹非凡,大家都

争着抢着去围观这位很多人也许一辈子都难得一见的天子。可是,就在大家争先恐后奔向龙辇的时候,范仲淹却关上了自己的房门,像从前一样,埋头苦读。一个同学见他把自己关在房里,好心过来叫他:"快走吧,皇上来了,咱也看看去,晚了就看不到了。"范仲淹却说:"不急,我以后肯定会见到皇上的。"

果然,第二年,也就是大中祥符八年(1015),二十七岁的范仲淹进士及第,释褐为广德军司理参军,正式进入仕途,并且将母亲接至身边奉养。从此,范仲淹凭借他的人品、才华,成为宋朝声望最高的名臣之一,完美地诠释了"知识改变命运"这一命题,完成了从一个贫寒子弟到国家栋梁的华丽转型。

欧阳修曾经高度赞扬范仲淹:"少有大节,于富贵、贫贱、毁誉、欢戚,不一动其心,而慨然有志于天下。"(《范碑》)范仲淹就是这样一位慨然有志于天下的伟大人物,小时候是"学霸",长大了以后他就成了《岳阳楼记》里那位"先天下之忧而忧,后天下之乐而乐"的一代爱国名臣,成为北宋力推庆历新政的改革家、政治家,成为驰骋边塞、出将入相,令敌军闻之胆寒的军事家。像他这样的人,任何时候都是铁骨铮铮,一身正气,两袖清风。这样的钢铁汉子怎么可能也有这样柔情缱绻的时候呢?

恰恰是像范仲淹这样铁骨铮铮的一代名臣,也会写出像《苏幕遮》这样的销魂之词。因为词,是范仲淹另一面的真情流露。当代词学家唐圭璋先生还注意到,范仲淹填词特别爱用"泪"这个意象,他仅存的五首词里竟然多次出现"泪"字。比如这首《苏幕遮》里的"酒入愁肠,化作相思泪",《御街行》里的"酒未到,先成泪",《渔家傲》里的"将军

宋

白发征夫泪",足见范公之真情流露也。(《唐宋词简释》)

当然了,范仲淹毕竟是范仲淹,即使是写相思柔情也仍然呈现出比一般词人更为开阔的气象。他曾经下过江南,入过边塞,足迹之远之广非常人能及,视野之广阔、胸襟之宽广也非常人能及。这首《苏幕遮》上阕描绘秋景:"碧云天,黄叶地。秋色连波,波上寒烟翠。"视线由天及地,由水及山,水雾迷蒙,山色明亮,堪称大开大合,气象宏阔。再由芳草的延伸,将视线一直拉到最远的天际——斜阳之外:"山映斜阳天接水。芳草无情,更在斜阳外。"天、地、山、水、斜阳、芳草融合成水天一色的寥廓画面,其中一连串色彩鲜明的字眼"碧""黄""翠"渲染出一派明艳却又不无萧瑟之感的秋色秋意,和一味描绘秋天衰飒之气的诗词不同,该词呈现出了更加空灵明媚的境界。

更出人意料的是"芳草"这个意象的使用。你是不是也觉得芳草应该是春天的典型意象才对?比如我们读过的牛希济的《生查子》"记得绿罗裙,处处怜芳草"就是写春天的青青芳草,辛弃疾的《摸鱼儿》"春且住。见说道、天涯芳草无归路"也是写春天的芳草,似乎只有春天才会有芳草萋萋,青翠满眼的景色。可是这首《苏幕遮》明明是写秋景,"秋色连波,波上寒烟翠",秋天的草不应该是枯黄的吗?像秦观《满庭芳》里写的那样"山抹微云,天连衰草,画角声断谯门","衰草"显然更符合秋冬时节的季候特征。

可见,"芳草"这个意象,在《苏幕遮》这首词中与季节是不相符的。可是在古典诗词中,芳草又往往和离情有剪不断、理还乱的关系,从《楚辞·招隐士》当中的"王孙游兮不归,春草生兮萋萋"之后,芳草的季节特征就隐没在它所承载的情感特征之后了。

词的前两句"碧云天,黄叶地",一望无际的蓝天和黄叶满地的对比,通过写实突出了秋天的季节特征,接下来的"秋色连波,波上寒烟翠。山映斜阳天接水",描绘了眼前能够看到的秋天的山水实景。而上片结尾的"芳草无情,更在斜阳外"其实是由景入情的过渡,既然已在斜阳之外,说明这并不是视线能够确切看到的近处的实景,而是想象中的、视线所看不清楚的远方虚景。因此,在《苏幕遮》这首词中"芳草"这个意象的使用,取的是它在离情这方面的象征含义,而非实际的季节特征。

上片由"芳草无情,更在斜阳外"转折过渡到下片的抒情。清代词学家彭孙遹的《金粟词话》评论这首词"前段多入丽语,后段纯写柔情,遂成绝唱"。上片写秋景用了很多明丽的颜色词和意象,下片又会带给我们怎样的缠绵悱恻呢?

"黯乡魂,追旅思。夜夜除非,好梦留人睡",对故乡的思念令人黯然神伤,一个"追"字更显得愁情之浓烈与迫切。如此愁情何以排遣?万里之外的家乡何以重返?也许只有在梦中,才能摆脱现实的羁绊,让梦的翅膀飞越一切时空的阻碍,将词人带回心心念念的故乡。

于是词人希望能借酒消愁,借酒入梦。可是对于一个情深之人来说,喝下去的酒不但没有帮助他消除愁绪,反而化成了更为浓郁辛酸的相思血泪。

或许,这种浓得化不开的相思愁情,就好像词人在另一首词中所说的那样,是"都来此事,眉间心上,无计相回避"(《御街行》)。

前人说,读了范仲淹的《苏幕遮》,才能了解其实铮铮铁汉也有入骨柔情,也能作此销魂之语。难怪范仲淹虽存词不多,却吸引了无数

宋

的崇拜者。例如元代王实甫在写《西厢记》的时候,第四本第三折《长亭送别》开曲也忍不住将范仲淹的名句化用为"碧云天,黄花地,西风紧,北雁南飞。晓来谁染霜林醉?总是离人泪",化范仲淹词之绮丽高远为凄清缠绵,亦别有一番风情。

碧云天,黄叶地。秋色连波,波上寒烟翠。山映斜阳天接水。芳草无情,更在斜阳外。　黯乡魂,追旅思。夜夜除非,好梦留人睡。明月楼高休独倚。酒入愁肠,化作相思泪。

所谓"情之所钟,正在我辈",即便高大伟岸如范仲淹,亦有如此儿女情长的一面,这真是一件让人感到欣喜的事情。

渔家傲
范仲淹

塞下秋来风景异,衡阳雁去无留意。四面边声连角起。千嶂里,长烟落日孤城闭。　　浊酒一杯家万里,燕然未勒归无计。羌管悠悠霜满地。人不寐,将军白发征夫泪。

范仲淹的《苏幕遮》"酒入愁肠,化作相思泪",让我们看到了一代名臣深情款款的一面,那么这首《渔家傲》又会为我们呈现一个怎样的范仲淹呢?

在我看来,这首《渔家傲》更贴近我们一般印象中的本色范仲淹。因为范仲淹是一个出将入相的政治家、军事家,同时又是一个杰出的文学家。这首《渔家傲》正是以词的形式,为我们展现了一个兼有政治家战略眼光、军事家智勇胆识和文学家温润情怀的范仲淹。让我们随着对这首词的解读,一步步走近一个真实的范仲淹。

"塞下秋来风景异,衡阳雁去无留意。"词的上阕描写了塞外的特宋

殊景象:深秋的边塞,天气严寒,大雁都往南飞到衡阳过冬去了。

衡阳在今天湖南省的南部,著名的南岳衡山就在这里,衡阳还有一个别号叫"雁城",传说秋天北雁南飞,到湖南衡阳回雁峰而止,不再南飞。王勃《滕王阁序》里就写过:"雁阵惊寒,声断衡阳之浦。"

"衡阳雁去无留意",按照正常语法的逻辑其实应该是"雁去衡阳无留意",但出于格律或者对仗的需要,诗词里的倒装句式是屡见不鲜的。"塞下秋来风景异,衡阳雁去无留意。"连长期生活在北方的大雁尚且无法忍受秋冬的酷寒,毫不留恋地飞向温暖的南方,由此可见此时北方的边塞已经是多么荒凉,可远离温暖的家乡、奔赴北方前线的将士们还在天寒地冻中驻扎。"四面边声连角起。千嶂里,长烟落日孤城闭。"此起彼伏的号角声从四面八方传来,真是一派严阵以待的壮观场面。放眼望去,崇山峻岭仿佛形成了一道道险峻的屏障,将军队驻扎的地方阻隔成一座孤危之城。被敌军居高临下包围着的城池处在一级戒备之中,城中时或狼烟升起,在凄冷的落日余晖中,显得分外肃杀冷寂。

词的上片读到这里,或许你的脑海里已经不可遏制地蹦出一个又一个的问题:"塞下秋来风景异",范仲淹去的是哪个边塞?"长烟落日孤城闭"中的孤城在哪里?"四面边声连角起",范仲淹去的那座孤城具体的军事目标又是什么呢?

的确,这些问题我们必须先一一解释清楚,才有可能真正读懂这首边塞词。那么,让我们先把时光回溯到宝元元年(1038),这一年,五十岁的范仲淹任越州知州,大致相当于今天浙江省绍兴市市长。

就在这一年,李元昊起兵,建国号大夏,史称西夏,公然与北宋王

朝对抗。西部边疆屡遭进犯,有朝不保夕之忧。

康定元年(1040),西夏军进攻延州,宋、夏在三川口一战(又称延州之战,今陕西延安西北),宋军元气大伤,主将被俘。李元昊打了个大胜仗后,更添得寸进尺之心。一时间北宋朝野震惊,军心不稳。宋仁宗赶紧召集众臣议事,入朝述职的陕西安抚使韩琦上奏,保举因抨击朝政被贬越州的范仲淹镇守边陲。

尽管范仲淹已经好几次因为直言进谏,冒犯龙颜而遭贬黜,但如今朝廷边疆告急,韩琦的上奏让仁宗重新想起了文武双全、品性正直的范仲淹。于是,宋仁宗任命范仲淹为陕西经略安抚副使兼知延州(今陕西延安),这个职位相当于现在的陕西军区副司令兼延安市市长。

虽然范仲淹曾经屡遭诬陷,但他耿直的品性、为国家分忧的赤诚之心从没有因为被冤枉而有丝毫改变。一旦国家有需要,他一定会不计前嫌,到最需要自己的地方去。因此,接到朝廷下发的诏书,年过半百的范仲淹再次受命于危难之际,告别了富庶秀丽的江南,立即动身赶赴西部边疆。

沧海横流,方显英雄本色。范仲淹来到西北之后,立即调整战略防御体系,挑选精兵强将,日夜加强训练,厉兵秣马,不仅修筑了壁垒森严的防御工事,一改此前战备松弛的局面,还屡屡创造战机夺回了被西夏占领的很多军事堡垒,俘获大量西夏士兵和军用物资,宋军士气大振。

西夏皇帝李元昊开始还不知道范仲淹和韩琦的厉害,多次试图进犯宋朝边境,却再也没有占到任何便宜。李元昊这才知道,原来宋朝

宋

也有能臣武将,原来宋朝也不是可以随便乱捏的软柿子!西夏的士兵们甚至还奔走相告:"咱们再也不要打延州的主意了,这位范爷可不是一般人,他肚子里藏着数万甲兵,咱们可对付不了!"久而久之,一则民谣在西北边疆广为流传开来:"军中有一韩,西贼闻之心骨寒;军中有一范,西贼闻之惊破胆。"这一韩,说的是韩琦;一范,当然就是范仲淹了。

庆历二年(1042)秋,范仲淹被加封为枢密直学士右谏议大夫,任鄜延路都部署、经略安抚招讨使,这就是名副其实的将军、大帅了。

当年的庆州是宋朝的边陲小城,从地理位置来看,西夏与北宋的实际控制边界线距离庆州仅七十多公里;从山川形势来看,庆州是一座被群山包围的孤城,属于典型的黄土高原;从人口来看,荒凉的庆州城不过两三万人,冷冷清清;从防御力量来看,范仲淹虽是一方将帅,当时可用的守兵实际只有两万人,分别驻扎在环州和庆州,地广人稀,力量十分薄弱。庆州不过是一座军事上的危城。"四面边声连角起。千嶂里,长烟落日孤城闭",写的就是庆州当时的真实状况。

庆历二年一个深秋的黄昏,当范仲淹又一次伫立在庆州城的军事制高点,瞭望四周形势时,尽管边塞苍凉萧瑟的风景和他记忆中熟悉的旖旎江南形成了巨大差异,但他胸中澎湃的是制敌报国的慷慨激情,这种激情,融合着对边疆形势的深切忧虑,才铸成了这首千古绝唱《渔家傲》。

塞下秋来风景异,衡阳雁去无留意。四面边声连角起。千嶂里,长烟落日孤城闭。

词的上阕描述边塞悲景,下阕转述边将悲情:

浊酒一杯家万里,燕然未勒归无计。羌管悠悠霜满地。人不寐,将军白发征夫泪。

这一年是范仲淹戍守边疆的第三个秋天,他也会时时怀念起家乡虽然清贫却安宁平静的生活,可是家乡远在万里之外,他连喝杯家乡土酒的简单愿望也无法满足。"浊酒"指的是用糯米、黄米等酿制的酒,比较混浊,也暗示了这种酒制作工艺较为粗糙。魏晋时代的竹林七贤之首嵇康曾经说过:"浊酒一杯,弹琴一曲,志愿毕矣。"(《与山巨源绝交书》)

和"浊酒"相对的是"清酒"。古代重大的祭祀仪式会用清洁、清醇的酒。西晋左思的《魏都赋》里说:"清酤如济,浊醪如河。"说明清酒就像济水一样清澈,浊酒就像黄河一样混浊。像李白那样的富家公子动不动就说"金樽清酒斗十千",喝的都是高档的清酒,而范仲淹回忆、思念的却是"浊酒一杯家万里"。

然而边疆未定,作为一名军人,只能舍小家为国家。"浊酒一杯家万里,燕然未勒归无计。"他还清楚地记得,小时候读的汉朝大将军窦宪的故事。窦宪曾经打败匈奴,登上燕然山(今蒙古国杭爱山),在石头上刻下碑文,记录将士的赫赫战功。如今他也要像当年的窦宪一样,不平边患,誓不还乡!

可是,朝廷中党争不断,忠臣被排挤,自己勉力创造的局面也不知能维持到什么时候。一想到漫长的军旅生涯前途未卜,保家卫国的雄心壮志和思念家乡的绵绵哀愁全都涌上心头。

"羌管悠悠霜满地。人不寐,将军白发征夫泪。"寂静的深夜里,对政局的焦虑,对破敌平疆遥遥无期的担忧,对戍守战士的深切同情,种

宋

种纷乱的情绪扰得范仲淹无法入眠。他长久地伫立在窗前,边疆特有的羌笛声从远处传来,倍显凄凉幽怨。这位南征北战的将军,鬓边的白发记录着他年过半百的沧桑,无声滑落的泪水诠释着他报国与思乡交融的复杂情感。

只有读懂了范仲淹"先天下之忧而忧,后天下之乐而乐"的无私精神,我们才能真正读懂"将军白发征夫泪",这里的"泪"不是为个人前途揪心无奈的泪,而是为天下苍生命运忧心的仁爱情义之泪。

正因为心怀大爱,处境的危险和艰难都不能吓倒大智大勇的范仲淹。庆历二年闰九月,西夏十万兵马大举入侵,由于指挥官葛怀敏的失误,宋朝军队在定川(今宁夏固原中和乡)身陷重围,近万名将士尽数战死或被俘。

定川兵败后,西夏人大肆掳掠边民,纵火焚烧,兵民死伤近二十万。范仲淹亲帅麾下六千兵马连夜驰援,准备在西夏兵归途中截击,后又移师关中阅兵,显示军威,关中人心方才大定。消息传到朝廷,宋仁宗喜形于色,直说:"我早就知道仲淹是朝廷能够倚重的栋梁之材!"(吾固知仲淹可用!)

五十多岁的范仲淹,为边疆形势的危机痛心疾首,甚至于"日夜悲忧,发变成丝,血化为泪"。正因为他的料事如神和正确的防御战术以及战略布局,虎视眈眈的西夏不得不放弃进攻的野心,被迫与宋朝讲和。由于平定关中有功,仁宗特为范仲淹加官晋爵,并在庆历三年(1043)四月召他回朝升任枢密副使,八月除参知政事,相当于副宰相之职。

九月,范仲淹向仁宗皇帝上《答手诏条陈十事》,提出了十项政治、经

济等各方面的改革措施,于是,北宋历史上著名的"庆历新政"开始了。

但是新政持续的时间并不长,庆历四年(1044)宋、夏达成和议,西北的问题算是暂时解决了。庆历五年(1045)正月,范仲淹罢参知政事,以资政殿学士知邠州(今陕西彬县),兼陕西四路缘边安抚使。

1052年,范仲淹移知颍州(今河南颍阳),在途经徐州时,因病逝世,时年六十四岁。临终前他所上的《遗表》中只字未提其家事,尽显一代名臣忧国忧民、死而后已的风范。

仁宗听闻范仲淹的死讯,心痛不已,追赠他为兵部尚书,赐谥"文正",追封楚国公。"文正"是一个文官在宋朝能够得到的最崇高的评价。"文"是对学识的评价,"正"是公众舆论对于道德人品的评价,也就是说要得到群众最为广泛的尊敬和爱戴才能得到"正"的谥号。相对而言,"文"的评价容易获得,"正"则困难得多。

举个例子,宋代著名女词人李清照的公公赵挺之去世的时候,最大的遗愿就是能够获得"正"的谥号。赵挺之本来官居宰相,被罢相五天之后去世,宋徽宗以国礼安葬了这位已故宰相。据说皇帝御驾抵达赵府的时候,赵挺之夫人郭氏向宋徽宗请求了三件事,其中一件就是请皇帝恩赐的谥号里面带一个"正"字。因为赵挺之的字是"正夫"。其他两件事宋徽宗都一口答应了,唯独赐谥号这事儿,皇帝只答复了一句:以后再说吧。宋徽宗的习惯,凡是"以后再说"就等于这件事没戏了。果然,后来颁布的赐赵挺之的谥号是"清宪",硬是没那个"正"字。这说明,在宋徽宗心目中,赵挺之的人品、声望是当不起一个"正"字的。

在北宋的几位文正公中,王曾和司马光都曾位至宰相,范仲淹最高位至参知政事,相当于副宰相,这说明,范文正公并非凭借官职,而

宋

是凭借自己一生的所作所为、言行担当赢得了朝野一致的最高评价,是人们衷心爱戴和敬佩的人。他的为人与文学成就,千载以还,仍令人追慕不已。

让我们通过《渔家傲》再一次领略范文正公光照汗青的铮铮风骨:

塞下秋来风景异,衡阳雁去无留意。四面边声连角起。千嶂里,长烟落日孤城闭。 浊酒一杯家万里,燕然未勒归无计。羌管悠悠霜满地。人不寐,将军白发征夫泪。

正因为范仲淹不仅有长期戍边的亲身经历,而且还精通兵法,亲自策划了边疆的战略布局,指挥了重要的防御战斗,他的边塞词就不同于很多文人只是在作品中对边塞进行想象和虚构或者回忆,也不同于很多文人并未亲历战争的严酷,只是记录边塞的行踪和观感。"羌管悠悠霜满地。人不寐,将军白发征夫泪。"范文正公的边塞词不是隔靴搔痒的想象,而是真情实感的深刻再现。

据说,范仲淹镇守边疆的时候创作了一组《渔家傲》词,而且每一首都以"塞下秋来"作为首句,欧阳修曾经说这组词可谓"穷塞主之词",意思是在范仲淹笔下,已经将边塞之荒凉寂寞、将士之孤独思家、功名之遥遥无期写得淋漓尽致,充分表现了范仲淹作为"塞主"——镇守边疆的军事统帅的境况之穷与心情之穷,令人叹为观止。可惜这组词大都散佚,如今仅存此阕。

【拓展阅读】

范仲淹《剔银灯·与欧阳公席上分题》
昨夜因看《蜀志》,笑曹操孙权刘备。用尽机关,徒劳心力,只得三

分天地。屈指细寻思,争如共、刘伶一醉? 人世都无百岁,少痴骏、老成尪悴。只有中间,些子少年,忍把浮名牵系。一品与千金,问白发、如何回避?

此词的诙谐幽默和《渔家傲》的悲壮苍凉形成了鲜明对比,大意为:昨晚自己在家读晋代陈寿《三国志》中的《蜀志》,感叹东汉末年曹操、刘备和孙权三个人,就算是用尽心机、费尽心力,最后也只得到了天下三分的结果。三人各自称王,并没有一统天下、稳固江山。仔细想来,三人这种你死我活的政治争斗,还不如像竹林七贤中的刘伶一样,抛开这世俗的纷纷扰扰,一醉方休。

词的上片为咏史,在三国旧事之中结束,实有对现实的讽刺之意。下片承词人对三国之事的感慨中来,但已经明显跳脱出三国本事,提炼出词人的人生哲理:人这一辈子,短短几十年而已。少年时幼稚懵懂,老年憔悴不堪,力不从心。人生最好的阶段是中年,精力与智慧都处于巅峰期,功名富贵的辉煌得意也全靠这一时期。可是,大好的中年也不过区区数年时光,如白驹过隙转瞬即逝,又何必执念于功名富贵的追求呢?就算当上了宰相,做了一品大员,一人之下万人之上,享受着千两黄金的俸禄,又能够抵挡老之将至吗?能抗拒命运的最终归宿吗?

词以反问作结,俳谐一变而为沉痛,虽非词家本色,却体现出词人鲜明的个性。其中传递出来的命运的悲剧感与苏轼"故国神游,多情应笑我,早生华发。人生如梦,一樽还酹江月",实有异曲同工之妙。

宋

天仙子
张先

《水调》数声持酒听,午醉醒来愁未醒。送春春去几时回?临晚镜,伤流景,往事后期空记省。　　沙上并禽池上暝,云破月来花弄影。重重帘幕密遮灯,风不定,人初静,明日落红应满径。

在解读这首词之前,我想先为大家介绍一下张先这位词人,因为他在北宋词坛的地位实在是太特别、太与众不同了。他的与众不同之处主要体现在以下三个方面:

第一,他是北宋著名词人中最长寿的一位,活了八十九岁。别的词人到五六十岁的时候就开始感叹百病缠身,身体状况一天不如一天,可是八十岁的张先仍然耳聪目明。苏轼于1071年到杭州任杭州通判的时候,张先已经八十二岁了,可他还能填词听曲儿,家里养着乐工歌女,苏轼还调侃他说:"诗人老去莺莺在,公子归来燕燕忙。"说他到老了还能那么风流浪漫,莺莺燕燕的,真是让人羡慕。

第二,张先虽然一辈子没做过什么大官,但是北宋词坛的"四大巨头"都对张先另眼相看,甚至是佩服得五体投地,这四大巨头就是晏殊、欧阳修、宋祁、苏轼。

晏殊、欧阳修、宋祁不仅在文坛上赫赫有名,在官场上也都是宰相级别的高级官员,苏轼更是继欧阳修之后的文坛领袖。可是张先呢,跌跌撞撞直到四十一岁才考中进士,这一年的主考官是晏殊,所以晏殊和他有师生关系。晏殊很赏识张先的才华,晏殊以观文殿大学士知永兴军(今陕西西安)的时候还特意聘张先为通判,后来张先成为他很信任的一名下属。而张先考中进士的这一年,二十四岁的欧阳修同时进士及第,因此张先和欧阳修又是同年关系。

可是,张先考中进士之后,仕途并不怎么顺利,半生光阴都耗费在比较低级的地方官任上。退休以后的张先,主要居住在杭州。

1071年,苏轼到杭州任通判的时候,认识了张先。三十六岁的苏轼和八十二岁的张先结为了忘年之交。特别有趣的是,在此之前,苏轼的文学创作主要集中在诗和散文方面,几乎不填词,而且苏轼对音乐方面也不在行,唱歌还老跑调。可他自从到杭州认识了张先之后,在填词这个方面好像突然开了窍,在杭州与张先交游的时期甚至成为苏轼一生之中写词最多的时期之一。苏轼早期的词作很多方面都明显是在学习、模仿张先,可以毫不夸张地说,是张先将苏轼引领到了成为词坛大家的道路上。所以,在填词方面,张先和苏轼实在是亦师亦友的关系。

第三,张先虽然在官场上没有什么特别值得炫耀的政绩,但一个人的成功并不是只有仕途这一个标准,张先是当时江南词坛名副其实宋

的领袖人物,词名远播,他的笔下诞生了很多"金句"。

如果你能穿越到北宋,你可能不一定见过张先这个人,可是你绝对不可能听不到当时的流行歌曲,也就绝对不可能没听过张先的著名金句。也正因为他创造了很多名句,张先在词坛上拥有很多外号。举一个例子,他有一个外号叫"云破月来花弄影郎中",郎中是他的官职名,"云破月来花弄影"就出自这首《天仙子》。这个外号是怎么传出来的呢?

这就要说到张先和北宋词坛四大巨头中的一位——宋祁的关系了。

关于宋祁和张先的关系,我们可以从一个流传特别广的故事中看出宋祁对张先的敬重。

张先七十二岁时曾来到都城汴京(今河南开封),当时的工部尚书宋祁听说慕名已久的张先到了京城,第一时间就赶去拜见他。虽然宋祁的官职远在郎中张先之上,可是宋祁依然恭恭敬敬地派人事先去通报:"尚书想要拜见'云破月来花弄影郎中',不知郎中可否接见?"

张先在屏风后听到通报,立刻大声应道:"是不是那位'红杏枝头春意闹尚书'啊?"一边说一边赶紧迎了出来,两位文坛巨匠的双手终于紧紧地握在了一起,张先还置办了丰盛的酒菜,与相见恨晚的宋尚书畅谈尽欢。

两位大家初次见面的方式果然与众不同,他们对彼此的称呼都举出了对方词作中的名句。宋祁的"红杏枝头春意闹"出自《木兰花》:

东城渐觉风光好,縠皱波纹迎客棹。绿杨烟外晓寒轻,红杏枝头春意闹。　　浮生长恨欢娱少,肯爱千金轻一笑。为君持酒劝斜阳,且向花间留晚照。

这首词描写的是美好的春天:春波荡漾,杨柳青青,红杏怒放。这样的优美春色值得珍惜,这样的浪漫时光值得留恋,因此词人才会把酒"劝斜阳",希望时间的脚步走得慢一点,再慢一点,让快乐永久地留驻。这首词一传开便获得了众人的交口称赞,也让宋祁拥有了"红杏枝头春意闹尚书"的美称。

而宋祁称呼张先为"云破月来花弄影郎中",其中的名句就出自张先的代表作《天仙子》:

《水调》数声持酒听,午醉醒来愁未醒。送春春去几时回?临晚镜,伤流景,往事后期空记省。　　沙上并禽池上暝,云破月来花弄影。重重帘幕密遮灯,风不定,人初静,明日落红应满径。

和宋祁的《木兰花》主题近似,这首《天仙子》也是伤春感时的作品。在这首词前面,张先还附了一个小序:"时为嘉禾小倅,因病眠,不赴府会。"说明他写这首词的时候正在嘉禾(今浙江嘉兴)当一个小官,其实也就是嘉禾判官,大约是在宋仁宗庆历元年(1041)春天,张先五十二岁,因为偶然生病卧床不能出门去参加府会,只能无聊地宅在家里。他听着《水调》,昏昏沉沉地从午睡中醒来。"《水调》数声持酒听,午醉醒来愁未醒。"《水调》是歌曲的名字,传说是隋炀帝开凿汴河时创制的,声韵悲切,到了宋朝仍流传不绝。

看来,张先也不是真得了什么病,一定要说是生病,那也应该是"病酒",就是喝醉了酒。"午醉醒来愁未醒",喝得晕晕乎乎的,一觉宋

起来,酒是醒得差不多了,可是愁绪却依然缠绕着词人,久久没有消散。那么,他愁的是什么呢?

他愁的,是古代文人普遍的一种悲情意识,那就是从季节的流逝中提炼出来的时间意识和生命意识。从季节的轮回中发现时间的有限,而一个人的生命,面临的最大悲剧,不就是时间有限、生命有涯吗?因而张先才长叹一声:"送春春去几时回?临晚镜,伤流景,往事后期空记省。"春天就要逝去了,不知道下一个春天什么时候能够再回来。夕阳西下,夜幕降临,词人揽镜自照,感慨年华老去,青春时代的美好往事,如今都成了忧伤的回忆。

借时光流逝感叹自身的衰老,感叹事业无成,感叹来日无多,这是亘古不变的文学主题,连豪迈的一代霸主曹操,也曾经高唱过这种无奈的悲情:"对酒当歌,人生几何?譬如朝露,去日苦多。"又何况是年过半百,还只是一个小小判官的张先呢!

但如果张先将这种生命悲情继续渲染下去,又会显得太矫情。不就是喝醉了酒嘛,不就是睡了个午觉嘛,不就是听了一首悲悲切切的《水调》歌嘛,又没有发生什么惊天动地的大事,至于那么悲痛欲绝吗?

当然不至于,所以高明的词人并没有继续说他有多悲伤,而是在下片宕开一笔,从抒发感伤之情转到了对春夜宁静景致的描绘:"沙上并禽池上暝,云破月来花弄影。重重帘幕密遮灯,风不定,人初静,明日落红应满径。"朦胧的夜色中,白天在沙滩上嬉戏的鸳鸯安静了下来,它们成双成对地栖息在池塘边,月亮渐渐穿透云层,露出了温柔的笑脸,如水的月色铺洒下来,花影婆娑,一切都是那么恬淡、静谧。词

人的居所重重帘幕低垂,将灯光阻隔在帘幕之内。

夜风微凉,安歇的时刻到了,可是词人却辗转无眠,心里仍在幽幽地感叹:又一个夜晚即将过去,明天醒来,庭院中的小路上该是铺满落花了吧?词人对于春光的珍惜,对于时光流逝的惋惜,都静静地流淌在字里行间。

"云破月来花弄影"是这首词中最为人所称道的句子,一个"破"字,一个"弄"字,为幽静的月色平添了几分动态的美感,难怪不仅宋祁要将"云破月来花弄影郎中"的美名送给张先,连眼光那么挑剔的国学大师王国维,也对这句词赞不绝口。王国维在《人间词话》里说:"'红杏枝头春意闹',著一'闹'字,而境界全出。'云破月来花弄影',著一'弄'字,而境界全出矣。"

那么,为什么"云破月来花弄影",一个"弄"字就"境界全出"了呢?王国维没有具体解释。但我认为,这句词最高明的地方,就是把自然存在的客观景物,巧妙地转化成了拟人的主观情感。"云破月来花弄影",本来只是这样的一种景象:厚厚的云层散开了,月亮露了出来,月光洒在花儿上,映照出朦胧婆娑的花影。可是在张先的笔下变成了"花弄影",就好像花儿是一个特别自恋的小美女,趁着月光,摆出各种 pose,欣赏着自己妖娆婀娜的身影。本来只是客观的自然风景,通过一个"弄"字,马上就洋溢出一种活泼可爱的情调,好像云啊、月啊、花儿啊,都串通好了,要一起合作,共同营造一台精彩绝伦的舞台秀。云和月就好比是舞美道具和灯光,花儿就好比是模特儿,舞美灯光一变化,花儿就秀出了各种风情万种的姿态。

这么一想,"云破月来花弄影"这句词,在整首词里简直是最亮

宋

的一个焦点,就好像在灯光幽暗的T形舞台上,突然打出一束追光,所有的目光在刹那间全都聚集在花儿这一个焦点上。正因为有了这句特别活泼的词,才让整首词那种淡淡的伤感情调,有了一些明亮的色彩。

可是,如果我们转念一想,可能会觉得有一点奇怪,张先这首词整体的基调确实是有点忧伤的,突然来这么一句"云破月来花弄影",那么明亮活泼,难道就没有一点儿违和感吗?

是的,如果我们再换个角度来想的话,这句词就不但不显得活泼,反而显得更伤感了。为什么呢?因为要知道,张先词中的景色,毕竟不是在万众瞩目的T形舞台上,而是在万籁俱寂的夜晚。那么,"云破月来花弄影",花儿摆的各种姿态再美再动人,也没人欣赏,无人喝彩。这样一想,"云破月来花弄影",说到底只不过是一种顾影自怜的孤独。

的确,如果把"云破月来花弄影"理解为顾影自怜的孤独感,那么它和整首词的伤感基调就完全契合,没有半点儿违和感了。

也许经典名句就是这样,它就像360度无死角的美女,无论你从哪个角度去欣赏它、解读它,它都会呈现出一种无与伦比的美。

"云破月来花弄影",不光像宋祁、王国维这样的文坛大家对这句词赞赏有加,连张先自己都对这句如有神助的词"自恋"不已,他还因此修建了一个亭子,就命名为"花月亭",寄托他对美好时光、美好景色的悦赏之情。

有人曾对张先说:"别人给您取了一个绰号叫'张三中',就是说您的词描写'心中事、眼中泪、意中人',抒发情感特别细致入微。"原

来张先写过一首《行香子》,结尾便是这几句:"奈心中事,眼中泪,意中人。"情感极为凄恻缠绵。

张先听了,哈哈一笑说:"与其叫我'张三中',还不如叫我'张三影'呢!"客人一时没有理解,就追问:"何以如此说呢?"张先回答道:"我平生最得意的是这三句词:'云破月来花弄影''娇柔懒起,帘压卷花影''柳径无人,堕飞絮无影'。"看来,"云破月来花弄影"确实是张先最得意的句子之一。

类似于"云破月来花弄影""天不老,情难绝。心似双丝网,中有千千结"(《千秋岁》)等词句由张先写出,就仿佛神来之笔,传诵至今依然堪称千古名句。

花、影这样缥缈轻灵的意象本就是词人所偏爱的,可是像张先这样妙用花、影,几乎句句都能成为经典的词人却实在是不多。"张三中""张三影""云破月来花弄影郎中"……这些可爱的外号,都说明了张先在北宋词坛上的巨匠地位。

【拓展阅读】

苏轼《题张子野诗集后》:

子野诗笔老妙,歌词乃其余技耳。《华州西溪》诗云:"浮萍破处见山影,小艇归时闻草声。"与余和诗云:"愁似鳏鱼知夜永,懒同蝴蝶为春忙。"若此之类,皆可以追配古人,而世俗但称其歌词。昔周昉画人物,皆入神品,而世但知有周昉士女,盖所谓未见好德如好色者欤?(张先,字子野)

宋

一丛花令
张先

伤高怀远几时穷?无物似情浓。离愁正引千丝乱,更东陌、飞絮濛濛。嘶骑渐遥,征尘不断,何处认郎踪? 双鸳池沼水溶溶,南北小桡通。梯横画阁黄昏后,又还是、斜月帘栊。沉恨细思,不如桃杏,犹解嫁东风。

这首词是张先的得意之作,宋代以来各种版本的词选几乎都会选录这首词。词的主题很容易理解,我们把握其中几个关键的句子就行了,比如说"离愁正引千丝乱",离愁,告诉我们这是一首描写离愁别绪的作品。那么,是谁的离愁呢?"何处认郎踪",郎,当然就是郎君了,这一句又告诉我们,这是一位女性在思念她的丈夫或者恋人,并且抒发离情别绪的词。

这样的主题,实在没什么特别之处。在历代名家词作当中,思妇的离情别绪可以说是最常见的主题之一了。例如温庭筠《梦江南》的

"过尽千帆皆不是,斜晖脉脉水悠悠",李清照《一剪梅》的"此情无计可消除,才下眉头,却上心头"。那么,凭什么张先的这首《一丛花令》能够成为历代名家词的经典之一呢?

这就要说到词的主题情感和表达方式之间的关系了。我们会发现,无论时代怎么变迁,人性的本质其实并没有发生根本的变化,情感的主要类型也没有太大的变化。屈原说的"乐莫乐兮新相知,悲莫悲兮生别离",无论是哪个时代的人,快乐和悲伤的理由本质上是差不多的。比如和挚爱的人离别,总会产生悲伤的情绪,这一点,无论是中国人还是外国人,无论是当代人还是宋代人,也都差不多。

既然情感的性质并没有太大差异,那么描写同类情感的作品,是不是能够成为一流的经典,主要看的就是他的表达方式有没有什么与众不同的地方了。以张先这首《一丛花令》为例子,虽然同样是描写思妇的离愁,他的表达方式就有让人耳目一新的地方,并且还产生了脍炙人口的名句:"沉恨细思,不如桃杏,犹解嫁东风。"

这三句词有名到什么程度呢?

有名到让大文豪欧阳修都被张先成功地"圈粉"了。张先七十二岁时曾来到都城汴京(今河南开封),准备去拜访欧阳修,这个时候的张先早就退休了,可就是这样一个无官无职的退休老人,居然让大名鼎鼎的欧阳修激动不已。据说欧阳修看到门房呈上来的名帖之后,兴奋得连鞋子都来不及穿好,倒拖着鞋子就匆忙奔出去迎接张先。他看到张先之后的第一句话就是:"您就是'桃杏嫁东风郎中'啊,久仰久仰!我可终于见到您啦!"两位文学巨匠第一次握手,欧阳修引用的就是张先盛传天下的《一丛花令》中的名句:"不如桃杏,犹解嫁东风。"

宋

于是,张先不仅有了"云破月来花弄影郎中"的美称,这个美称是宋祁送给他的,他还有了另外一个外号——"桃杏嫁东风郎中",这个外号就是欧阳修送给他的。

欧阳修为什么这么欣赏这几句词呢?同样是描写思妇离愁,张先的《一丛花令》又有什么独特魅力呢?

我们不妨从头来读读这首词。

"伤高怀远几时穷?无物似情浓。"词以女性的口吻,开门见山揭示了情感的主题:伤高怀远的绵绵离愁。一般的言情词描写的套路都是由叙事或者写景开始,慢慢地引入情感,最后再将情感推向高潮。比如秦观的《满庭芳》一开始只是纯粹地写景:"山抹微云,天连衰草。"直到词的最后才将离情别绪推向最高潮:"此去何时见也,襟袖上、空惹啼痕。伤情处,高城望断,灯火已黄昏。"柳永的《雨霖铃》一开始也是写景和叙事结合:"寒蝉凄切,对长亭晚,骤雨初歇。都门帐饮无绪,留恋处、兰舟催发。"因为船急着要开走了,由此引出离情别绪,最后才推出情感的最高潮:"此去经年,应是良辰好景虚设。便纵有千种风情,更与何人说!"

可张先跟他们都不一样,他一开始就用非常突兀有力的笔调,完全省略了情感生成的过程,直接将情感推向了最高潮。这就好比别人抒发感情是从山底开始慢慢往山上爬,情绪的程度是越来越强烈,张先偏偏反其道而行之,他是先占据了山顶,然后再向下俯视整座山脉。这种笔法确实更能带给人一种情绪的强烈震撼。

"伤高怀远几时穷?无物似情浓。"词中的女主人公一开始就站在了最高处,并且发出了情绪最强烈的质问:伤高怀远何时才能有个尽

头呢？

　　仔细一想，其实这个问题谁也回答不了。就好像李煜的"问君能有几多愁"一样，这样的问题原本是没有答案的，因为问题本身就已经是答案了。词人并不是为了刻意去追求一个答案，只是情到最深处，一种下意识的呐喊而已。因此"伤高怀远几时穷"的设问之后，紧接着的一句"无物似情浓"，看上去好像是回答上一句的问题，仔细品味一下，我们会发现"无物似情浓"实际上是否定了前一句提问的意义。因为情实在太浓太强烈，所以没有任何东西可以和这份深情相比拟，同时再一次暗示伤高怀远是没有尽头的。

　　"伤高怀远几时穷？无物似情浓。"这两句词堪称全篇的主旨。接下来的所有描写，都是从不同的角度来解释这个主旨。

　　"离愁正引千丝乱，更东陌、飞絮濛濛。"这几句将女子登高怀远所看到的自然风景引入到了离愁的情绪之中，本来女子思念远方的郎君已经非常悲伤了，更何况她满眼所见，是千万条柳丝在风中凌乱，柳絮漫天飞舞，就好像她的离愁别绪一样，剪不断理还乱。

　　"嘶骑渐遥，征尘不断，何处认郎踪？"歇拍三句，从眼前的风景再拉回到了女子的回忆：想当初，她和郎君分别的时候，眼睁睁地看着一骑绝尘，一别之后，她日夜牵挂的郎君，如今正在哪里停留呢？她登上最高处，努力看向郎君当年骑马离去的方向，可是除了路上扬起的灰尘，她什么都看不到。

　　"双鸳池沼水溶溶，南北小桡通。"下阕开始，女子的视点由高处、远处收回到了近处的池沼上。然而近处的风景又怎么样呢？"双鸳"，栖息着的鸳鸯成双成对，更加反衬出女子的形单影只。鸳鸯可以成宋

双,南北之间也有小船可以沟通来往,可是她和思念的郎君之间,为什么就相隔千里、杳无音讯呢?

"梯横画阁黄昏后,又还是、斜月帘栊。"这两句,是由李商隐《代赠》诗"楼上黄昏欲望休,玉梯横绝月如钩"化出,而情致更加凄婉动人。词从女子白天的伤高怀远,写到了黄昏日落,又写到了月上柳梢。又是一天漫长的相思,又是一天漫长的煎熬。"双鸳池沼水溶溶,南北小桡通。梯横画阁黄昏后,又还是、斜月帘栊。"词写到这里,我们的思绪已经随着女子的情感脉络,从伤高怀远的高处、远处,来到了近处的池沼,最后集中到了内院的画阁之上。时间由漫长的白天来到了同样漫长的夜晚,女子的感情则由等待、盼望看到郎君踪影的迫切,转到了内心纠结的反思。因为相思等待没有结果,女子开始痛苦却又不乏冷静地反思这段爱情:我这样全心全意地付出,他到底知道不知道呢?我这样无休无止地等啊等,到底值不值呢?

女子深入反思的结果,就是这最后的奇思妙句了:"沉恨细思,不如桃杏,犹解嫁东风。"

这三句词似乎是"异军突起",女子在缠绵幽怨的思念中突发奇想、突作妙语:桃花、杏花尚且能够把握住美好的春天,毅然地"嫁"与东风,随东风的吹拂而娇美盛开。可是看看自己呢?身不由己,只能眼睁睁地看着青春和娇美的容颜,一天天老去,却徒然地羡慕着"桃杏"与"东风"的美满"姻缘"。

桃花杏花,尚且有东风欣赏、怜惜,陪伴她们的美,可有谁怜我、爱我、懂我、惜我?

"沉恨细思,不如桃杏,犹解嫁东风。"草木本是无情之物,随着温

暖的东风而盛开,只是桃花和杏花生长的自然规律而已,可是词人偏偏独出心裁,将有情之人与无情之花相比:与其错过一个又一个美好的春天,让有情之人如此孤独痛苦,那还不如桃花杏花,可以任性自由地嫁与东风,才不辜负自己的大好韶华和纯真爱情啊!

这样天才般的奇思妙想真是令人拍案叫绝。"沉恨细思,不如桃杏,犹解嫁东风。"末尾三句看上去是女子怨气的集中爆发,其实仔细咀嚼之后,我们会发现,她哪里是后悔自己不能像桃杏那样任性地嫁给东风,她真正想说的应该是:你看那些桃花杏花,它们终究耐不住寂寞,嫁给东风去尽情享受春天了。而我呢?我依然在始终如一地等待啊。

以桃杏之解嫁与东风,享尽春光,来反衬自己的孤寂无助与忠贞不渝,这首词的收尾真是沉痛到了极致。表面上的怨气,细细读来,竟然全部都是无怨无悔的执着,是"衣带渐宽终不悔,为伊消得人憔悴"的痴情。

"沉恨细思,不如桃杏,犹解嫁东风。"如此沉痛与痴绝的结尾,和词的开头"伤高怀远几时穷?无物似情浓"重笔言情又遥相呼应,以最强烈的情绪开头,再以最沉痛的情绪结尾,词人的笔法伸缩自如,情感张弛有度,抒情脉络井井有条,难怪连大文豪欧阳修都从此成为张先的"铁粉"了。

关于这首词的流传,除了欧阳修的激赏之外,还有一个故事和晏殊有关。据说张先在永兴军期间,有一天在晏殊府上议事,晏殊询问张先的意见,张先当时可能一下子走了神,没有听到晏殊的提问,"再三未答"。晏殊就有点生气了,领导跟下属商量公事,下属居然心不在

宋

焉。于是晏殊就批评张先说："你本来就只会写写'无物似情浓'这样的句子，那你还跑来我这里做公务员干什么？"

晏殊对张先的批评，实际上说明在晏殊眼里，张先天生就是一个情感细腻丰富的词人，他的世界属于一个感性的世界，他就不应该跑去当一名"公务员"，成天被琐碎事务所纠缠，那不是他所擅长的。或许正因为如此，张先没有成为一名优秀的政治家，却成了一名优秀的词人。因此，晏殊的话与其说是批评，不如说是对好朋友兼下属的欣赏与调侃吧。

有意思的是，据说张先写这首词还真是因为一段与众不同的恋情。南宋初期的著名词人程垓写过一首《孤雁儿》："几宵和月来相就。问何事、春山斗。只应深院锁婵娟，枉却娇花时候。何时为我，小梯横阁，试约黄昏后。"最后这几句显然是化用张先的"梯横画阁黄昏后，又还是、斜月帘栊。"在这首词的调名下，程垓自己加了一行注释，说是因为他听说了一个老尼姑"从而复出"的八卦绯闻，于是就暗用张先的恋爱故事，填了这首颇有调侃味道的小词。

程垓所说的张先的恋爱故事究竟是怎么一回事呢？

据南宋人杨湜《古今词话》的记载，张先所恋之人，竟然是一位妙龄尼姑，因为寺规森严，他们只能是"梯横画阁黄昏后"，架起小梯子，悄悄在画阁幽会。如果从这个角度回过头来看这首词，那又是另外一番风味了。从《诗经》开始，"桃之夭夭，灼灼其华"，桃花这个意象就是爱情、婚姻的象征，象征着女子的出嫁，杏花更是以向阳开放的秉性被赋予了主动追求爱情的喻义。或许词人便是用桃花杏花来象征世间普通的女子，而他所恋之人却是一位为身世所迫不得不出家的比丘

尼,她无法恋爱结婚,自然比不得俗家女子,所以才会怨恨自己"不如桃杏,犹解嫁东风"。

这个故事不知是否真实,但对于浪漫的张先来说,一切皆有可能吧。

无论背后有着怎样曲折的故事,这首词被看作是张先词集中的压卷之作这一点,几乎是定论了。

【拓展阅读】

陈廷焯《白雨斋词话》:

张子野词,古今一大转移也。前此则为晏、欧,为温、韦,体段虽具,声色未开。后此则为秦、柳,为苏、辛,为美成、白石,发扬蹈厉,气局一新,而古意渐失。子野适得其中,有含蓄处,亦有发越处。但含蓄不似温、韦,发越亦不似豪苏腻柳。规模虽隘,气格却近古。自子野后,一千年来,温、韦之风不作矣,益令我思子野不置。

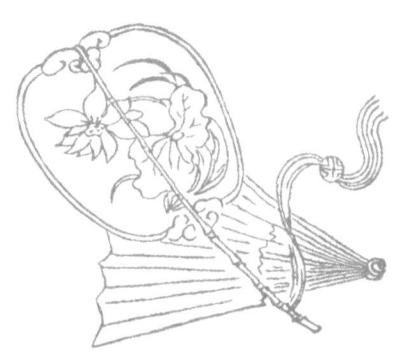

破阵子·春景
晏殊

燕子来时新社,梨花落后清明。池上碧苔三四点,叶底黄鹂一两声,日长飞絮轻。　巧笑东邻女伴,采桑径里逢迎。疑怪昨宵春梦好,元是今朝斗草赢,笑从双脸生。

这首词是北宋词人晏殊写的《破阵子·春景》。《破阵子》是词调,出自唐朝的教坊曲,原本属于军乐。在唐代的时候,用《破阵子》填写的歌词大多以战争或边塞为主题。当然,就像大多数词调一样,发展到后来,词牌名的原意和词的内容已经没有必然联系,所以后人为了概括词的主题内容,有时也会在词牌后面附上这首词的词题。这首《破阵子》的词题就是"春景"。晏殊的这首《破阵子·春景》写的是春天的田园风光,上片描写田园的自然风景,下片描写村民的生活场景。

还记得很多年前当我第一次读到晏殊的这首词的时候,我很惊讶。为什么会惊讶呢?因为我的第一反应是:晏殊居然也有写农村的

词?如果有人要问在唐宋时期的诗人词人里,谁是最不可能写农村题材的诗词的,那我的回答一定是他:晏殊!

为什么我会认为在晏殊的笔下,最不可能出现农村的题材呢?

理由主要有两个。第一个,也是最重要的原因,即唐宋词产生的最重要的文化背景,是城市娱乐文化的兴起和繁荣。尤其到了宋代,城市经济空前发达,娱乐文化空前繁荣。词作为流行歌曲,主要传播的场所就是在城市人口比较集中的地方,比如秦楼楚馆。唱词的歌手大多数是秦楼楚馆里的歌女,也有一小部分是贵族家庭里蓄养的乐工歌女。这一类家庭歌手有点类似于《红楼梦》里贾府的芳官、龄官等十二个唱戏的女孩儿,平时她们培训排练,遇到重要的节日或者家庭活动的时候,她们就成了演出的主角儿,供贵族家庭欣赏、娱乐。

在宋代唱词的主要是歌女,而去秦楼楚馆娱乐的消费者以男性为主,尤其是文人士大夫,他们既是娱乐文化的消费者,同时又是歌词的创作者。他们写的歌词主要是为了让歌女去演唱并传播流行,歌词的内容当然也要适应歌女演唱的特质,所以唐宋词的主题大多集中在爱情题材。由此可见,山水田园风光固然是唐诗的重要题材,却并非唐宋词重点关注的对象。

晏殊的词,被公认为最是当行本色。因为他的作品特别符合宋词的这种传播特点,大多写爱情题材,而且他家里就蓄养了专业的乐工歌女,经常演唱晏殊自己写的歌曲。这样的词人,又怎么可能去写农村生活呢?

第二个理由则是晏殊应该算是宋代词人当中离农村生活最远的一个人。这并非只是我的一家之言,历代评论家都不约而同地给晏殊宋

送了一个相似的评价,这个评价就是——贵族气质。无论是晏殊本人,还是他所创作的大部分词作,都流露着一种自然而然的贵族气质。甚至可以这么说,晏殊就是北宋贵族词人的代表。城市贵族和山野生活,两者之间相去甚远。

我们不妨简单回顾一下晏殊的人生经历。他的人生,最大的特点就是少年早贵。虽然晏殊原本也是出身于草根,并不是天生的富二代,但他七岁的时候就已经是远近闻名的小神童,到十四岁的时候,他老家江西的长官,就以神童的名义,推荐他参加全国最高级别的人才选拔考试,十五岁就被宋真宗赐同进士出身,二十岁的时候已经官至六品,后来更是成为北宋初年的一代名相。

可以这么说,晏殊就是成名要早的典范。

而和他差不多同时期的一些大文豪,很少有晏殊这么一帆风顺的经历。比如范仲淹二十七岁才中进士,欧阳修二十四岁中进士,苏轼二十二岁进士及第,这几位北宋大文豪都已经算得上是少年得志的人物了,可是比起以火箭式速度晋升的晏殊来说,也只能望尘莫及。

年纪轻轻就成了朝廷高官,我们就想当然会以为,晏殊应该离农村生活很遥远了吧。

少年早贵,薪水优厚,晏殊基本上没尝过贫穷的味道,更不要说亲自到农村参加劳动了。前人评价晏殊,说他"文章富贵,出于天然"。他的那种贵族气质,不是靠奢侈品堆砌出来的,而是自然而然散发出来的一种雍容典雅的气质。举个例子,晏殊曾经读到一位诗人写的诗句,里面又是金又是玉的:"老觉腰金重,慵便枕玉凉。"晏殊很看不起这样庸俗的句子,堆金砌玉,就好像浑身上下都是奢侈品,生怕别人不

知道他有钱。晏殊说,这种诗句其实骨子里就是一副乞丐相,是普通人想象当中的贵族生活。

于是就有人问,真正有贵族气的诗句应该是什么样子的呢?

晏殊回答,像"笙歌归院落,灯火下楼台""楼台侧畔杨花过,帘幕中间燕子飞""梨花院落溶溶月,柳絮池塘淡淡风"这类诗句才是真正富贵人家的气象,即使只字不提金玉锦绣,可是自然洋溢着一种优雅淡远的神韵,这才是真正的低调奢华有内涵。

通过晏殊举的这些例子,我们可以感受到他所说的富贵气象,更像是名门贵族的私家园林,大家只要联想一下《红楼梦》里的大观园,大概就能明白晏殊所说的贵族气象了。

正因为晏殊这种一贯的审美情趣,所以我才说在唐宋时期的诗人词人里,晏殊最不可能和农村生活发生什么关系。

当然,话也不能说得这么绝对。

唐代的大诗人王维官至尚书右丞,但他却以写山水田园诗著称。比如大家耳熟能详的《山居秋暝》:"空山新雨后,天气晚来秋。明月松间照,清泉石上流。竹喧归浣女,莲动下渔舟。随意春芳歇,王孙自可留。"夜幕降临,山村也渐渐安静下来,洗衣服的姑娘们从河边归来,说说笑笑地穿过竹林,归来的渔船划过荷塘,莲叶也随波轻轻摇曳,一派清新和谐的田园风光。

晏殊的这首《破阵子·春景》和王维的《山居秋暝》,有着相似的情调。我们不妨来看看,像晏殊这样一位优雅的贵族词人,当他偶尔去欣赏一下田园风光,会写出怎样别致的风情。

先来看上片的自然风景:"燕子来时新社,梨花落后清明。池上碧宋

苔三四点,叶底黄鹂一两声,日长飞絮轻。"

宋时,每年春秋两季都要祭祀土地神,祈求一年的丰收,这两个祭祀的日子被称为社日,时间分别在立春、立秋之后的第五个戊日。词中的"新社"指的就是春社。在晏殊的笔下,春天的乡村风光就好像是一幅悠远清淡的水墨画:明净的天空中,燕子双双归来,雪白的梨花在春风中悠悠飘落,池塘边长着三四点墨绿的苔痕,似有若无的柳絮在岸边轻舞飞扬。

你是不是也感觉到了,晏殊眼中的田园风光,是那么幽静,那么恬淡,虽然偶尔传来一两声黄鹂的鸣叫,却也只是为这幅静态的画面更添了几分宁静而已。这种风轻云淡的美,特别能够代表晏殊的审美情趣。

其实晏殊平时在生活当中就是这样一个人。比如说,他不爱吃肉,特别讨厌肥腻的东西,他的外在形象也是风骨清赢,绝对没有一点儿"油腻男"的味道。他笔下的自然风光和他的外形气质、审美情趣是完全一致的。

不过,如果一味写田园风光的安静,就未免过于单调,所以上片在铺垫了幽静的自然风光之后,下片就转到了动态的人物描写:"巧笑东邻女伴,采桑径里逢迎。疑怪昨宵春梦好,元是今朝斗草赢,笑从双脸生。"几位漂亮的山村少女,在去采桑的小路上巧遇。等等,我们怎么会知道这几个女孩很漂亮呢?因为晏殊用两个词给了我们含蓄的暗示,一个是"巧笑",一个是"东邻"。

"巧笑"引用的是《诗经》里面描写大美女的句子"巧笑倩兮,美目盼兮",形容女孩的笑容特别甜美可爱。"东邻"也是源于一个有关美女的典故。战国时期大才子宋玉写过一篇著名的《登徒子好色赋》，其中提到"天下之佳人莫若楚国，楚国之丽者莫若臣里，臣里之美者莫若臣东家之子"。这是宋玉对楚王说的一段话，大意是："天下的美女没有能比得上楚国的，楚国最美的美女都出自我的老家，而我老家最美的美女就是我东边邻居的女孩儿。"这个东邻的美丽女孩暗恋了宋玉三年。宋玉讲这个故事的目的，一是说明自己很帅很有魅力，二是说明自己不为美色所动。后来的诗文在化用这一典故时，往往借"东家之子"或者"东邻""邻女"这样的词来代指美女，例如白居易就用"东邻婵娟子"来代指自己的初恋情人。

"巧笑东邻女伴，采桑径里逢迎。"这几个山村女孩又漂亮又活泼，因为大家都是闺蜜，在路上碰到了自然要说笑一番，其中一个就打趣另外一个女孩了："嗨，你昨天是不是又做美梦了？是不是梦到哪个大帅哥了？瞧你那合不拢嘴的样子！快点老实交代！"

另一个女孩笑嘻嘻地反驳说："谁会像你一样，一天到晚做美梦，一天到晚想帅哥啊！我笑是因为刚刚玩斗草，赢了一大把呢，你看！"一边说，女孩一边抬起手，手里握着一大把各式各样的花草。

斗草是宋代女性和小孩特别爱玩的一种游戏，玩法有很多种。例如在规定的时间里，采得种类最多的人就是赢家。《红楼梦》里描写女孩子们在一起，每天或是读书写字，或是弹琴下棋，或是描鸾刺凤，或是斗草簪花，可见这种游戏直到清朝还很流行。

"疑怪昨宵春梦好，元是今朝斗草赢，笑从双脸生。"乡村的生活真是简单，乡村女孩的快乐更是简单，只不过是一个小小的游戏赢家，就能让她们开心大半天，这种生活的幸福指数简直是太高了！

宋

尤其在晏殊眼里,这样淳朴天真的乡村少女,这样清新恬静的田园风光,更加显得别有一番动人的韵味。因为晏殊从十五岁开始,就已经在官场上历练沉浮,几起几落,早已看惯了人与人之间的争斗,洞察了欲望泛滥对人性的扭曲,只有回到最朴实的山村田野,他才能重新享受到空气的清新,感受到人性的纯洁。

《破阵子·春景》这样的田园词,美就美在简单,美在自然,美在毫不做作。就像李白所说的那样,是"清水出芙蓉,天然去雕饰"的美。

晏殊是这样,唐代的大诗人王维也是这样,越是身处复杂的官场,越是向往简单纯朴的田园。

燕子来时新社,梨花落后清明。池上碧苔三四点,叶底黄鹂一两声,日长飞絮轻。 巧笑东邻女伴,采桑径里逢迎。疑怪昨宵春梦好,元是今朝斗草赢,笑从双脸生。

虽然晏殊不是农夫,他只是站在文人士大夫的角度,以一种旁观者的身份,远远地欣赏田园生活的美,这和农夫艰苦的耕作体验当然有着很大的差别。但是审美的角度从来就不是单一的,我们既可以像陶渊明那样亲自种田种菜,品尝"种豆南山下,草盛豆苗稀。晨兴理荒秽,带月荷锄归"(《归园田居》)的艰苦,也不妨像晏殊这样,用一种审美的眼光,去发现田园生活的优美清新,去寻找我们内心曾经有过的简单和自在。

【拓展阅读】

许昂霄《词综偶评》:

"疑怪昨宵春梦好"三句,如闻香口,如见冶容。

浣溪沙
晏殊

一曲新词酒一杯,去年天气旧亭台。夕阳西下几时回? 无可奈何花落去,似曾相识燕归来。小园香径独徘徊。

这首词对大多数人来说应该都不陌生,尤其是其中的"无可奈何花落去,似曾相识燕归来",几乎可以说是家喻户晓的名句,就连晏殊自己,也都对这两句自鸣得意。除了这首《浣溪沙》之外,他在另外一首七律中,也将这两句写入了颈联:

元巳清明假未开,小园幽径独徘徊。春寒不定斑斑雨,宿醉难禁滟滟杯。无可奈何花落去,似曾相识燕归来。游梁赋客多风味,莫惜青钱万选才。(《假中示判官张寺丞、王校勘》)

这首七律的"无可奈何花落去,似曾相识燕归来"一联与《浣溪沙》完全一致,"小园幽径独徘徊"一句和《浣溪沙》里的"小园香径独徘徊"也仅仅一字之差。可见,晏殊对自己《浣溪沙》下片的三句词情宋

有独钟,反复使用,爱不释手。

那么,为什么连晏殊自己都这么酷爱这首词,这首《浣溪沙》到底好在哪里呢?

晏殊是北宋贵族词人的代表。通俗地说,这种贵族气质反映到词当中,最重要的两大表现就是低调的奢华和耐人寻味的哲学内涵。这首《浣溪沙》就正是这种贵族气质的完美体现。

"一曲新词酒一杯",乍一听上去,好像挺普通的,既不是描写清新淡雅的自然风景,又不是一往情深的抒情,也谈不上特别高深的人生哲理,更没有能够显示学问的生僻典故,连最简单的文采修饰都没有,我们很容易就能把它翻译成大白话:我一边喝着酒,一边吟唱着新写的歌曲。

一边喝酒一边哼歌,那不是我们每个普通人都经常可以享受的生活吗?如果咱们去 KTV,唱一首歌,再痛饮一瓶啤酒,这不是挺普通的生活吗?和贵族气质拉得上关系吗?

当然有关系。别人一边喝酒一边唱歌,不见得有什么贵族气质,可晏殊就是和别人不一样。"一曲新词酒一杯",看上去毫无文采的七个字,恰恰就已经蕴含着晏殊"低调的奢华"了。这种奢华包含着两个层面的意思:一层是物质层面的奢华,另一层是精神层面的奢华。

"一曲新词"指的是精神层面的奢华。晏殊指的唱新歌,可不是像咱们一样,在 KTV 里随便点一首喜欢的新歌唱唱。他说的"一曲新词",是他自己创作的新词。晏殊以神童的身份高中进士,又位至宰相,是在欧阳修之前北宋初期的文坛领袖,在词坛的地位更是崇高,被誉为是"北宋倚声家初祖"(冯煦《蒿庵论词》),即北宋词坛第一人。

所以他貌似轻松的"一曲新词",很可能就成为对北宋词坛影响很大的一首经典名作。

"酒一杯"指的就是物质层面的奢华了。喝一杯酒怎么能看出晏殊的奢华呢?这就要对晏殊的日常生活稍微做一点儿了解了。晏殊位高权重,平时他自己的生活却极为节俭,不喜欢奢华铺张,但只要有客人来访,他一定要留客人吃饭,而且事先并没有预备酒菜。临时有客人来,就临时吩咐家人赶紧准备。晏殊则一边和客人谈笑风生,一边请出家中的歌女演唱助兴,在这过程中丰盛的酒菜也就端上来了。吃完饭还有一个必备节目,那就是主人和客人一起填词唱和。晏殊总是说:"歌女们的才艺已经展示完了,现在该轮到我们展示一下才艺了吧。"于是,主人和客人轮流即席创作,再将新写的歌词交给歌女们即兴演唱。就这样,主客一起吟诗唱和成为每一次聚会的最高潮。

这下你看明白了吧?晏殊很低调地说了一句"一曲新词酒一杯",其实并不是像我们在 KTV 那样的唱一首新歌喝一瓶啤酒,而是一种词人的雅集,是文学创作的一种重要模式。这样低调的奢华,不服也不行。

说来也有趣,像晏殊这种"一曲新词酒一杯"的生活方式和创作模式,在他府上甚至成了一种传统。

有一年中秋节,不巧赶上个阴天,看不到月亮,一向喜欢以填词饮酒为乐的宰相晏殊,觉得这个中秋节实在无聊,等了半天等不到月亮出来,就郁郁寡欢地睡觉去了。到了深夜时分,他的一个手下叫作王君玉的人,觉得中秋节晏殊居然没有召集大家喝酒赏月,很是纳闷,这不像晏殊一贯的风格呀。他一打听,说晏殊确实已经睡下了。难得一宋

年才有一个中秋节,居然没有"一曲新词酒一杯"这样的好节目,王君玉很不甘心,就写了一首诗命人递给晏殊,诗中有两句说:"只在浮云最深处,试凭弦管一吹开。"

这是什么意思呢?原来啊,王君玉想把晏殊喊起来一起喝酒唱歌,可是他偏偏很幽默地说:"先生您别失望啊,其实月亮早就出来了,只是暂时躲在浮云深处而已。只要您下命令让乐工吹奏美妙的音乐,浮云就会被吹开的,您就能欣赏到中秋的月色啦。"已经上床躺下的晏殊拿到这首诗之后,觉得这个王君玉太风雅了,简直就是自己的知音啊。他赶紧披衣起床,也不管有没有月亮可以欣赏,即刻召集厨师置办酒菜,召集乐队吹奏流行歌曲,召集歌女吟唱新词,这样一直等到半夜,居然真的守得云开见月明,于是大家畅饮通宵,尽欢而散。(叶梦得《石林诗话》)

你看,这样的"一曲新词酒一杯",是不是很令人羡慕呢?

不过,如果只是沉醉在这种物质奢华和精神奢华当中,甚至还洋洋自得地炫耀,那也不是低调奢华有内涵的晏殊了。他在很低调地写了一句"一曲新词酒一杯"之后,又更低调地接了两句:"去年天气旧亭台。夕阳西下几时回?"上片这三句词,听上去似乎是毫无逻辑的。喝完酒唱完歌之后,怎么突然又跳到"去年"了呢?

这看上去很跳跃的两句词,如果仔细想想,还是能发现其中紧密的逻辑关系的。

再热闹的歌筵酒席,都会有曲终人散的时候,所以"一曲新词酒一杯"是外在的富贵风流,"去年天气旧亭台"就转向了内在心灵的自省。当繁华落尽,宾客们一一散去,词人最终要面对的,还是自己的内

心。当欢歌笑语终究归于沉静,词人直到这个时候,才可以安静下来,静静审视夕阳余晖下的亭台楼阁。可以想象,宰相府中的亭台楼阁一定是极端精致华美的,一定是经得起主人全方位审视的,但这并不是重点。重点是,在词人的审视下,他突然发现,此时此刻的情景,和去年的此时此刻是何等相似!还是一样精致华美的亭台楼阁,还是一样春天温暖的天气,还是一样温和静谧的夕阳斜照,一切都还和去年一样,似乎没有一点儿变化。所以词人才会有点儿惊讶地自问:已经又是一年的春天了,这完全一样的景致,是什么时候又重现在自己眼前的呢?

面对相似的风景,词人好像突然惊觉:虽然风景依旧,但是,在日复一日的浑浑噩噩中,流年早已暗中偷换。而这一年的时光,对于自己来说,到底又有什么价值呢?

"一曲新词酒一杯,去年天气旧亭台。夕阳西下几时回?"看上去简简单单的几句词,真是包含着让人悚然而惊的反问与自省。时光之于我们,到底有什么意义呢?有时候,对于时光的意识,并不一定要经历大悲大喜、大起大落的大事件,当你突然醒悟到原来你正在经历的每一天,都不过是对前一天的重复,日复一日的平庸与无聊,难道不更让人恐惧吗?

是的,晏殊正是从这种庸常的生活中感到了一种恐慌。可是,晏殊不是普通人,他的恐慌不会仅仅停留在情绪的波动上,而是将灵魂的触角深入到了更深刻的哲理层面。这就是我想说的这首词的第二大魅力——耐人寻味的哲学内涵。

那么,这又有怎样的内涵呢?我们来看下阕:

宋

无可奈何花落去,似曾相识燕归来。小园香径独徘徊。

"无可奈何花落去,似曾相识燕归来"是千古传诵的名句,对仗工整。"无可奈何"对"似曾相识","花落去"对"燕归来",形式上的对仗天衣无缝,更绝妙的是,意思上也形成了天然对应的关系。"花落去"和"燕归来"原本只是人们司空见惯的自然场景,但分别加上"无可奈何"和"似曾相识"这两个词,立刻就让人延伸出无限深远的联想。"无可奈何花落去",突显了时光流逝的匆匆与无情,让人徒增无奈;"似曾相识燕归来"又流露出双燕归来的亲切与温情,让人心生眷恋。在这两句词当中,我们既感受到人与自然相处的默契与和谐,又分明触摸到了人与自然之间的矛盾。变化的自然,不变的情怀;无情的自然,有情的人心;无限的自然,有限的人生;有常的自然,无常的生命……"无可奈何花落去,似曾相识燕归来",看上去毫不刻意的两句词,却呈现出这世间既矛盾又恒久的自然规律,包含着对宇宙和时间的深刻思考。

有文献记载,关于这两句词得来的灵感,还有一个小故事。晏殊当年赴杭州途中,经过扬州的时候,在大明寺小憩,他一边在寺中漫步,一边让侍从吟诵墙壁上题写的诗句,并且告诫侍从不要泄露作者的姓名、籍贯等。侍从读了一路,晏殊都不以为然,直到一首诗引起了他的关注,一问之下才知道是江都尉王琪的诗。晏殊立即命人将他找来一同就餐,丝毫不介意两人地位悬殊,饭后又一起散步,谈兴甚浓。

晏殊和王琪谈起自己平时写诗填词的习惯,每有佳句就赶紧记下来,偶尔也会很长时间都没有灵感。例如一年前,他曾偶得一个好句子——"无可奈何花落去",冥思苦想至今,都没有想到合适的对句。

一直在恭恭敬敬听晏殊谈创作心得的王琪,这时似乎是发自本能地应声而答:"似曾相识燕归来。"晏殊一听,大喜过望,连连称赞:"好句好句!"从此晏殊愈发看重王琪的才华,一手将他提拔到了重要的岗位。

这个故事的真实性无法确证,但至少说明在人们心目中,"无可奈何花落去,似曾相识燕归来"是浑然天成的佳对,意蕴深远,音调谐婉,也难怪连晏殊自己都将这两句词视若珍宝。

"无可奈何花落去,似曾相识燕归来。小园香径独徘徊。"在"无可奈何"和"似曾相识"的天然佳对之后,结句以"小园香径独徘徊"收束,又将对矛盾的哲学反思回归到了情景交融的本体上来。词毕竟不是哲学论文,抒情才是本色,晏殊深谙填词规律,所以他只是将这种哲学思考用一种含蓄优雅的方式表达出来,至于他思考的结果是什么,他没有说透,也不必说透——将道理讲透,那是哲学家的事,却不是词人的本职。正因为没有说透,文学作品才能给读者留下更多思考、琢磨的余地,才会营造出一种言有尽而意无穷的意韵,才会更加耐人寻味。

"小园香径独徘徊",落花满地,却仍然散发出似有若无的幽香,好像在与屋檐下呢喃的莺声燕语暗相呼应。视觉、听觉、嗅觉在那一刻浑然交融,那是夜幕降临前最宁静的风景,我们仿佛能够看到词人独自沉吟的身影。那个身影,被夕阳的余晖拉得很长,很长,在铺满落花的小径上,久久徘徊,久久伫立……

一曲新词酒一杯,去年天气旧亭台。夕阳西下几时回? 无可奈何花落去,似曾相识燕归来。小园香径独徘徊。

当我再一次读这首词的时候,我忽然想到了小时候读过的一篇散

宋

文,那篇散文可以说是这首《浣溪沙》最恰当的当代诠释。散文的题目叫《匆匆》,作者是朱自清,文中写道:"燕子去了,有再来的时候;杨柳枯了,有再青的时候;桃花谢了,有再开的时候。但是,聪明的,你告诉我,我们的日子为什么一去不复返呢?……去的尽管去了,来的尽管来着;去来的中间,又怎样的匆匆呢?……在逃去如飞的日子里,在千门万户的世界里的我能做些什么呢?只有徘徊罢了,只有匆匆罢了……过去的日子如轻烟,被微风吹散了,如薄雾,被初阳蒸融了。我留着些什么痕迹呢?我何曾留着像游丝样的痕迹呢?我赤裸裸来到这世界,转眼间也将赤裸裸地回去罢?但不能平的,为什么偏要白白走这一遭啊?你聪明的,告诉我,我们的日子为什么一去不复返呢?"

对于宇宙和时光的拷问,这真是文学与哲学永恒的命题。在晏殊这里,词不仅仅是写景,也不仅仅是抒情,它还可以是一个智者对于人世的深沉反思。我们可以听到他灵魂的轻微悸动,可以触摸到他参悟人生时的理性与优雅。"无可奈何花落去,似曾相识燕归来",将人生哲理的思考始终放在优美宁静的自然氛围中,只负责营造思考的优雅状态和审美氛围,却绝不会将他思考的答案强加给任何人。

因为晏殊懂得,对于人生,每个人都应该有每个人自己的思考和领悟。

【拓展阅读】

晏殊《浣溪沙》

一向年光有限身,等闲离别易销魂。酒筵歌席莫辞频。　　满目山河空念远,落花风雨更伤春。不如怜取眼前人。

山亭柳·赠歌者

晏殊

家住西秦,赌博艺随身。花柳上,斗尖新。偶学念奴声调,有时高遏行云。蜀锦缠头无数,不负辛勤。 数年来往咸京道,残杯冷炙谩消魂。衷肠事,托何人?若有知音见采,不辞遍唱《阳春》。一曲当筵落泪,重掩罗巾。

在我们已经分享的几首晏殊的作品中,我给晏殊送过一个身份标签——北宋最具贵族气质的词人。他是北宋贵族词人的代表,他的一生,大多数时候都是在一帆风顺中度过的,而且他的贵族气质还深刻地影响了他那位同样具有填词天才的儿子晏几道。

但,如果真正去梳理晏殊的一生,你会发现,其实这个世界上哪有真正完全一帆风顺的人生呢?即便少年早贵如晏殊,在他的职业生涯中也经历过几起几落的跌宕起伏。人生际遇的变化必然会引起情绪的变化甚至更深层次的人生哲理的反思,这首《山亭柳·赠歌者》见证宋

的,正是晏殊人生的一次低谷。

晏殊一路平步青云的升迁,也曾有过短暂的挫折。三十五岁时,晏殊因为上书反对张耆为枢密使而得罪了章献太后(刘太后)。此时的仁宗皇帝还是一个未及冠龄的少年,按照真宗的遗诏,朝中之事由太后主持,张耆正是太后宠信的人。尽管太后没有因为晏殊的反对直接降罪于他,却在天圣五年(1027)找了一点小错误,罢了晏殊的枢密副使之职,将他降级为刑部侍郎知宋州(今河南商丘),又改知应天府。

不过这一次出京的时间并不长,天圣七年(1029)他就被召回了京城,改兵部侍郎,兼秘书监、资政殿学士、翰林侍读学士,事业又回到了正轨。在四十二岁的时候,官至副宰相。

然而,命运再一次捉弄了他。仁宗的生母李宸妃薨逝的时候,是由晏殊执笔撰写了李宸妃的墓志。在墓志之中,由于晏殊没有写李宸妃系仁宗生母一事,被认为是墓志失实。李宸妃出生低微,本是刘太后的侍女,因侍寝真宗而有孕,生仁宗,刘后据以为己子。当时宫中自然无人敢提此事,仁宗一直不知道自己的生母竟然不是刘太后。

仁宗继位以后,刘太后摄政。李宸妃薨逝,晏殊奉命为其撰写墓志铭时,不敢言明她与仁宗的母子关系实属情有可原。后来燕王告诉仁宗,其生母为李宸妃,因长期受到刘太后压制,死于非命。仁宗号恸不已,对满朝文武大臣隐瞒事实的做法大发雷霆,尤其对晏殊执笔的墓志铭非常不满,晏殊因此被罢参知政事,以礼部尚书的身份出知亳州(今安徽亳州),两年后又知陈州(今河南淮阳)。这一次离京的时间,长达五年。

五年以后,即仁宗宝元元年(1038),晏殊从陈州被召回京城,为御

史中丞三司使。庆历二年（1042），晏殊自枢密使加同平章事，次年自检校太尉刑部尚书同平章事，加同中书门下平章事、集贤殿学士兼枢密使，这就是名副其实掌握军政大权的宰相了。

可是，仅仅就在两年后，庆历四年（1044）九月，晏殊又被孙甫、蔡襄等人弹劾，皇帝下令罢免了他的宰相位，以工部尚书的身份知颍州（今安徽阜阳）。皇祐二年（1050）迁户部尚书，以观文殿大学士知永兴军，在西安待了大约有三年的时间。

有一天，晏殊在宴席上听到一名陕西歌女的演唱，不禁感慨万千，写下了这首《山亭柳·赠歌者》：

家住西秦，赌博艺随身。花柳上，斗尖新。偶学念奴声调，有时高遏行云。蜀锦缠头无数，不负辛勤。　　数年来往咸京道，残杯冷炙谩消魂。衷肠事，托何人？若有知音见采，不辞遍唱《阳春》。一曲当筵落泪，重掩罗巾。

整首词从头至尾仿佛都是这位陕西歌女在自述她的生平经历：她家住在陕西，此地春秋战国时属秦国，地处西陲，故曰"西秦"。三国的时候曹植就写过："齐人进奇乐，歌者出西秦。"（《侍太子坐诗》）西安是汉唐都城，曾是歌坛中心，许多天下闻名的歌手都在这里汇聚一堂，汉代的李延年、唐代的李龟年都曾经名动天下。"赌博艺随身"是说这位歌女精通多种艺术技能、游戏技能，堪称多才多艺。她能歌善舞，会弹奏琵琶，还能自己填词。当然，女孩子最爱唱的歌多为花前柳下的情爱主题，这位陕西歌女却能跳脱出陈词滥调的牢笼，"花柳上，斗尖新"，以歌词之尖巧创新和唱功的出类拔萃从众多歌女中脱颖而出，鹤立鸡群。

宋

"偶学念奴声调,有时高遏行云。"念奴是唐玄宗时期的著名宫廷歌手,她的歌技曾被赞誉为"宫伎中第一",唐玄宗夸奖她"每执板当席,声出朝霞之上"。一次宫中举行宴会,人声鼎沸,于是唐玄宗命念奴唱歌,由邠王二十五郎吹小管伴奏,实际上是使笛子的声音与歌声抗衡,但仍无法掩盖住念奴嘹亮的声音。这一精彩的艺术表演被元稹记录在《连昌宫词》中:"春娇满眼睡红绡,掠削云鬟旋装束。飞上九天歌一曲,二十五郎吹管逐。"大家熟悉的词牌名《念奴娇》相传就是唐代天宝年间创作的歌曲,最初的歌词应该就是对著名歌手念奴的赞美。

这位无名的陕西歌女与唐代歌星念奴相比毫不逊色,可见歌者的自信与晏殊对其歌艺的赞许。如此才貌双全的歌女自然赢得无数"粉丝"的追捧:"蜀锦缠头无数,不负辛勤。"

"蜀锦"是指以蜀地出产的织锦作为馈赠的礼品,"缠头"原指歌女以丝织品缠绕头部,后来代指赏赐给歌女舞女的礼品或礼金。白居易的《琵琶行》里面描写那位琵琶女年轻当红时候的状态,不也是说她"五陵年少争缠头,一曲红绡不知数"吗?"蜀锦缠头无数,不负辛勤"正是这位陕西歌女炙手可热时的生活状态。

有意思的是,在汉代、唐代歌手的职业领域中并没有"性别歧视",既产生过李延年、李龟年这样名动天下的男歌手,亦出现了念奴这样才貌双绝的女歌手。而到了宋代"独重女音",歌手这个职业几乎成了女性的天下。

举个例子,李廌为一善讴的老翁所作的玩笑词《品令》:

唱歌须是玉人,檀口皓齿冰肤。意传心事,语娇声颤,字如贯

珠。老翁虽是解歌,无奈雪鬓霜须。大家且道,似伊模样,怎如念奴?

这首词大意是说,歌手必须得是长得漂亮、歌喉柔美的少女,你一个老头子,头发胡子发白,歌唱得再好也没人愿意听。看来,宋代歌坛,不仅仅要拼歌喉,更得拼"颜值"!

晏殊《山亭柳·赠歌者》中赞美这位陕西女歌手"花柳上,斗尖新"的演唱实力,也反映出宋词传播过程中重女轻男的这一重要特点。

从传播的角度来讲,词的传播,尤其在北宋,主要以流行歌曲的方式呈现,演唱者主要是秦楼楚馆之女。亦有部分贵族家庭蓄养小型的歌舞乐队供休闲娱乐之用,像晏殊这种身份的人,在自己府第里便有"私人乐队"为他和客人们演唱佐欢。晏殊在家庭生活中就能有轻歌曼舞、觥筹交错的音乐氛围,而无须像柳永那样的失意文人,长期出入娼馆妓楼,借暂时的脂粉花酒来麻醉自己的痛苦。

换句话说,其实晏殊不像柳永,有那么多不得已的机会接触到流落在底层的歌女。或许正因如此,晏殊偶遇的这位陕西歌女才更令他惊喜,甚至有刮目相看乃至惺惺相惜的感慨。

这番感慨在词之下片体现得尤为浓郁。"数年来往咸京道,残杯冷炙谩消魂",由此转入了歌女盛极而衰之后的命运倾诉。

咸,指秦朝的都城咸阳;京,指长安,汉唐故都。陕西歌女自述数年之间,她为了生计而辗转奔波,哪里热闹就赶到哪里卖艺献唱,个中艰辛实在是如人饮水,冷暖自知。

歌女在当时是一种极为特殊的存在,她们的命运、她们的价值与存在意义,都需要通过行业内的竞争去争取证明。她是受欢迎还是被宋

遗弃,是门庭若市还是门可罗雀,都取决于她的容貌与才艺。换言之,"花柳上,斗尖新"既是她对自己才艺能力的自信,同时也暗含着竞争的残酷。当她盛极而衰的时候,也曾尝尽残杯冷炙的世态炎凉。当她青春不再,当她红颜老去,她内心的这份凄凉苦闷,又能向谁诉说呢?"残杯冷炙谩消魂",多年艰辛只换得徒然的伤心而已。"衷肠事,托何人?"一个弱女子的残败年华又能向谁托付呢?

"若有知音见采,不辞遍唱《阳春》。"她只是一个身份卑微的歌女,如果她的这番心曲能有知音相怜相惜,她甚至心甘情愿"遍唱《阳春》"为她的知音侑酒助兴。

《阳春》即《阳春》《白雪》,相传是古代楚国的高雅歌曲,这里当然是代指歌女所擅长的那些高难度的"花柳尖新"之曲。不过我觉得,"衷肠事,托何人?若有知音见采,不辞遍唱《阳春》",还可以从另外一个角度来理解。战国时期的文学家宋玉曾经对楚王说,有一位当时的著名歌手,在楚国都城郢唱《阳春》《白雪》,城里能够听懂并且跟着唱和的不过几个人而已;当他唱《阳阿》《薤露》这些歌曲的时候,能够跟着一起唱的就有好几百人;而当他唱起《下里》《巴人》,好几千人都跟着唱嗨了。因为这个故事,此后"阳春白雪"和"下里巴人"就分别成了雅和俗的代名词。

因此当这位歌女倾诉说"衷肠事,托何人?若有知音见采,不辞遍唱《阳春》",言外之意很可能是什么呢?也许,她真正想说的是,当她还年轻貌美正当红的时候,可能为了赢得更多的"脑残粉",挣更多的钱,她唱了太多容易被人接受的下里巴人之曲。而当她红颜衰老,看尽世态冷暖之后,才终于明白,只有知音才是真正值得珍惜的。她才

终于醒悟,为了知音,她宁可放弃大多数人都听得懂的下里巴人,而选择只有极少数人能理解的阳春白雪。

因为,哪怕只有一个人,能真正懂你,能够与你相知相惜,那是多少钱都换不回来的财富。"易求无价宝,难得有心郎",这是古代女子"多么痛的领悟"。

"数年来往咸京道,残杯冷炙谩消魂。衷肠事,托何人?若有知音见采,不辞遍唱《阳春》。一曲当筵落泪,重掩罗巾。"歌女的倾诉至此,已是泪湿鲛绡,泣不成声,晏殊也被深深触动。

在北宋,填词往往是游戏笔墨之作。酒宴歌席之上,文人们喝了酒写写歌曲,即席交付歌女们演唱,往往并没有什么深意,大家听了一笑了之。而晏殊这首词,分明已经不再是普通的赠词,而是表达了对歌者的深切同情,并借以抒发词人自己内心的惆怅与哀伤。

又或者,晏殊的这阕《山亭柳·赠歌者》其实和白居易写《琵琶行》的动机有相似之处。偶然邂逅的歌女与琵琶女,她们的身世激发了词人诗人的同情——这里的同情并非简单的对于弱者的怜悯,更是"情同此心"的意思。也就是说,晏殊和白居易一样,都是从对方身世起伏的悲剧人生中,看到了自己的命运,尤其是从中看到了仕途浮沉的无奈与悲凉,从而产生了同病相怜的知己之情。

"同是天涯沦落人,相逢何必曾相识",这样看来,晏殊这阕《山亭柳·赠歌者》堪称宋词版的《琵琶行》了。

《山亭柳·赠歌者》可以说是晏殊词集中情绪抒发最为浓烈的作品之一,与他一贯雍容闲雅、珠圆玉润的理性气质形成了一定的反差。作为词坛大家,往往能够自如地驾驭不同风格的作品,而且不同的创宋

作背景及动机也会影响到情感抒发的不同,因此对于词人创作风格的任何提炼都只是针对其总体气质而言,并不能全面概括其所有作品。从《山亭柳·赠歌者》一词,我们亦看到了晏殊在珠圆玉润的贵族气质之外,另有一种身世沉浮的凄怆之情。

【拓展阅读】

郑骞《词选》:

此词云"西秦""咸京",当是知永兴时作。时同叔年逾六十,去国已久,难免抑郁。此词慷慨激越,所谓借他人酒杯,浇胸中块垒者也。

浪淘沙
欧阳修

把酒祝东风,且共从容。垂杨紫陌洛城东。总是当时携手处,游遍芳丛。　聚散苦匆匆,此恨无穷。今年花胜去年红。可惜明年花更好,知与谁同?

欧阳修这首《浪淘沙》的主题是一份深厚的友谊。其实在唐宋词名家名作当中,爱情主题占据了压倒性的优势,对于友情这个主题,以往大多是属于诗歌的重要题材,比如我们熟悉的李白的《赠汪伦》"桃花潭水深千尺,不及汪伦送我情",杜甫的《赠卫八处士》"十觞亦不醉,感子故意长",王维的《送元二使安西》"劝君更尽一杯酒,西出阳关无故人",高适的《别董大》"莫愁前路无知己,天下谁人不识君",等等,这些都是诗歌中吟咏友情的名篇名句。在中国文学史上,可歌可泣的生死至交还真不少,例如刘禹锡和柳宗元、白居易和元稹。可是友谊这个主题进入词的领域还比较晚,毕竟文人词从《花间集》开始,宋

几乎就是爱情的天下,但是随着词的发展,词境越来越扩大,到了北宋以后,友谊也越来越成为词的一种重要题材了。那么,欧阳修的至交好友又是谁呢?我们还是先来读读这首《浪淘沙》,然后再揭晓谜底吧。

把酒祝东风,且共从容。垂杨紫陌洛城东。总是当时携手处,游遍芳丛。　聚散苦匆匆,此恨无穷。今年花胜去年红。可惜明年花更好,知与谁同?

在这首《浪淘沙》当中,有一个地名很关键,我要首先强调一下:"垂杨紫陌洛城东","洛城",就是洛阳。既然先确定了地点,接下来我们就要简单梳理一下,欧阳修为什么会来到洛阳?在洛阳,他又邂逅了一个怎样的朋友呢?

欧阳修出生于绵州,也就是今天的四川绵阳,他的父亲欧阳观当时正担任绵州推官,推官的工作主要就是审理、勘察案件,大概相当于今天法院的职能。可是在欧阳修4岁的时候,父亲欧阳观去世了,而且欧阳观为官非常清廉正直,死后几乎没有留下任何财产。欧阳修的母亲只好带着年幼的儿子投奔了欧阳修的叔父欧阳晔。欧阳晔当时是随州推官,工作性质与欧阳观相同,家境并不富裕,甚至欧阳修在他后来的回忆中,还用"饥寒"一词来形容这一段日子,其困境可以想见。好在欧阳晔并未因为贫寒而亏待欧阳修母子,他将欧阳修视如己出,言传身教。

欧阳修的母亲郑氏也是江南名族之后,她对欧阳修说:"你想知道你父亲是什么样子的吗?你只要看看你叔父就知道了,他们兄弟二人无论音容笑貌还是为人处世,都是一模一样的。"郑夫人颇识诗书,因

此母亲也成了欧阳修的启蒙老师,她常常用荻在沙地上写字,教欧阳修认字,这也是著名的"画荻教子"故事的来源。

天圣八年(1030)三月,24岁的欧阳修高中进士,五月即释褐为将仕郎、试秘书省校字郎充西京留守推官,开始了他的仕途生涯。第二年三月,25岁的欧阳修来到了西京。北宋以京城汴京(今开封)为东京,西京就是洛阳,相当于陪都的地位。也就是说,洛阳是欧阳修仕宦生涯开始的地方,也是这首《浪淘沙》创作的地方。

在欧阳修扬帆起航的洛阳,他遇见了人生中非常重要的两个人,其中一位是当时他的顶头上司——西京留守钱惟演;另一位是同事梅尧臣。

钱惟演是五代时吴越国王钱俶的儿子,跟随父亲一起投降了宋朝。因为家学的渊源,钱惟演不仅自己博学多才,而且还特别喜欢招揽天下名士,他的幕府中人才济济,所以欧阳修后来写诗颂扬钱惟演时还说:"河南地望雄西京,相公好贤天下称。"(《送徐生之渑池》)正是在这里,欧阳修结识了当时一大批文士,其中关系最密切的就有尹洙、杨愈、梅尧臣等七个人,号为"七友"。其中,梅尧臣堪称是后来欧阳修相知一生的至交密友,这首《浪淘沙》就是赠给梅尧臣的作品。

词的开篇"把酒祝东风,且共从容"化用了晚唐司空图《酒泉子》"黄昏把酒祝东风,且从容"句,但欧阳修信手拈来的前人典故却不落痕迹地契合着当下的场景:他和梅尧臣把酒言欢,在这个春意盎然的时节,兴致勃勃的词人多么希望东风的脚步慢一点,从容一点。"且共从容",添了一个"共"字,就把自然无情的东风和有情的人心结合了起来,对东风的祝愿表达的是惜春的情绪,对人的祝愿又饱含了珍惜宋

友谊之情。

"垂杨紫陌洛城东",假设东风真能像词人祝祷的那样,脚步从容,不那么快地消逝,那么垂柳依依、芳草萋萋的洛阳东郊,就能再多享受几天美好的春情春意了。

紫陌,指京城郊区的道路。洛阳本来就是几代古都,东汉、三国时期曹魏、西晋、北魏、隋炀帝、武周、后唐都曾经在这里定都;北宋的时候,洛阳虽然是西京,是东京开封的陪都,但帝京气象依然壮丽,所以欧阳修才会用"紫陌"来形容洛阳的郊区。

"把酒祝东风,且共从容。垂杨紫陌洛城东。"开篇三句点明了地点、季节以及当时的风景,而且在风景中已经隐约透露出惜春、惜别的心情。接下来两句就挑明了友情的主题:"总是当时携手处,游遍芳丛。"这两句当中又连续推出三个关键词,情感的分量愈转愈深。"总是",说明欧阳修和梅尧臣的交往非常密切;"携手"说明相处的情谊极其浓厚;"游遍",一个"遍"字更是强调了他们对友情的无限珍重。"总是当时携手处,游遍芳丛。"尽管这是他和梅尧臣熟悉的旧地,但越熟悉的地方,越承载着他们共同的温馨记忆,这是一个从来不需要想起,也永远不会令人厌倦的地方。"游遍"二字,实实在在传递出他们无数次携手共游的畅快心情。

"把酒祝东风,且共从容。垂杨紫陌洛城东。总是当时携手处,游遍芳丛。"那是一个美好的春天,在美丽的洛阳,两个当代最重要的才子相遇了。

我说"当代最重要的才子",可不是夸张。欧阳修就不用我多说了,在苏轼登上文坛之前,欧阳修是当之无愧的文坛盟主,唐宋八大散

文家之一。即便是苏轼,也是欧阳修亲手选拔出来的人才,苏轼对恩师欧阳修从始至终怀着无比尊敬和爱戴的心情,对恩师的学问、文章无比敬服。

那么,梅尧臣呢?其实,在当时梅尧臣的才华、名气比起欧阳修来并不逊色。梅尧臣当时正在洛阳任河南县主簿。虽然他们在洛阳相逢的时候,梅尧臣还没有考中进士,但在诗坛上早已初露锋芒,而且后来欧阳修和梅尧臣共同倡导了古文运动,力图革新北宋初年浮艳的文风,倡导质朴的文风、诗风,两人并称"欧梅"。梅尧臣还被后人推许为宋代诗歌的"开山祖师",开一代宋诗之先河。

在嘉祐二年(1057)正月苏轼参加科举考试的时候,翰林学士欧阳修知贡举,梅尧臣任点检试卷官,苏轼那篇应试的文章《刑赏忠厚之至论》,就是首先由梅尧臣发现并且大力推荐给欧阳修的。这说明,欧阳修、梅尧臣、苏轼三人倡导的文学观念确实是相近的。从这个意义上说,梅尧臣也是苏轼的恩师,他们共同开创了宋朝诗文革新的全新时代。

我再回过头来说说欧阳修和梅尧臣的相遇吧。说起来,他们在洛阳的邂逅还真的是在一个美好的春天,是在一个特别浪漫的日子——上巳节。

上巳节在古代是一个非常重要的节日,魏晋以后将上巳节确定为三月三日。因为三月已经是春天很温暖的时候了,古人在这一天都要去河边沐浴清洁,踏春嬉戏,祓除不祥,王羲之那篇著名的《兰亭集序》说的"修禊事也"指的就是上巳节这个风俗,"流觞曲水"也成了上巳节文人雅集的传统。在更早的时候,例如春秋时期,上巳节还是一个宋

鼓励自由恋爱的节日,因为这一天大家都可以到郊外、到水边自由嬉戏,这就给青年男女的约会提供了好机会。

言归正传,洛阳城东有一条有名的河流叫作伊水,两岸风景如画,尤其是春天,桃红柳绿,美不胜收。天圣九年三月三上巳节这一天,梅尧臣和欧阳修的第一次相遇就是在伊水河边。他们俩都是西京留守钱惟演的下属,欧阳修还是新科进士、刚上任的一个小官,这一天本来是不约而同要去拜见顶头上司的,可是欧阳修一见闻名已久的梅尧臣,简直是相见恨晚,两人立刻结伴而行,一边走一边聊,共同的话题一个接一个,说都说不完。于是梅尧臣建议说:"干脆咱们去游香山吧。"香山是伊水不远处的一座山,当年白居易曾经在这里隐居过,还自号香山居士。欧阳修一听,正中下怀,便满口答应:"好,咱们今天先同游香山,改日再去拜见留守大人吧。"两个一见如故的好朋友就这样来了一场说走就走的旅行,要拜见顶头上司的主要目的反倒被他们抛到九霄云外去了。

好在钱惟演也是一个特别风雅、特别宽容大度的上司,因为赏识梅尧臣、欧阳修的人品才华,从来不介意他们这样偶尔的任性和胆大包天。反而正是因为钱惟演的支持和鼓励,欧阳修和梅尧臣度过了最美好的一段洛阳时光。

那么,欧阳修是怎么形容他与梅尧臣的第一次亲密接触呢?欧阳修在一首诗《书怀感事寄梅圣俞》中写道:"三月入洛阳,春深花未残。龙门翠郁郁,伊水清潺潺。逢君伊水畔,一见已开颜。不暇谒大尹,相携步香山。"圣俞是梅尧臣的字,龙门、伊水都是洛阳的著名景观。这首诗就是当初欧阳修和梅尧臣第一次邂逅的真实写照了。

有意思的是，欧、梅虽然一见如故，从此成为终生好友，但欧阳修非常谦虚地说自己是比不上梅尧臣的。梅尧臣这个人啊，要才学有才学，要颜值有颜值。欧阳修呢？才学是很不错，可颜值那是相当困难：身体瘦弱，很不起眼，还是高度近视，所以欧阳修很老实地承认："圣俞翘楚才，乃是东南秀。玉山高岑岑，映我觉形陋。"这首诗题目就叫《梅主簿》，他不仅盛赞梅尧臣是翘楚之才，甚至还说梅尧臣的气质风度就好比挺拔的"玉山"，自己站在这样的大帅哥旁边，简直是自惭形秽啊！

欧阳修第一次见梅尧臣，就成了梅尧臣的"小迷弟"，梅尧臣对欧阳修的第一印象又如何呢？那同样也是相当的仰慕。直到19年之后，梅尧臣还写诗深情地回忆起他们的第一次邂逅："春风午桥上，始迎欧阳公。我仆跪双鳜，言得石濑中。持归奉慈媪，欣咏殊未工。是时四三友，推尚以为雄。"(《涡口得双鳜鱼怀永叔》)

在这首诗里，梅尧臣还补充了他们相遇当天的一些细节：他的仆人在一个水被石头冲击而形成的急流中抓到了两条鳜鱼，也就是我们现在说的桂花鱼，晚上当然拿回去煮了吃，大家纷纷写诗来吟咏这件事儿。梅尧臣自谦自己的诗歌写得不好，当晚在座的文人雅士都一致认为欧阳修的诗歌最为突出。你看，时隔漫长的19年，梅尧臣依然把他们相遇的细节记得这么清清楚楚，说明那对他而言，真是一种永志不忘的记忆。

欧阳修在洛阳做官，梅尧臣做官的地方先后在河南县和河阳县，都离洛阳不远，无论是因为公务还是因为私人交游，梅尧臣都会频繁地来到洛阳与欧阳修相聚，有时甚至还会在洛阳待上一段时间，经常与欧阳修等好朋友一起携手遍游嵩山、香山、伊水等地，因此这首《浪宋

淘沙》里说"总是当时携手处,游遍芳丛",这是欧阳修和梅尧臣洛阳交游的真实记录。

"把酒祝东风,且共从容。垂杨紫陌洛城东。总是当时携手处,游遍芳丛。"词的上片将惜春的情绪融入对友谊的珍惜中,下片就转入了好友离别的伤感:"聚散苦匆匆,此恨无穷。今年花胜去年红。可惜明年花更好,知与谁同?"

这首词很可能是欧阳修在一次饯别宴席上赠给梅尧臣的。其实洛阳和河阳离得不远,梅尧臣往来很频繁,他们见面的次数还是比较多的,可是欧阳修太看重他们的友情了,将相聚看得太宝贵,又将离别看得太伤感,因此他才会说出"聚散苦匆匆,此恨无穷"这样重的句子。

相聚固然美好令人珍惜,可是天下无不散的宴席,"聚散苦匆匆"一句将好友相聚的场景再现,转入离别依依的抒情。美好的时光那么短暂,转眼就到了离别的时刻。自古以来离别之恨最让人黯然销魂,而聚少离多的状态更添无穷伤感……这首《浪淘沙》虽然是为梅尧臣而写,但"聚散苦匆匆,此恨无穷"的感叹早已超出了欧阳修和梅尧臣两个人之间的离恨,上升到了自古及今人世间最普遍的一种情感。春去春还会再来,花谢花还会再开,甚至一年一年花儿都会比前一年更娇艳,可是有情之人却不能像无情之花一样没心没肺地盛开,"可惜明年花更好,知与谁同"? 明年的"你",还会再来此地与"我"一起赏花踏春吗? 谁又能知道,明年的"我"将身在何处? 又会和谁一起赏花饮酒、填词唱和呢?

短短一阕小令,勾连了过去的回忆、当下的欢乐与未来的渺茫,从

友谊的深厚,引发惜春惜时的感慨,再提炼出聚散匆匆、人生长恨的怅惘,不能不让人佩服一代文宗欧阳修的情感之深、才学之富与技巧之高。

事实上,欧阳修和梅尧臣在洛阳的相聚也只持续了短短的两年,从天圣九年三月三上巳节他们的初次相识,到明道二年也就是1033年,因为职务调动的原因,钱惟演离开洛阳,梅尧臣赴京城应试,欧阳修晋升承奉郎,洛阳文学集团的盟友们一个个都离开了洛阳。当初的风流俊赏,成了欧阳修和梅尧臣永远难忘的记忆,欧阳修曾经发出"乐事不可极,酣歌变为叹"(《书怀感事寄梅圣俞》)的感慨。

洛阳,既是欧阳修激扬青春的地方、是他仕途启航的地方,也是他和梅尧臣开启一生友谊的地方。直到欧阳修晚年确定颍州作为自己的养老之所,他还心心念念写信给梅尧臣,希望梅尧臣和他一起到颍州买地盖房,一起在颍州养老,至死他们都要当最亲密的邻居。

把酒祝东风,且共从容。垂杨紫陌洛城东。总是当时携手处,游遍芳丛。　　聚散苦匆匆,此恨无穷。今年花胜去年红。可惜明年花更好,知与谁同?

1060年,59岁的梅尧臣突然去世,欧阳修与好友一起做邻居终老的愿望破灭了,悲恸万分的欧阳修又写了一首长诗《哭圣俞》,再一次提到他们的洛阳初识:"昔逢诗老伊水头,青衫白马渡伊流……"在《祭梅圣俞文》中,欧阳修又说,当年洛阳交往的好友渐渐只剩下他与梅尧臣两人,可如今连梅尧臣都已去世,就剩下他一个人孤零零地在世上,以后交游的都只能是他的晚辈了,浓郁而悲戚的寂寞之情倾泻而出。

宋

茫茫人海,万丈红尘,能够遇见一份刻骨铭心的爱情,或者能够拥有一份至死不渝的友情,都是人生最珍贵的财富吧。

【拓展阅读】

欧阳修《玉楼春》

尊前拟把归期说,欲语春容先惨咽。人生自是有情痴,此恨不关风与月。　　离歌且莫翻新阕,一曲能教肠寸结。直须看尽洛城花,始共春风容易别。

朝中措·送刘仲原甫出守维扬
欧阳修

平山栏槛倚晴空。山色有无中。手种堂前垂柳,别来几度春风。文章太守,挥毫万字,一饮千钟。行乐直须年少,尊前看取衰翁。

这首词是欧阳修在宋仁宗嘉祐元年(1056)写的一首送别词。这一年闰三月,刘敞(字原甫)出知扬州,欧阳修在汴京自己的府中设家宴专门为刘敞饯行。

欧阳修我们都很熟悉,一代大儒,文坛宗主,唐宋八大家之一。而刘敞这个人,我估计大多数人都不怎么认识。刘敞是谁呢?刘敞既是欧阳修的同事,也是朋友。既然欧阳修能够以家宴的形式款待朋友,并且还专门写一首词为他送行,可见欧阳修和刘敞的关系还不是泛泛之交,而是属于可以推心置腹的那种好朋友。

既然欧阳修和刘敞的关系这么铁,我们可能忍不住就会好奇了:好朋友要去扬州做官了,欧阳修专门为刘敞写的送别词又会有什么特

宋

别的地方呢?

这首词显示出了四大特别的内容:第一,别出心裁地夸奖。一般来说,夸奖别人,尤其是夸奖同事,很容易落到阿谀奉承的俗套里去,给人一种虚伪的感觉。可是欧阳修的夸奖却与众不同,甚至可以这么说,如果不是欧阳修这么不遗余力地夸刘敞,我们很可能记不住历史上还有一个叫作刘敞的人。第二,欧阳修、刘敞与扬州这个城市共同的、特殊的缘分。第三,这首词还引起了一桩词坛上的公案。第四,这首词流露出来的情绪,与我们一般印象中那个豪迈洒脱的欧阳修很不一样,反而显得有些无奈和消极,这又是怎么回事呢?

我们先来看看欧阳修在这首《朝中措》中是怎么夸刘敞的。在欧阳修看来,刘敞有"三好":学问好、才情好、身体好。

这"三好"分别包含在这三句词中:"文章太守,挥毫万字,一饮千钟。"太守是知州的别称,刘敞是去做扬州知州,是扬州的最高行政长官,相当于扬州市市长,这当然是非常重要的职位了。而且刘敞可不是一个平庸的官僚,他还是一个大学问家,刘敞的学问好到什么程度呢?前人评价他的学问文章,与欧阳修"势不相下",也就是和欧阳修不相上下。这是刘敞的第一好,学问好。

可是别人评价还不算数,关键是欧阳修自己对刘敞的学问服不服气呢?当然是服气的,所以他才给刘敞送了这个"文章太守"的称号。

刘敞的名气当然远远比不上欧阳修,可是你可能想不到,刘敞是一个很有学问的人,他的学问大到连欧阳修都自愧不如,天文地理、医学数学、经史子集,似乎没有他不懂的学问。有时候,欧阳修写文章碰到解决不了的难题,还要专门去向刘敞讨教,态度特别谦虚,刘敞总是

能够及时给出正确的答案。欧阳修撰写的著作,在正式"出版"之前,也会向刘敞虚心求教,请他批评指正。难怪欧阳修心悦诚服地说:"原甫的博学,是我远远比不上的。"

更有意思的是,《朝中措》这个词牌就是欧阳修首创的,措可能是"措大"的意思,古代指贫寒失意的读书人。欧阳修是个孤儿,小时候家境很困难,所以"朝中措"很可能就是一种很谦虚的自称。把刘敞抬得那么高,自己却又这么谦虚,两相对比,可见欧阳修对刘敞确实是青睐有加了。

刘敞比欧阳修还小12岁,在文坛上只能算是欧阳修的晚辈,可是刘敞对欧阳修的评价是什么呢?他说:"好个欧九,文章写得漂亮极了,可惜就是读书不怎么多。"

敢说欧阳修读书不多的人,从古至今,我知道的就只有刘敞这一个人。作为一个晚辈后学,竟然敢说文坛领袖欧阳修读书不多,欧阳修竟然还心服口服,你是不是也觉得匪夷所思啊?其实不光是我们觉得匪夷所思,连欧阳修的学生苏轼听了,都不由得汗如雨下,很惭愧地说:"如果连欧公都算读书不多的话,那我们这些人又算什么呢!"

从这些事可以看出两点:一是欧阳修特别佩服刘敞的博学;二是欧阳修与刘敞的私交很好,彼此之间非常信任,来往特别密切。所以刘敞要离开京城到扬州做官的时候,欧阳修特意设家宴为他饯行,他能享受到这种特殊待遇也就不足为奇了。

刘敞的第二好是才情好:"挥毫万字。"刘敞不仅学问好,而且还是一个才华横溢、性情豪迈的人,不管多长的文章,总是能够下笔如神,一挥而就。这一点也是欧阳修感到自愧不如的地方。

宋

欧阳修自己写文章是属于那种反复推敲、出手特别慢的人,所以他特别佩服刘敞的才思敏捷。有一次,到了下班的时候,刘敞刚刚准备离开"办公室",又临时接到任务——上班族大概最害怕的就是临下班前接到加班任务了——刘敞的加班任务是什么呢?他要写九篇追封皇子、公主的制文!

好个刘敞,眉头都没皱一下,"一挥九制成",而且每一篇都写得文采飞扬,还完全不雷同,把欧阳修佩服得五体投地。他感叹:"都说唐朝的大才子王勃一天可以写五篇王策,可是跟咱们的天才刘原甫比起来,简直是小巫见大巫了。"

刘敞的第三好是身体好:"一饮千钟。"这一句夸刘敞的酒量好,性格豪爽。按说与学问好、才情好比起来,酒量好似乎算不上什么优点,反倒还有些上不了台面。那欧阳修为什么还要专门夸一下刘敞的酒量大呢?

这一点还是要和欧阳修自己来进行一下比较。写这首词的时候,欧阳修50岁,按我们的眼光来看,50岁当然还正当壮年,可是欧阳修的身体状况一直是属于文弱书生的那种。他24岁的时候参加科举考试,给人的印象就是"一目眕瘦弱少年",身材瘦弱,还高度近视。到了50岁左右,更是一身的毛病:糖尿病、眩晕病等,还很有可能患有帕金森病,因为他老是手颤。就在50岁这年,他还写过一封信给王安石,说自己病得不成人形,担心自己一事无成,就这样碌碌无为地死去。所以欧阳修毅然下决心辞去翰林学士的职务,希望能够用余生完成历史巨著《唐书》的修撰工作。

就在朝廷批准他辞职之后的第四天,刘敞出知扬州,欧阳修设家

宴为好友饯行,写下了这首《朝中措》。了解了欧阳修当时的身体状况和心理状态,我们就能理解他为什么羡慕刘敞能够"一饮千钟"了——酒量大意味着身体好啊!刘敞还只有30多岁,正是一生当中最好的年华。虽然欧阳修不住地夸奖刘敞学问好、才情好,但我想,最让欧阳修羡慕而他自己又最不可能拥有的,就是刘敞的年轻、身体好吧!

正因为欧阳修最羡慕的是刘敞的年轻、身体好,所以我们才能理解,为什么在这首词的最后两句,他会谆谆告诫刘敞"行乐直须年少,尊前看取衰翁"了。年轻人要去当官了,为官一任,作为领导送行,应该说些什么呢?按我们通常的想法,应该是给年轻人加油鼓劲儿,什么前程似锦啊,勤政爱民啊,等等。这些励志的话,欧阳修当然也会对刘敞说的,但是在这首词中,他省略了这些加油鼓劲儿的话,那是因为他在写这首词的时候,并不是以一个文坛上的长辈、官场上的领导的身份来和刘敞说话的,他只是以一个衰弱的老年人的身份、以一个私密的好朋友的身份,羡慕着刘敞的年轻,并且告诫年轻人要爱惜身体,珍惜青春,可别等到像我一样老了才知道后悔啊!

这就好比我们平时家庭聚会,老人们都会唠唠叨叨地跟晚辈们强调:一定要注意身体,千万不要熬夜,健康才是最大的资本,没有健康就没有事业啊!所以,换成老年人的角度去理解这首词,我们就能够明白,为什么在这首词里,欧阳修不是告诫刘敞要刻苦工作,而是要他珍惜青春、享受生命了。

工作确实很重要,但身体健康才是追求一切的基础。

衰老与疾病的交相逼迫,令欧阳修对于人生的态度亦有了与古人一样"生年不满百,常怀千岁忧。昼短苦夜长,何不秉烛游。为乐当及宋

时,何能待来兹"的感慨。看上去消极颓废,实则触及了极具悲剧色彩的时间意识与生命意识。

理解了欧阳修作为一个衰弱的"老年人"的心态,你是不是也更能体会"行乐直须年少,尊前看取衰翁"的深意了呢?一个老人对生命流逝的无奈,一个老人对年轻人的关心,都包含在这两句词里面了。表面上他是劝刘敞及时行乐,实际上是要刘敞珍惜生命。

其实不光是在这首《朝中措》里,欧阳修表达过对刘敞的羡慕与关心,他还写过很多首与刘敞唱和的诗,都表达过类似的意思,例如"羡君年少才无敌,顾我虽衰饮尚豪"(《奉和刘舍人初雪》),"爱君尚少力方豪,嗟我久衰欢渐鲜"(《奉送原甫侍读出守永兴》),等等。

不过,在这首词中,欧阳修对刘敞的关心还有另外一层深意,因为刘敞不光各方面都让欧阳修佩服,其实他们俩还有一种特殊的缘分。那就是他们和扬州这个城市共同的缘分。这一次,刘敞是要去扬州当一把手,所以这首词第一句就是"平山栏槛倚晴空"。

平山堂是扬州一处很著名的景观,而这个风景点正是欧阳修一手缔造的,因为八年前,欧阳修也曾经做过扬州太守。写这首《朝中措》的时候,刘敞是要出京履新去往扬州,而欧阳修正是借这个机会,在他的回忆里对扬州来一番"故地重游"。

八年前,也就是庆历八年(1048),欧阳修知扬州,主持修建了平山堂,这里处于扬州地势最高的位置。晴空万里的时候,如果登上平山堂,几乎可以俯瞰扬州全景,还能远眺长江两岸的山川美景。平山堂就是欧阳修平时和朋友们雅集唱和的地方。即使后来他离开了扬州,因为欧阳修的影响,平山堂也还是扬州一张最亮的文化名片,无论谁

来到扬州,平山堂一定是要去瞻仰的文化圣地。

到1056年,刘敞再去扬州的时候,离欧阳修知扬州已经过去八年了,所以欧阳修才会感慨时光飞逝如电:"手种堂前垂柳,别来几度春风。"他当年在平山堂前亲手种下的柳树,如今已经经历了八个春夏秋冬。这两句词,既是欧阳修对扬州的怀念,更是他对逝去岁月的怀念。

刘敞当然明白欧阳修的这种心态,所以后来刘敞到了扬州之后,专程去游览平山堂,还写了诗《游平山堂寄欧阳永叔内翰》寄给欧阳修,他在诗中说:"芜城此地远人寰,尽借江南万叠山。水气横浮飞鸟外,岚光平堕酒杯间。"这首诗描写站在平山堂上看到的江南美景,完全呼应了欧阳修词中的"平山栏槛倚晴空。山色有无中。"这样来看,刘敞真不愧是欧阳修的知己。

有趣的是,"平山栏槛倚晴空。山色有无中"这两句词还引起过文坛的一桩小小公案。欧阳修写的词传播得当然很快,当时有人就说了,欧阳修恐怕是近视吧,否则平山堂地势那么高,山色当在一览无遗之中,怎么可能还会朦朦胧胧看不清呢?要说是"山色有无中"呢?

当然,近视本身并不是一件羞耻的事情,而且欧阳修还的确是高度近视,可是这个说法提出来之后,很多"粉丝"都为他鸣不平。例如,欧阳修的学生苏轼就站起来为老师辩诬,他说:"所谓的'山色有无中'一定是在烟雨蒙蒙的天气,烟雨凄迷看远处的山峰若隐若现、若有若无,这是多么诗意的美景啊。"

但是,诸位别忘了,欧阳修的第一句写的便是"平山栏槛倚晴空",明明是晴天,苏轼非要把它说成是烟雨天,只是想证明他敬爱的欧阳老师没有近视吗?看来,苏轼也是爱师心切才有点口不择言了。其

实,"山色有无中"是引用了王维《汉江临眺》诗句"江流天地外,山色有无中",然而置于这首词中并没有丝毫违和之感,因为站在平山堂上眺望远处的山色,不同的时间、不同的天气、甚至不同的心情,看到的景色都是不一样的。"山色有无中"形容的是景色的变化多样,和欧阳修是不是近视一点儿关系都没有。

平山栏槛倚晴空。山色有无中。手种堂前垂柳,别来几度春风。

文章太守,挥毫万字,一饮千钟。行乐直须年少,尊前看取衰翁。

当我再一次品读欧阳修《朝中措》的时候,我想起了《唐诗三百首》中的最后一首《金缕衣》:"劝君莫惜金缕衣,劝君惜取少年时。花开堪折直须折,莫待无花空折枝。"珍惜青春,爱护生命,这就是《朝中措》和《金缕衣》要表达的共同主题吧。

【拓展阅读】

叶梦得《避暑录话》:

欧阳文忠公在扬州作平山堂,壮丽为淮南第一,堂据蜀冈,下临江南数百里,真、润、金陵三州隐隐若可见。公每暑时,辄凌晨携客往游,遣人走邵伯取荷花千余朵,以画盆分插百许盆,与客相间。遇酒行,即遣妓取一花传客,以次摘其叶,尽处则饮酒,往往侵夜载月而归。余绍圣初始登第,尝以六七月之间馆于此堂几月。是岁大暑,环堂左右老木参天,傍有竹千余竿,大如椽,不复见日色。苏子瞻诗所谓"稚节可专车"是也。寺有一僧年八十余,及见公,犹能道公时事甚详。

采桑子

欧阳修

  群芳过后西湖好,狼藉残红。飞絮濛濛。垂柳栏干尽日风。笙歌散尽游人去,始觉春空。垂下帘栊。双燕归来细雨中。

  这一讲,我们要放松身心,跟随欧阳修的脚步,一起去欣赏西湖的美景。当然,欧阳修笔下的西湖并不是举世闻名的杭州西湖,而是另外一个地方的西湖。这又是哪里的西湖呢?

  从欧阳修词中的描述来看,我们无法判断这是哪里的西湖,但结合欧阳修的生平经历和这首《采桑子》的创作背景来看,这首词描写的是颍州的西湖。

  颍州西湖在今安徽阜阳西北,方圆约三十里,是颍河与诸水汇流之处。颍州西湖早在先秦的时候就已经形成,唐代逐渐成为风景名胜。到了宋代,颍州成为东京汴梁的畿辅之地,是南北漕运和商旅要道。那么,欧阳修又是在什么情况下来到颍州的呢?

宋

  欧阳修原籍是吉州庐陵（今江西吉安）人，出生在四川绵州，也就是今天的四川绵阳。天圣七年（1029），23岁的欧阳修就试国子监，这一次，他发挥出色，考了第一名。同年秋天，他参加国学解试，又考了第一名。次年参加礼部贡举，资政殿学士晏殊为主考官，晏殊向来以慧眼识人著称，欧阳修再度夺魁。

  三连冠的欧阳修自然是春风得意，他顺利地闯进了考试的最后一关——仁宗皇帝亲自主持的殿试。在这一轮殿试中，欧阳修名列甲科第十四名，高中进士。据晏殊后来说，欧阳修原本应该是状元，只因才气纵横、锋芒太露，考官们寄厚望于他，希望挫挫他的锐气，让他经受更多的历练，才将他的名次从状元的位置上拉了下来。

  天圣八年（1030）五月，欧阳修释褐为将仕郎、试秘书省校字郎充西京留守推官，从此开始了他的仕途生涯。

  仁宗皇祐元年（1049），欧阳修从扬州移知颍州（今安徽阜阳），这应该是欧阳修第一次以地方官的身份涉足这个地方。虽然他此前任职的扬州浪漫风情举世闻名，但是欧阳修并不觉得颍州比扬州逊色。颍州给他的第一印象便是民风淳朴，物产饶美，土厚水甘，风气醇和，他几乎是第一眼就爱上了这个地方。

  更妙的是，扬州有风情万种的瘦西湖，颍州也有一个西湖，旖旎柔美不在瘦西湖之下，在他眼里别有一番动人的风韵。

  人与人之间的交往讲究缘分，人与地方之间的缘分也有难以言说之妙。阅尽天下美丽风光的欧阳修一到颍州，竟然就对这个地方一见钟情，甚至产生了以后退休就在颍州买田养老的打算。他还很认真地和至交好友梅尧臣商量，想约上好友一起在颍州买块地，以备将来在

这里养老。这并非少年意气一时冲动之后的决定,这时的欧阳修早已过了不惑之年,仕途的沉浮、朝局的动荡、个人命运的辗转,让他对世事有着洞若观火的清晰认识,对于颍州的喜爱既有一见钟情的偶然,也有日久生情的必然。

皇祐元年来到颍州任知州时,欧阳修43岁,虽然应当正值壮年,但他的身体却越来越衰弱,头发胡须都白了,尤其还被日益严重的眼疾所困扰。年轻的时候,欧阳修就已经有比较严重的近视,随着年龄的增长,更是看东西很模糊,老感觉眼前如雾里看花,还似乎有飘动的小黑影,据说现代医学将这种症状的疾病称为"飞蚊症"。

政治上的打击、身体疾病的长期困扰,让欧阳修更加渴望一个宁静的修养身心的环境,能让他安定下来,从无谓的朝廷纷争中解脱,专注地投身于学术研究与文学创作中去。

美丽的颍州西湖就是在这样的心境中拨动了动极思静的欧阳修的心弦,他甚至欢喜地说:"都将二十四桥月,换得西湖十顷秋。"(《西湖戏作示同游者》)扬州瘦西湖上二十四桥明月夜的无限风光,换成了眼前颍州西湖的碧波粼粼。显然,欧阳修对颍州西湖的喜爱要在扬州瘦西湖之上。

多亏了欧阳修对颍州这份特别的情意,才使得颍州西湖的美凝定成超越时空的不朽经典。他前前后后写了十首《采桑子》词,不厌其烦地描写颍州西湖不同季节、不同时刻、不同天气下不同的美,以及他屡次游赏西湖的不同心情,几乎每一首都反映出颍州西湖不同时节、不同侧面的美。这首《采桑子》是其中的第四首。

群芳过后西湖好,狼藉残红。飞絮濛濛。垂柳栏干尽日风。

宋

　　显然，这阕词着眼的是颍州西湖的暮春景色。词人特意回避了春天百花争艳的繁华景象，而是一定要等到百花零落、游人散尽的时候，他才信步来到西湖边。映入他眼帘的是微泛涟漪的西湖，吹了一整天的风，西湖边的小路上此刻已是落花满地，蒙蒙的柳絮在风中飘飞，那是一幅看似纷乱却纯净自然的景象——风景其实也分为人工造景与自然之景。人工造景一般都讲究布局、对称、谐调、整饬，每一个角落、每一处景观都力求完美；自然风景却不假雕饰，有时看上去甚至显得凌乱不堪，但那是一种不以人的意志为转移的天然纯真，仿佛一个还未经世事的婴儿的笑啼，不仅不引人反感，反而让人身心舒畅，忘却尘世间一切纷纷扰扰，回归纯净与自然。

　　"群芳过后西湖好，狼藉残红。飞絮濛濛。垂柳栏干尽日风。"描写的就是这样纯净自然、不加雕饰的"凌乱美"。"垂柳栏干尽日风"，"尽日风"表面上只是说吹了整整一天的风，其实透露的是词人那种自由自在的情绪状态。

　　此刻，词人漫步西湖岸边，踏春的游人早已散去，音乐的喧嚣声也已停止，只有落花与柳絮在他身边自在地飞扬与零落，暮春与黄昏的叠加，让暮年的词人感到了一种淡淡的落寞与孤独——但千万别误以为欧阳修会在这种落寞与孤独中伤感沉沦，其实他最为享受的恰恰就是此刻的空灵与寂静："笙歌散尽游人去，始觉春空。垂下帘栊。双燕归来细雨中。"

　　人潮汹涌、百花盛开的繁华景象欧阳修早已经历过，他等待的就是繁华落尽之后，用一种平和恬淡的心境去体味颍州西湖自然清新的独特韵味。当他在轻飘飘的春雨中回到家中，放下门窗的帘子，在不

经意的抬头一瞥中,看到去年熟悉的那一双燕子又穿透春风春雨,飞回到屋檐下来筑巢了——原来不只是词人眷恋颍州,连燕子也将这里当成了温暖的家。

在欧阳修的《采桑子》系列组词中,这不是人头攒动、充斥着喧嚣与嘈杂的无数游人眼中的颍州西湖,这不是一个万人追捧的旅游热门景点,而是宁静的自然与宁静的诗人心灵对话、共同创造的独一无二的颍州西湖。

在伟大的自然风光面前,伟大的文学家和普通人的区别在于,普通人只能将自然之美停留在个人的感受之中,而伟大的文学家却能用文字将伟大的自然风景凝练、升华,并赋予其独特的个性情怀与历史内涵,让自然之美超越时间与空间的局限,成为永恒的经典。

颍州西湖就是带着这样独特的魅力走进了欧阳修的生命,并且成了欧阳修笔下的经典,而颍州西湖也从此成了欧阳修一辈子牵挂的地方。

皇祐二年(1050)七月,欧阳修改知应天府(今河南商丘),不得不离开他深爱的西湖。但第二年他的母亲去世,欧阳修立即从应天赶回颍州,在护送母亲灵柩回庐陵安葬之后,他再度回到颍州。从皇祐元年(1049)第一次出知颍州开始,欧阳修就在千方百计再续与颍州的缘分:

皇祐四年(1052)三月到皇祐五年(1053)冬,欧阳修在颍州居住了将近两年的时间,为母亲守丧;

熙宁元年(1068)九月,欧阳修开始在颍州营建退休后的居所;

熙宁三年(1070)八月,欧阳修转蔡州任,他特意经过颍州,因患足宋

疾在这里养病,又逗留了一个多月。

熙宁四年(1071)六月,退休后定居颍州,直到熙宁五年(1072)闰七月,66岁的欧阳修在颍州去世。

从43岁第一次知颍州,到66岁在这里终老,20多年的时间,尽管欧阳修仍然不得不四处奔波,但无论他辗转到什么地方,都一直将颍州当作他人生的方向。即便在断断续续离开颍州的那些日子里,他的内心也经常泛起思颍之意。熙宁三年(1070),欧阳修致仕心意已决,八月当他转任蔡州的时候,特意经过颍州,就是这一次在颍州逗留期间,他郑重宣告:颍州,就是他即将养老的地方了。他还为自己取了一个号:"六一居士"。

有人问他:为什么叫"六一"呢?

欧阳修笑着回答:"我有藏书一万卷、《集古录》一千卷、琴一张、棋一局、酒一壶。"

人家追问:"这才五个一啊?"

欧阳修俏皮地回答:"还有我这一个白胡子老头,在这五样东西间慢慢变老,不就是六个一了吗?"

也许是命中注定吧,颍州西湖与六一居士的缘分竟然一直持续到了欧阳修生命的终点,安顿了他奔忙一生的身心,颍州西湖成了欧阳修后半生的精神家园。我们现在经常会说一句话,"重要的事情说三遍",可是欧阳修更厉害,重要的事情要说十遍,因为他太爱颍州西湖了,所以在十首《采桑子》词中,每一首的第一句都用"西湖好"来结尾。例如第一首"轻舟短棹西湖好",第二首"春深雨过西湖好",第三首"画船载酒西湖好",第六首"清明上巳西湖好",第七首"荷花开后

西湖好",第九首"残霞夕照西湖好",第十首在前九首写景的基础上抒情:"平生为爱西湖好。"

重复了十次的"西湖好"是十首《采桑子》的"词眼",但这还不足以表达欧阳修对颍州西湖的爱,除了这十首《采桑子》,他还写下了系列《思颍诗》,表达他后半生二十多年对颍州的思念:"思颍之念未尝少忘于心,而意之所存亦时时见于文字也。"(《思颍诗后序》)

欧阳修如此眷恋颍州,颍州也果然没有辜负他的这一片深情。在《西湖念语》中,欧阳修曾这样形容他与颍州西湖的情缘:"并游或结于良朋,乘兴有时而独往";"至欢然而会意,亦傍若于无人。乃知偶来常胜于特来"。原来,欧阳修与西湖的情意也是像"垂柳栏杆尽日风"一样,就是这样纯净自然、毫不刻意的,无论是和好友一起游赏,还是一个人独来独往,又或者是偶然乘兴而去,他都能欣然有所会意。

因为他来或是不来,颍州西湖都在那里,从来不曾让他失望过。

熙宁四年(1071)六月,65岁的欧阳修以观文殿学士、太子少师致仕,七月初到达颍州,真正在颍州西湖畔安顿下了他的身心。九月,他最得意的学生苏轼、苏辙兄弟专程来颍州看望恩师,又在这里陪伴他度过了20多天,师生一起畅游西湖、畅谈世事、纵论文学。这也是欧阳修与弟子苏轼、苏辙兄弟的最后一次相聚。苏轼在经历欣赏过杭州、颍州等地的西湖后,不禁发出了"未觉杭、颍谁雌雄"的感慨,连他都分辨不出杭州与颍州的西湖谁更美,谁更风姿绰约。因为爱他的老师欧阳修,苏轼也爱上了老师最爱的颍州西湖,这就是所谓的"爱屋及乌"吧。

群芳过后西湖好,狼藉残红。飞絮濛濛。垂柳栏干尽日风。

宋

笙歌散尽游人去,始觉春空。垂下帘栊。双燕归来细雨中。

当然,颍州的西湖未必就一定比杭州的西湖更美,但欧阳修以长达20多年的依依眷恋成就了颍州西湖独特的文学神韵,他那浓厚的"思颍"之情,其实质还是他参透一生荣辱,厌倦宦海风波险恶,希望回归自然、回归纯真的心态。

待到"群芳过后",待到"笙歌散尽",容"我"与西湖"相看两不厌"。

别人也许为"始觉春空"而若有所失,欧公却为"双燕归来"而默默欢喜。

最近网络上极为流行一句话:"愿你走出半生,归来仍是少年。"这是一本散文集的书名,在纷纷扰扰的尘世中转一圈,到底有多少人能够真正做到"走出半生,归来仍是少年"? 我不知道。

但我知道,"群芳过后西湖好",拨开人世纷扰,颍州西湖见证了欧公的自然纯真。欧阳修就是那位走出半生,归来仍是少年的"赤子"。

【拓展阅读】

欧阳修《采桑子》(第十首)

平生为爱西湖好,来拥朱轮。富贵浮云。俯仰流年二十春。
归来恰似辽东鹤,城郭人民,触目皆新,谁识当年旧主人。

生查子·元夕

欧阳修

去年元夜时,花市灯如昼。月到柳梢头,人约黄昏后。　今年元夜时,月与灯依旧。不见去年人,泪满春衫袖。

这首《生查子》是一首非常有名的元宵词,一般认为其作者是欧阳修,但明代的时候有人把这首词算到了朱淑真名下,而且还把"月到柳梢头"改成了"月上柳梢头",还有的版本误作秦观词。其实早在宋代的时候,周必大编撰的《欧阳文忠集》里面已经收录了这首词,它的著作权理应归属欧阳修。

这首词写的是元夕,也就是元宵节,古代又称为上元节。自古以来,写元宵节的诗词非常多,欧阳修的这首词为什么能够脱颖而出,成为经典之一呢?

这首词最大的特点就是欧阳修特别关注了"时间"这个主题,他用"时间"的对比来强化爱情的得到与失去。这样一种时间的对比,既凸

宋

显出在时间的强大面前,人的渺小与脆弱,也强化了人试图与时间相抗衡而产生的悲剧力量。那么欧阳修是怎么描写这种时间对比的呢?他又怎么能够在时间对比中来突出爱情的强烈呢?

我们先来看时间的对比。上片的"去年元夜时"对下片的"今年元夜时",这两句词出现了三个时间点,第一个时间点是"元夜"这个特殊日子,也即元宵节,第二个时间点是"去年",第三个时间点是"今年"。去年的元宵节到今年的元宵节,整整相隔一年的时间。我们平时形容相思的迫切,经常会化用《诗经》里的句子"一日不见如隔三秋",一年有365天啊,你算算看又有多少个"三秋"了?

从去年到今年,一年一度的元宵节,这整整一年的时间差,对于相爱的人来说意味着什么?意味着见一面实在是太艰难了! 一年365个日子,这相思堆积起来该是何等的强烈!

在中国传统的节日中,还有一个节日也意味着一年才能见一次面的爱情,这个节日我不说你肯定也想到了,那就是七夕。在神话传说中,牛郎织女被银河阻隔,每到七夕,他们才能通过鹊桥见上一面。白居易的长篇叙事诗《长恨歌》就写到了唐玄宗和杨贵妃在七夕许愿"七月七日长生殿,夜半无人私语时",祈祷他们的爱情能够天长地久:"在天愿作比翼鸟,在地愿为连理枝。"到了现代,还有很多人把七夕当成是中国的情人节。现在的年轻人经常一年要过两个情人节:西方的情人节2月14日,中国传统的七夕。趁着天上的牛郎织女一年一会,人间的恋人们也希望能够爱情美满。

但在中国古代的时候,真正的情人节其实应该是元宵节。为什么古代的情人节不是七夕而是正月十五元宵节呢?

七夕称为乞巧节,在古代是女孩子向织女祈祷,希望能够像织女一样心灵手巧,成为女红高手的一个节日,并不是祈祷爱情圆满的节日。而且你想想看啊,真正相爱的人,天天耳鬓厮磨都嫌不够,谁愿意像牛郎织女一样,一年只见一次面呢?

可是元宵节就不一样了。元宵节对于古代的年轻人来说,简直就是狂欢节,比西方的圣诞节还要热闹。到了宋代的时候,元宵节虽然主要是指正月十五这一天,但在节前一两天开始就已经到处张灯结彩,布置得灯火辉煌了,这种风俗称为"试灯"。

到了正月十五当天,城市中没有宵禁,男女老少几乎是倾城而出观赏花灯,甚至连平时足不出户的贵族女子,也可以在这一夜通宵达旦,在灯市之中流连忘返,热闹与喧嚣彻夜不绝。

因为元宵有观灯的习俗,所以元宵节又被称为灯节。

这可是年轻人恣情撒欢的一个节日,尤其是那些贵族女性,平时养在深闺当中,只有这一天晚上可以自由自在玩个通宵,所以元宵节也成为青年男女约会的好时机,许多浪漫的爱情故事都发生在这个特别的夜晚。元宵节就成了中国古代事实上的"情人节",这个"情人节"的关键词就是"自由恋爱",因为在这一天,他们可以自由地见面。

你想啊,对于年轻人来说,还有什么比能够自由恋爱更加可贵的呢!如果你在诗词中看到"元夜""上元"这样的关键词,马上就能猜到,嗯,这多半要发生点浪漫的爱情故事了。

哎,你猜对了,这首《生查子》背后就是一段朦胧的爱情故事。无论是"去年元夜时"还是"今年元夜时",两个元宵节都和爱情紧紧关联在一起。那么,去年的元宵节和今年的元宵节,爱情的体验究竟是

宋

相同还是不相同呢?

有相同,也有不相同。

相同的是节日的风景,不相同的是恋爱的人发生了变化。

去年的元宵节,风景是"花市灯如昼"。天气很好,明月当空,街市的花灯争奇斗艳,把夜晚照耀得像白天一样明亮,人间的花灯与天上的月亮交相辉映,相得益彰。

今年的元宵节呢?"月与灯依旧",月色和花灯还和去年一样漂亮、一样热闹,简直没有任何区别。但是,恋人之间的感情发生了巨大变化。去年的元宵节,这对恋人的恋爱状态是"月到柳梢头,人约黄昏后"。"我"穿梭在灯海中,却没有心思去欣赏各式各样的花灯。为什么呢?因为我心里有事儿啊,一门心思就只想赶着去赴那个约会:黄昏以后,等到月亮升上柳树梢头的那个时刻,就是"我"和"她"约好要相会的时间。

"月到柳梢头,人约黄昏后。"上片写到这里戛然而止,这可是吊足了我们的胃口。因为你想啊,古时候男生女生的约会可没那么容易,尤其女孩子大门不出二门不迈,平时难得有机会见到男孩子,好不容易等到元宵节,才终于可以自由地见一面,我们可能就会情不自禁地要猜一猜:他们一见面会说什么呢?会做什么呢?他们的爱情和一般的恋人相比,有没有什么特别之处呢?

我们脑子里可能一下子涌现了无数个问题,可是"狡猾"的欧阳修偏偏不想给我们一个明确的答案,而是给了一个类似于绘画的"留白",相当于说,此处省略若干字。古人填词,确实不喜欢将话说得太直白太露骨,他们特别注重含蓄美。所以欧阳修越是不说约会的细

节,越是给我们留下了巨大的想象空间,我们可能忍不住就要想象了:在这对恋人相会的一刹那,那一定是最幸福的时刻。那一刻,元宵节只属于他们两个人,他们两个人就是全世界;那满街的花灯与观灯的人潮全都成了若有若无的背景,甚至成了他们爱情最好的"掩护"。

最热闹的元宵节,在一对深爱的恋人眼中就成了最安静、最温馨的情人节。

"去年元夜时,花市灯如昼。月到柳梢头,人约黄昏后。"去年的元宵节,爱情是那么浪漫,那么美好,那么圆满。一年过去了,他们的感情是越来越甜蜜了,还是发生了意想不到的变化呢?

今年的元宵节,"我"没有变,"我"还在那个老时间、老地方焦急地等待着她——但是,等啊等啊,等到月上柳梢,等到月亮西沉,等到灯火阑珊,却一直没有看到她的倩影。

这一次,她没有如约而来。

"不见去年人,泪满春衫袖。"在难熬的等待中,在时间一点点的流逝中,"我"从最开始迫切的希望,到一点点的失望,到最后的绝望,这一系列情绪的变迁,让"我"在不知不觉中,泪满衣袖,痛满心头。

用时间的流逝来突出爱情的失落是这首词最突出的特点。虽然这首词写的未必是欧阳修自己的真实经历,但通过这首小词,我们会发现,一代大儒欧阳修其实也是一个深情的人、一个多情的人,而且他自己确实也经历过缠绵悱恻的爱情,经历过爱情中得到的幸福和失去的痛苦,所以他才能写出这种细腻的情绪体验。

比如说,欧阳修和他的结发妻子胥夫人感情非常深厚。欧阳修在25岁的时候,迎娶了恩师胥偃的小女儿,那一年,胥夫人才14岁。三

宋

年后,胥夫人难产,生下孩子后还没有满月她就去世了,去世的那一年,还只有17岁。五年后,这个孩子也夭折了。

胥夫人虽然出身贵族,可是她身上并没有一般贵族女子的那种娇、骄之气,"胥氏女既贤,又习安其所见。故去其父母而归其夫,不知其家之贫;去其姆傅而事其姑,不知为妇之劳。"(徐无党《胥氏夫人墓志铭》)她下嫁欧阳修之后,既不嫌弃夫家的清贫,孝顺年迈的婆婆亦任劳任怨,从不叫苦叫累。

胥夫人去世后,欧阳修特别难过。他为胥夫人写过一首悼亡诗《绿竹堂独饮》,其中有这样沉痛的句子:"年芳转新物转好,逝者日与生期遥。"景物会一年一度更新更美,可逝去的人却永无归期。他甚至寄希望于梦境,希望能够在梦中与妻子重聚,可是连梦都如此吝啬,即便偶尔梦到,梦中的人又模糊不清。即便如此,欧阳修也宁愿沉溺于这样短暂而飘忽的梦境中,不愿醒来:"可见惟梦兮,奈寐少而寤多。或十寐而一见兮,又若有而若无,乍若去而若来,忽若亲而若疏。杳兮倏兮,犹胜于不见兮,愿此梦之须臾。"(《述梦赋》)

欧阳修还写过一首词《少年游》怀念胥夫人,也用到了类似于《生查子》这样的今昔对比:"去年秋晚此园中,携手玩芳丛","今年重对芳丛处,追往事、又成空"。他和胥夫人相伴相守的时候,两个人经常携手在庭园中欣赏美丽的秋景,那是何等的幸福甜蜜。胥夫人离去之后,还是同样美丽的秋天,还是同样美丽的庭园,可是没有了胥夫人的陪伴,欧阳修只感到往事成空的悲哀与失落。

同样是通过时间的对比来凸显爱情失落的伤感,这首《少年游》和《生查子》的情感是何等一致!两首词的创作手法又是何等相似!

"去年元夜时",我们还拥有着"月到柳梢头,人约黄昏后"的缠绵缱绻,而"今年元夜时",却饱含着"不见去年人,泪满春衫袖"的凄凉幽怨,时间对比的背后,是更加强烈的哀乐情感的对比。

当然,这样的情绪体验并不是欧阳修的首创,早在《诗经》中,古代的诗人就已经将时间对比的手法运用得炉火纯青了,比如《诗经·采薇》中的这几句名句:"昔我往矣,杨柳依依。今我来思,雨雪霏霏。"这也是通过今昔对比来表达哀乐情感的变化。

时间在不断地变化,爱情却一直浓烈如初。正是因为情感的不变,遭遇到了时间的变化,由此产生的失落才会呈现出特别忧伤的味道。

这样看来,这首《生查子》的情绪虽然有些伤感,但是我们可以从中收获另外一种人生体验:对于真正深爱的人来说,暂时不能相见虽然令人悲伤,但"依旧"的执着守候不是更让我们期待吗?"月到柳梢头,人约黄昏后"这样的词看上去句句平淡,细细品读,却句句都是对爱情最深切的执着守望。

【拓展阅读】

欧阳修《南歌子》

凤髻金泥带,龙纹玉掌梳。走来窗下笑相扶,爱道:"画眉深浅入时无?"　弄笔偎人久,描花试手初。等闲妨了绣功夫,笑问:"双鸳鸯字怎生书?"

桂枝香·金陵怀古

王安石

  登临送目。正故国晚秋,天气初肃。千里澄江似练,翠峰如簇。归帆去棹残阳里,背西风、酒旗斜矗。彩舟云淡,星河鹭起,画图难足。　念往昔、繁华竞逐。叹门外楼头,悲恨相续。千古凭高,对此谩嗟荣辱。六朝旧事随流水,但寒烟、芳草凝绿。至今商女,时时犹唱,《后庭》遗曲。

  在群星璀璨的北宋词坛,王安石作为一名词人的身份,实在是不怎么引人注目。甚至李清照还大胆地嘲笑过他,王安石写词?拉倒吧!别看王安石文章写得气势磅礴,学问才华那也是一骑绝尘,可他"若作一小歌词,则人必绝倒"!王安石写词?那会让人笑死去!

  李清照这话说得似乎很任性,但王安石的确不怎么擅长填词,作品也不多,《全宋词》只收录了他的29首词,特别有名气的作品就更少了。不过,他的这首《桂枝香》却是赢得了几乎众口一词的称赞,就连

他在政治上的老对头苏轼在看到这首词之后,也佩服得五体投地,连声感慨:"此老乃野狐精也!"苏轼这话可不是笑话王安石是狐狸精,而是赞美他这首词简直是神来之笔,根本不是普通人能写得出的嘛!钦慕之意溢于言表!

乍一听上去,《桂枝香》这个词牌名好像挺俗艳的,但其实,在古代文学的语境中,"桂"实在是一个非常吉祥的意象。在《晋书·郤诜传》里有记载,郤诜要去当雍州刺史的时候,晋武帝在东堂相送,武帝问郤诜:"你对自己有什么样的评价啊?"郤诜回答:"臣举贤良对策,为天下第一,就好比是桂林之一枝,昆山之片玉。"后来"桂林一枝"就用来比喻出类拔萃的杰出人才了。

又因为神话传说里月亮上有桂树和蟾蜍、玉兔,因此月亮又被称为桂月或者桂魄、蟾宫、蟾兔、蟾魄等等,还引申出一个众所周知的成语"蟾宫折桂",意思就是在科举考试中高中进士。比如《红楼梦》里就有一个情节,宝玉要去上学了,去和黛玉辞行,黛玉因笑道:"好!这一去,可是要蟾宫折桂了。"

《桂枝香》这个词牌名就是沿用了桂的这种美好寓意,唐朝人裴思谦状元及第之后曾经赋诗"夜来新惹桂枝香",唐懿宗咸通年间袁皓登第后也写过诗句"桂枝香惹蕊珠香",这大概就是《桂枝香》词牌名的来历了。用这个词调来填的词中,最有名的就是王安石的这首《桂枝香》。

王安石这首词题目是"金陵怀古",自然是在金陵也就是今天的南京创作的了。词的内容主要分为上下两大部分,整首词由"登临送目"四个字领起,第一部分是登临送目之所见所感,第二部分则是登临送

宋

目之所怀所想,这也就是词之上下片的主要逻辑了。

上片是登高纵览的一幅金陵全景图,描绘金陵的黄昏秋景;下片咏史怀古,并且借古讽今,从历史的兴亡中提炼出对现实的启示。这样的主题倒是挺符合王安石的个性气质的。

那么,这首词为什么能够得到苏轼那么高的评价呢?我们这就开始仔细品读一番。

"登临送目。正故国晚秋,天气初肃。"开篇三句就挺"王安石"的吧?在王安石的时代,词坛的主流风格一致偏向于柔美,即便是描写秋天,也往往是写得哀婉凄清,如柳永的《雨霖铃》写秋景是"寒蝉凄切,对长亭晚,骤雨初歇",就是一片缠绵悱恻。连范仲淹笔下的秋天也是别有一番凄美:"碧云天,黄叶地。秋色连波,波上寒烟翠。"可是王安石呢,当他登高远眺,看到故国晚秋的时候,他用了一句"天气初肃"。一个"肃"字,真是又硬又涩啊!"肃"是萧瑟、萎缩的意思,《礼记·月令》里说:"季春行冬令,则寒气时发,草木皆肃。"一个肃字,立刻营造出了一种草木枯萎、秋意肃杀的感觉,气氛一下子显得凝重起来,让人感受到一种咄咄逼人的寒意。由此可见,王安石用笔确实不同于一般婉约词人的轻灵柔美,而是偏向瘦硬清峻的风格,也难怪前人会评价他的词"瘦削雅素"(刘熙载《艺概》)了。

顺便提一下,王安石为什么称金陵为"故国"呢?我想,应该是有这么两个原因:故国不仅仅指祖国,在古代,故国还可以是旧都城的意思。金陵本就是六朝古都,是东吴、东晋、宋、齐、梁、陈六朝的都城,南唐也曾定都金陵;另外,古人也常常把故乡称为故国,如杜甫就说过:"取醉他乡客,相逢故国人。"王安石虽然是江西抚州临川人,但他少年

时期曾经移居钟山,也就是今天南京的紫金山,因此他是将金陵视为自己的第二故乡的。

你一定还记得王安石那首最著名的诗《泊船瓜洲》吧?"京口瓜洲一水间,钟山只隔数重山。春风又绿江南岸,明月何时照我还。"这首诗就是他即将离开金陵,前往京城开封时写下的诗篇。当他依依不舍地离开南京,离开钟山,还没有远行,就已经开始思念故乡,发出了"春风又绿江南岸,明月何时照我还"的感叹。王安石晚年退休之后,仍然选择了金陵作为自己的养老之地,赋闲金陵十年。而且从元丰元年(1078)开始,王安石只领基本的"退休工资",他在金陵的住宅十分简陋,出行的交通工具就是一头驴而已,日常的生活状态和一般的村夫野老没什么不同,压根儿就不像是一个"离休"的高级干部。根据宋人叶梦得的记载,王安石晚年就住在钟山的谢公墩,每天吃完饭就骑着他的驴去登钟山,"纵步山间,倦则即定林而睡,往往至日昃乃归"。(叶梦得《避暑录话》)

看来这首《桂枝香》中,王安石"登临送目"的地方,很可能就是金陵郊外的钟山,而《桂枝香》的创作,应该也是在他退休赋闲金陵以后了。

"登临送目。正故国晚秋,天气初肃。"起首三句先铺垫出一派肃杀秋意之后,接下来就是具体铺排登临所见的山川秋景了。"千里澄江似练,翠峰如簇。"绵延千里的江面此时波涛不兴,一江秋水如同白练般清澈光洁;与平静的江面相对的,则是"翠峰如簇",重重叠叠的山峦就好像簇拥在一起,视觉冲击十分强烈。"澄江似练"是近处所见,是静态的风景;"翠峰如簇"则是远处的背景烘托,虽然仍是静景,却生

宋

生被描绘出了动态的热闹,更加衬托出了千里澄江似练的苍茫与辽阔。王安石用笔果然不同凡响吧?

"归帆去棹残阳里,背西风、酒旗斜矗。"在这平静辽阔的千里澄江上,帆船在残阳斜照中来来往往,而店招、酒旗又在西风中缓缓飘扬:"背西风、酒旗斜矗。"一个"矗"字,又是力透纸背。矗,本是高高耸立的意思,王安石偏偏用这个字来形容斜斜飘扬的酒店招旗,也亏他老人家想得出来!也可见,在江天一色的自然风景之中,人为的酒旗杂在中间,是何等的醒目,令人悚然而惊。

上片以"彩舟云淡,星河鹭起,画图难足"收结,夕阳之下,云淡风轻,彩舟往返,白鹭惊飞,真是一幅美妙的金陵秋景图。不!这是用语言、用文字、用图画都难以备述的山川之美。一句"画图难足",给上片的自然风景留下了余味无穷的言外之意。

下片就是王安石"登临送目"的所怀所想了。"念往昔、繁华竞逐。"作为六朝古都,当年的金陵是何等繁华壮丽,"竞逐"这两个字也暗暗讽刺了六朝君主的穷奢极欲和攀比之风。"叹门外楼头,悲恨相续。"这两句词化用了杜牧《台城曲》"门外韩擒虎,楼头张丽华"的诗意。韩擒虎是隋朝开国大将,曾率兵由朱雀门入城,俘获陈后主,灭掉陈朝。当韩擒虎兵临城下的时候,荒唐的陈后主竟然还和宠妃张丽华在结绮阁上赋诗作乐,似乎对即将降临的灭国之耻毫不在意。"门外楼头",门,指的是朱雀门;楼,就是指结绮阁了。

当王安石再一次登高望远的时候,他看到的不仅仅只是眼前的山川之美,更是对于历史兴衰的豁然醒悟。六朝更替又何尝不是"悲恨相续"呢!"千古凭高,对此谩嗟荣辱。六朝旧事随流水,但寒烟、芳草

凝绿。"六朝兴亡的荣辱兴衰已经随着大江流水一去不复返了,只有寒烟芳草似乎依旧在喃喃地诉说着过去,只有凭高远眺的词人徒劳地对此感慨着,叹息着。

"至今商女,时时犹唱,《后庭》遗曲。"结尾三句再一次化用了杜牧的著名诗篇《泊秦淮》:"烟笼寒水月笼沙,夜泊秦淮近酒家。商女不知亡国恨,隔江犹唱后庭花。"这首诗也提到了关于陈后主的故事。《后庭花》,即歌曲《玉树后庭花》,相传是陈后主所作。根据《隋书·卷二十二志第十七五行上》的记载:"后主作新歌,词甚哀怨,令后宫美人习而歌之。其辞曰:'玉树后庭花,花开不复久。'时人以歌谶,此其不久兆也。"于是后人就把《玉树后庭花》看作是亡国之音了。

"至今商女,时时犹唱,《后庭》遗曲",收尾三句和上片的"背西风、酒旗斜矗"又形成了一种呼应。无论是唐代的杜牧,还是宋代的王安石,本意当然并不是要批评歌女毫无家国忧患意识,只知道没心没肺地唱着亡国之音来取悦客人,他们真正要讽刺的是那些沉溺于声色之中的官员、士大夫。历史的兴亡更替从来都是一面镜子,映照着现实的得失对错。

写下这首《桂枝香》的时候,王安石虽然已经不是北宋的宰相,只是一名生活极其简朴、简单的退休老人,但他毕竟曾是叱咤风云的铁血宰相,是一手推动熙宁变法的领军人物,即便是退休赋闲,又怎么可能斩得断忧国忧民之心呢!

这样一位在政治上十分强硬的人物,填起词来也是一派硬朗作风,没有一丝一毫的脂粉气。既然说到了王安石一贯的硬朗作风,在这里我顺便八卦一个小故事。

宋

北宋年间的官员因为薪水比较高,日子普遍过得很滋润,所以崇尚奢侈享乐几乎是整个社会的风气,王安石却与众不同,他生活特别节俭,甚至可以说节约到了有点抠门的地步:比如说他不大洗澡,更不怎么换新衣服,总是穿着同一件旧袍子;吃饭也不讲究大鱼大肉或者山珍海味,反正只吃摆在他面前最近的那一盘菜;在宋代士大夫普遍三妻四妾还蓄养歌儿舞女的大环境下,王安石却不好女色,坚持不纳小妾。连他的夫人都看不过去了,有一次,夫人自作主张给他买了一个小妾。王安石乍一见到一个陌生的美女来给他端茶送水,便很奇怪地问:"你是谁?我怎么不认识你?"

女子怯怯地低声回答:"我的丈夫本来也是军中的一个官员,因为犯错被罚,家产全都卖了还不起债,只好把我卖了来赔钱。"

王安石一听,非常同情女子的不幸遭遇,于是问:"夫人买你花了多少钱?"

"九十万钱。"

王安石于是让人把女子的丈夫叫来,让他将女子带回家去夫妻团圆,至于买妾的钱当然也不要他们偿还了。

在北宋那个风流富贵的时代,王安石却是一个如此不近声色、甚至"不近人情"的人,难怪他要被人视为"异类"了。也难怪,在他的笔下,我们看不到柳永、秦观那样的旖旎柔情,看不到晏殊、欧阳修那样的风流浪漫,只有专属于王安石的忧患意识。

北宋王朝表面上坐享百年太平,但实际上隐患重重,按照梁启超的说法,到王安石登上政治舞台的时候,"宋之政府及国民,其去破产盖一间耳"(梁启超《王安石传》),意思是到王安石开始执政的时候,

北宋政府距离破产其实只有一步之遥了。正因为对国家内忧外患的清醒认识,才让王安石下决心以雷霆手段,强硬地推行熙宁变法。

的确,王安石的一生就是一个为社稷苍生而殚精竭虑的一生,尽管他主导的熙宁变法,其功过得失历史上有不同的评价,但他的人格气节却赢得了一致的高度认同,包括他的政敌司马光、苏轼在内,对他的学识才华、人格修养都是发自内心敬佩的。就比如说苏轼吧,苏轼在元丰七年(1084)六月底经过金陵时,还特意去拜访了退休在家的王安石,这两个政治上针锋相对的人,对彼此的才华、人品却是惺惺相惜。在金陵逗留期间,苏轼与王安石经常约在一起谈诗论文,一起出游,一起纵论古今。苏轼在他的《次荆公韵四绝》(其三)中,还感慨地写道:"劝我试求三亩宅,从公已觉十年迟。"苏轼甚至产生了在金陵买田,要与王安石卜邻而居、相伴终老的想法。可见王安石人格魅力的感召是何等强大。

登临送目。正故国晚秋,天气初肃。千里澄江似练,翠峰如簇。归帆去棹残阳里,背西风、酒旗斜矗。彩舟云淡,星河鹭起,画图难足。

念往昔、繁华竞逐。叹门外楼头,悲恨相续。千古凭高,对此谩嗟荣辱。六朝旧事随流水,但寒烟、芳草凝绿。至今商女,时时犹唱,《后庭》遗曲。

这样的王安石,因为始终将国家命运放在第一位,才会在他的词中尽洗脂粉气味,流露出深切的历史兴亡之叹,展现出一位铁血宰相的历史智慧和家国担当,也试图为文恬武嬉的朝廷风气敲响一记警钟。

宋

【**拓展阅读**】

王安石《千秋岁引》

别馆寒砧,孤城画角,一派秋声入寥廓。东归燕从海上去,南来雁向沙头落。楚台风,庾楼月,宛如昨。　　无奈被些名利缚,无奈被他情担阁,可惜风流总闲却。当初谩留华表语,而今误我秦楼约。梦阑时,酒醒后,思量着。

临江仙
晏几道

梦后楼台高锁,酒醒帘幕低垂。去年春恨却来时,落花人独立,微雨燕双飞。　　记得小蘋初见,两重心字罗衣,琵琶弦上说相思。当时明月在,曾照彩云归。

晏几道在词坛上简直就是"神"一般的存在。所谓"神"一般的存在,主要表现为两大特质:一是在词坛的地位崇高,属于"男神"级别的偶像;二是特立独行,个人气质的辨识度非常高。说他的地位高,是因为晏几道的名字常常和另外两大词人并提,一个是南唐后主李煜,一个是清代相门公子纳兰性德。在人们眼中,他们三位都属于现象级的词坛"男神",而且这三位词人都有一个共同特点:集贵族气质和忧郁气质于一身,而且这种气质非常鲜明地体现在了他们的作品当中。

晏几道,字叔原,号小山,以《小山词》传世,存词大约260首。这首《临江仙》就是他最著名的代表作之一:

宋

梦后楼台高锁,酒醒帘幕低垂。去年春恨却来时,落花人独立,微雨燕双飞。　　记得小苹初见,两重心字罗衣,琵琶弦上说相思。当时明月在,曾照彩云归。

既然我用"贵族气质和忧郁气质"来概括李煜、晏几道、纳兰性德这三位词人的性格特征,那么在解读这首作品之前,我们不妨从这两大气质开始,先简单介绍一下晏几道其人。

先来看贵族气质。

晏几道是北宋著名宰相晏殊的第八个儿子,也是他最小的儿子。作为一代名相,又是当时德高望重的大文豪、词坛领袖级人物,晏殊为晏几道营造了一个充满贵族气韵的成长环境。前人曾经评价说小山词"如金陵王、谢子弟,秀气胜韵,得之天然"(王灼《碧鸡漫志》),这就是说晏几道好比东晋时期的世家大族王导、谢安两家的子弟,身上的贵族气质是"得之天然",与生俱来的。当然,我说的贵族气质,绝对不仅仅是指家境富贵,更是指深厚的学养和博富的才情,以及超越个人利益进而对整个人生、人世有着一种深刻的关怀和悲悯。

在北宋词坛,父子词人能够齐名的唯有晏殊、晏几道,因此他们被称为"二晏",或者以"大晏""小晏"区分他们。世人将他们与南唐中主、后主李璟、李煜父子并称,可见"二晏"父子在词坛地位的崇高。晏几道的词正是脱胎于父亲晏殊的《珠玉词》,却又青出于蓝而胜于蓝,形成了自己的独特风格。

再来看忧郁气质。

虽然晏几道出身贵胄,可是他18岁的时候,父亲晏殊去世,晏家由此开始逐渐衰落,不谙世事的晏几道可能直到这时才慢慢体会到世

事艰难,而与生俱来的傲气让他不愿意去摧眉折腰,求得权贵的同情和提拔。有个小故事挺能说明晏几道的这份清高和傲气的。

晏几道的好朋友之一是宋代著名诗人黄庭坚,黄庭坚又是苏轼的得意门生。宋哲宗元祐三年(1088),苏轼曾经请他的学生黄庭坚代为传达他想要拜见晏几道的愿望。以苏轼当时的名望,他想去拜访谁,那人多半是要受宠若惊、欣喜若狂的。没想到,晏几道听了黄庭坚的传话以后,只是冷冰冰地回了一句:"今日政事堂中半吾家旧客,亦未暇见也。"这句话的潜台词是:现在朝廷中当权主政的人,多半是我父亲原来的门生旧客,连他们我都没时间见,哪里有空见你这个小辈呢?(陆友《砚北杂志》卷二)

这个时候的苏轼,论年龄,已经年过半百;论地位,早已经是名满天下的文坛盟主、政坛要员,谁不是绞尽脑汁争着想去见他一面,合个影、求个签名什么的呢?晏几道偏偏架子大得很,连鼎鼎大名的苏轼都吃了他的闭门羹。

晏几道在苏轼面前表现得这么傲气,其实也并不奇怪——尽管从年龄上看,他和苏轼差不多。苏轼生于1037年,晏几道生于1038年,可以说是苏轼的同龄人。但是从辈分上看,他又确确实实是苏轼的前辈。因为苏轼是欧阳修的门生,欧阳修是晏殊的门生,这样算起来,晏殊是苏轼的师爷爷,晏几道则是苏轼的师叔,是苏轼的长辈。因此,苏轼对这位年龄相仿的小师叔是比较尊敬的。

你看,连苏轼的面子都不给,可想而知,晏几道对其他的政坛显贵的态度会是什么样子的了。也正是这个原因,晏几道终身沉沦下僚,在仕途上的发展比较坎坷。近代词学家夏敬观曾说:"叔原以贵人暮

宋

子,落拓一生,华屋山邱,身亲经历,哀丝豪竹,寓其微痛纤悲,宜其造诣又过于父。"(《映庵词评》)这一段话应该是比较中肯地概括了晏几道的一生和他的词。

"贵人暮子"说的是晏几道的贵族出身。晏殊的去世,成了晏几道人生的分水岭。"华屋山邱,身亲经历",壮丽的建筑变成了贫瘠的土丘,经历了巨大的盛衰之变,晏几道对人生有了更悲凉的体悟,也许词中蕴含的这种"微痛纤悲"就是晏几道独特的忧郁气质吧。

那么,这样的气质在这首《临江仙》里是不是也会有所流露呢?我们现在就来逐句解读一下。

"梦后楼台高锁,酒醒帘幕低垂。"如果让我再用两个词语来概括晏几道词的特点,那么我一定会用这两个词语——追忆和梦境。

晏几道不是一个活在"现在"的人,而是一个活在"过去"的人;他的词,也是在不断追忆过去的词。

比如这首《临江仙》,就是以追忆和梦境为主体的代表作。起首两句,"梦后""酒醒"这两个动作互文,都只是为了说明一个现象:无论是从梦中醒来和还是从宿醉中醒来,都是从迷离恍惚的状态中突然被拉回到清醒的现实。

词人睁开双眼见到的现实是怎样的情景呢?

是"楼台高锁""帘幕低垂"。门窗紧闭的楼台,静静低垂的帘幕,似乎有两层意义的指向。一层是实指,说明这处楼台不是那种宾客盈门、充满欢歌笑语的热闹场所。是啊,连苏轼这样的人都敲不开晏几道紧闭的门,可以想见,能够踏入这座楼台的人一定是少之又少了。另一层是虚指,人迹罕至只是表象,其实质则是这座楼台的主人内心

的孤独寂静——不是没人进入这座楼,而是没人能够进入他的心。

只可惜,梦也好,酒也好,对现实的逃避只能是暂时的。词人不得不面对的现实,总是在梦醒和酒醒过后,残酷地回到他的眼前。

"去年春恨却来时",现实中又是一年的春天了,去年曾经扰乱词人内心的"春恨",今年又继续成了不速之客。一年一度的春天,一年一度的春恨,这是词人拼命借醉酒、借做梦想要摆脱的孤独情绪,但摆脱的结果是什么呢?

是"落花人独立,微雨燕双飞"。仍然是孤独,仍然是伤心。

"燕双飞",是何等温馨的景;"人独立",又是何等忧伤的情!

"落花人独立,微雨燕双飞。"这两句词历来被认为是千古名句,只不过这千古名句的原创者并非晏几道。五代诗人翁宏的《宫词》(一作《春残》)云:"又是春残也,如何出翠帷。落花人独立,微雨燕双飞。寓目魂将断,经年梦亦非。那堪向秋夕,萧飒暮蝉辉。"翁宏诗的艺术价值较为平庸,其中的"落花人独立,微雨燕双飞"也被埋没在平庸中不为人知。这就像千里马和伯乐的关系,没有伯乐,千里马也只能和普通的劣马混在一起,看不出任何特别之处。

晏几道就是那个慧眼识珠的伯乐,"千里马"一经他的点化,给它一个可以纵横驰骋的平台,它就能立刻焕发出异彩。"落花人独立,微雨燕双飞"就是这样,看似信手拈来,却有点石成金的妙用,一经放到这首《临江仙》词中,就点染成了一幅凄美绝伦的图画:孤独的人,伫立在暮春飘零的落花中,蒙蒙细雨中依稀看到燕子双双归来。

当我们还深深沉浸在这幅凄美图画中黯然神伤的时候,下片起首"记得"两个字,又将我们的思绪拉到了词人追忆中的过去。从上片的

宋

铺垫,我们可以想象,追忆中的过去,一定是和现实不同的另一番天地。那么,这个过去到底是什么样子的呢?

"记得小蘋初见,两重心字罗衣",这里有一个关键词:"小蘋"。这个关键词代表的是一个关键人物,也是晏几道全部追忆的核心。显然,在晏几道的记忆里,小蘋是占据他情感深处的一个重要女子。

大家可能有过这样的经验:"人生若只如初见。"如果一种感情在你的心里足够深刻,那么不管你以后的人生还会有多少复杂的经历,"初见"的一刹那在你的心里一定是永恒的,在任何时刻都一定是最清晰、最难忘的。

晏几道也是这样,当小蘋这样的女子第一次出现在他的视线中,她惊人的美貌、温柔的性情、动人的歌声、婀娜的舞姿,一定深深打动了他的心。可是,多年之后,当晏几道回忆起这次"初见"的时候,他却没有铺张笔墨去描述小蘋的美貌,而只是淡淡地说了一句"两重心字罗衣"。他们相见的那一天,小蘋穿着的是一件薄薄的罗衫,衣服的领口处还绣着双重的"心"字。双重的心,那就是心心相印的意思啊。理解了这一层含义,我们就能读懂晏几道淡淡的词句背后深深的情了——那是一种一见钟情的震撼。

在初次见面的那个时刻,也许小蘋穿上一件绣着"心"字的罗衣只不过是一个偶然,但是在这个偶然的碰巧中,开启了一场注定要心心相印的爱恋。而且,为了这场爱恋,晏几道将要付出一生的时间去追忆。

"记得小蘋初见,两重心字罗衣,琵琶弦上说相思。""两重心字罗衣",是追忆中的视觉形象;"琵琶弦上说相思",是追忆中的听觉感

受。词人的视觉和听觉都停留在那个初见的美丽时刻,他多么希望那一刻能凝固成永恒。

可是,人生到底有什么是能够永恒的呢?初唐诗人张若虚在他的名篇《春江花月夜》中说:"人生代代无穷已,江月年年只相似。"永恒的是明月,人事却永远都在变化。"当时明月在,曾照彩云归。"词人和小苹的那一次初见,就是在明月如水的夜晚。当时的明月和现在词人看到的明月还是一样的明月,但明月下的景象已经发生了翻天覆地的变化。当年的明月曾经照耀着小苹归去的倩影,而今明月依旧,那位像彩云一样美丽的女子小苹,却再也找不到了。

一首短短的小词,从现实的梦后酒醒,到追忆中的人生初见,再到现实与追忆交错的彩云飘散,我们跟着晏几道一起完成了一次缥缈幽长的时空之旅。当我们行进到这段旅程的终点,也许我们也和词人一样,恍惚中只见彩云飘散、明月依旧,早已不知今夕何夕,不知身在何处了。

这就是追忆的力量。

其实追忆从来都是诗人偏爱的主题,但晏几道无疑是其中最为典型的代表,甚至可以说,追忆就是他人生的基本模式。有人说,晏几道的《小山词》就是他人生和情感的一部"回忆录"。

晏几道,就是一个总是生活在追忆中的词人。在晏几道的追忆中,有四位女子是最令他难忘的,也是和他感情最深的红颜知己。这四位女子的名字分别是:莲、鸿、苹、云。"记得小苹初见",小苹就是这四位女子中的一位,也是晏几道频繁追忆的一位。除了《临江仙》之外,他还写过很多怀念小苹的词,如"小苹微笑尽妖娆"(《玉楼春》)、

宋

"小苹若解愁春暮,一笑留春春也住"(《木兰花》)……

晏几道在自己写的《小山词序》中说:"始时沈十二廉叔、陈十君龙家,有莲、鸿、苹、云,品清讴娱客。每得一解,即以草授诸儿。吾三人持酒听之,为一笑乐而已。而君龙疾废卧家,廉叔下世。昔之狂篇醉句,遂与两家歌儿酒使俱流转于人间。"沈廉叔和陈君龙是晏几道意趣相投的两个朋友,莲、鸿、苹、云是他们家的四位歌女。当年,每当他们聚会的时候,总是会即兴写一些美丽的小词,就在席上交给这四位歌女去演唱,那是晏几道追忆当中最快乐、最美好的一段日子。

这样的经历倒是很像《红楼梦》里的贾宝玉,而晏几道的个性气质也与贾宝玉极为相似:男人的世界实在是太复杂、太污浊了,只有见了女儿家才觉得干净清爽。男人是泥做的,女儿家却是水做的。因此,在现实中屡屡受到打击和伤害的晏几道,他最愿意亲密相处的,还是那些清纯可爱的女子。

"琵琶弦上说相思",当年小苹怀抱琵琶,轻声演唱的那首饱含情意的小词,也许正是晏几道专门为她写的心曲呢。

但这段快乐的时光,终于因为陈君龙一病不起、沈廉叔的去世而烟消云散了。几个朋友相继家道中落,莲、鸿、苹、云也不知流落何方。

所谓"华屋山邱,身亲经历",世事的变化无常,让晏几道对现实、对未来产生了一种强烈的幻灭感。幻灭感往往会引领人走向佛家的"悟"。例如,康有为就评价说,"梦后楼台高锁,酒醒帘幕低垂",这起首两句纯是"华严境界"(梁启超《饮冰室评词》引康有为语)。

所谓"华严境界",就是佛家那种空寂的境界。那座曾经灯火辉煌、充满欢歌笑语的楼台,如今只剩下人去楼空后的凄冷悲凉,这样的

情景仿佛是佛家所说的"空"。看破了的人就会"悟",从而达到不悲不喜的超脱境界,就像贾宝玉最后遁入空门;看不破的人就会"苦",就会在现实的苦闷中深陷、挣扎。

晏几道就是那个看不破的人。他之所以执拗地生活在过去,是因为世事皆归于幻灭,唯有痴情不灭。

梦后楼台高锁,酒醒帘幕低垂。去年春恨却来时,落花人独立,微雨燕双飞。　记得小蘋初见,两重心字罗衣,琵琶弦上说相思。当时明月在,曾照彩云归。

这样痴情的人,注定是伤心的人,注定比一般人要品尝更多更深的痛苦。"小山,古之伤心人也。"(《宋六十一家词选例言》)清代词学家冯煦这样的解读,应该算得上是晏几道的隔代知音吧。

【拓展阅读】

黄庭坚《小山词序》论晏几道为人有"四痴":

仕宦连蹇,而不能一傍贵人之门,是一痴也;论文自有体,不肯作一新进士语,此又一痴也;费资千百万,家人饥寒,而面有孺子之色,此又一痴也;人百负之而不恨,已信人终不疑其欺已,此又一痴也。

宋

鹧鸪天
晏几道

彩袖殷勤捧玉钟,当年拚却醉颜红。舞低杨柳楼心月,歌尽桃花扇影风。　从别后,忆相逢。几回魂梦与君同。今宵剩把银釭照,犹恐相逢是梦中。

《鹧鸪天》这个词牌名据说取自唐代郑嵎的诗句:"春游鸡鹿塞,家在鹧鸪天。"不过唐五代词当中并没有发现这个词调,现存文献中《鹧鸪天》词调首见于北宋词人宋祁的作品,晏几道的这首《鹧鸪天》被《钦定词谱》作为正体的范例。晏几道显然是比较偏爱这个词调的,因为在《小山词》中,这个词调使用有19次之多。这首《鹧鸪天》也是我个人非常喜欢的一首词,而且这首词不能只是默默地看,一定要读出声音来,才更能体会其中的滋味。

为什么我说这首词一定要读出声音来呢?我们都知道,格律诗词一定要遵循比较严格的格律形式,古人无论是创作诗词还是传播诗

词,都是要大声吟诵出来的,是要仔细揣摩声韵是否和谐的,因此古人对于格律的规范非常讲究。但我们现在的汉字语音和古人的发音已经发生了很大的变化,用普通话朗诵出来的古典诗词与古人吟诵出来的声音效果是不一样的。可是如果让我们都用古音去吟诵诗词,在目前的条件下显然还不太现实。所以,我平时对于词作的解析主要是针对文本内容,例如意象的运用、情绪的抒发、相关的逸事等等,对于词的声律涉及比较少。但是对于晏几道的这首《鹧鸪天》,我还是想提醒大家重点关注一下它的声音,因为即使我们用普通话来读它,也依然会感受到它与众不同的声律效果,而这种声律效果与词的情感主题的契合度堪称完美无瑕。

《鹧鸪天》的正体是双调,一共 55 个字,上片四句,第一、二、四句押平声韵;下片五句,第二、三、五句押平声韵,一共有六句必须押韵,这是常规的格律形式,所有人填《鹧鸪天》都应该遵循这个规定,晏几道当然也不例外,这本来没什么稀奇的。可是即便是同样的格律规范,晏几道偏偏填出了和别人不一样的感觉。到底是哪里不一样呢?

晏几道这首《鹧鸪天》六个押韵的字分别是钟、红、风、逢、同、中,这六个字全部都是阳声字。所谓阳声字,就是韵母以鼻音 m、n、ng 为韵尾的,音韵学上将这些字称为阳声。当然反之就是阴声字了,也就是韵尾是元音或者没有韵尾的韵母。

那么,阳声字在诗词中能够营造出一种什么样的效果呢?

按照王国维的说法:"一切阳声之收声,其性质常悠扬不尽。"(《观堂集林·五声说》)也就是说,阳声字能够营造出一种情韵悠然、余音不尽的感觉。晏几道的这首《鹧鸪天》,不光是六个韵脚全部用了

宋

阳声字：钟、红、风、逢、同、中，而且在整首词中，他还大量穿插使用了阳声字，总共 55 个字的词中，一共使用了 31 个阳声字。其中，下半阕 27 个字，有 16 个字是阳声：从、相、逢、魂、梦、君、同、今、剩、银、釭、恐、相、逢、梦、中，而在这 16 个阳声字中，收尾是 ong 或者 eng 韵母的有 9 个字，即从、逢、梦、同、剩、恐、逢、梦、中。这 9 个 ong 或者 eng 韵母的字，分散在这几句中，反复出现，我们读起来的时候，会感觉到其中经常有嗡嗡嗡的声音在鼻腔间回响。大家不妨再读一遍下半阕，感受一下这种嗡嗡嗡的声音效果："从别后，忆相逢。几回魂梦与君同。今宵剩把银釭照，犹恐相逢是梦中。"

这种嗡嗡嗡的声音营造的正是一种朦朦胧胧的意境，给人感觉好像是进入了一个似梦非梦的世界，而这种似梦非梦的感觉，正是晏几道这首词想要表达的情感主题——梦境。

对了，梦，就是这首《鹧鸪天》的核心意象。大量阳声字的使用，已经在声韵上为我们营造了一种嗡嗡嗡的朦胧的梦境感，接下来，我们就具体来看看晏几道在这个梦里到底经历了什么。

我曾经用过两个词来概括晏几道词的主题特征——追忆和梦境。其实追忆和梦境又往往纠结在一起，对于过去的追忆频繁地出现在梦中，形成了虚虚实实的梦境——因为梦中的场景就是过去曾经经历过的真实场景。这首《鹧鸪天》就是典型的追忆与梦境纠结在一起的作品。

词的上片是追忆中的真实内容："彩袖殷勤捧玉钟，当年拚却醉颜红。舞低杨柳楼心月，歌尽桃花扇影风。"

显然，这是一次酒筵欢会，而且是以一位歌女的口吻来对当时的

场景进行追忆和还原的:记得当年那场酒宴上,我穿着艳丽的衣裙,殷勤地捧着美玉酒杯,一杯一杯地为你斟酒,又陪你一饮而尽——"彩袖殷勤捧玉钟,当年拚却醉颜红。""拚却"就是心甘情愿豁出去的意思。在当代中国人的饭局上也经常能听到一句话,叫作:"舍命陪君子。"说实话,平时我听到这句话的感觉并不好,因为陪喝酒要陪到"舍命"的份儿上,实在说不上是君子作风。但是在晏几道笔下,这句俗话换一种优美的说法就成了"当年拚却醉颜红",因为彼此情深义重,所以哪怕是醉得双颊绯红,也要豁出去一醉方休。但如果仅仅是一醉方休,那也只不过是一场庸俗的酒局而已,又哪里值得一而再,再而三的回忆呢?

显然这个"酒局"不是一场心不在焉的应酬式酒局,而是一场情感加艺术审美的相聚。"彩袖殷勤捧玉钟,当年拚却醉颜红",是在回忆中突出深厚的情感;接下来两句"舞低杨柳楼心月,歌尽桃花扇影风"则是在回忆中强调艺术的审美。

酒到微醺时,醉意朦胧的歌女载歌载舞的情景,真是美到极致。正因为太美,所以才舍不得散去,一直舞到杨柳环绕的楼头月亮西沉,一直歌到桃花团扇的香风袅袅散尽。让人沉醉的岂止是美酒,更是歌女出类拔萃的才艺美貌,是歌女与词人之间心有灵犀的情意。

"彩袖殷勤捧玉钟,当年拚却醉颜红。舞低杨柳楼心月,歌尽桃花扇影风。"上片描绘的场景浓墨重彩,绚烂无比,彩袖、玉钟、醉颜红、杨柳楼、桃花扇等等一系列意象简直让人目眩神迷,而殷勤、拚却、舞低、歌尽等一系列词语抒情色彩又极为浓厚。

可是,在上阕一连串让人目不暇接的绚丽、欢快意象过后,下阕的宋

情调突然变得舒缓而忧伤起来:"从别后,忆相逢。几回魂梦与君同。"一句"从别后"忽然提醒了我们,原来上阕极力渲染的欢乐场景早已成为永远回不去的过往,就好像一江烟花突然散作了满天彩霞,又好像灿烂流星划过了渺渺夜空,在极致的美丽过后,留下的却是永远的黑暗与沉寂。

"从别后,忆相逢。几回魂梦与君同。"读到这三句,我们就明白了,原来上片的场景就是"忆相逢"的内容,是他们曾经相聚在一起的快乐,而一旦离别,这种快乐就只能在梦里去重温了。所以,"彩袖殷勤捧玉钟,当年拚却醉颜红。舞低杨柳楼心月,歌尽桃花扇影风"。上片四句词既是回忆中的真实场景,又是分别之后梦里频频出现的虚拟场景,虚虚实实,虚实交错,更给人一种朦胧含蓄的感觉。而且这样的回忆与梦境并不是只出现在一个人的生活中,"几回魂梦与君同"啊!我的梦境和你的梦境应该都是一样的吧?我的相思就是你的相思吧?我的爱恋就是你的爱恋吧?我忘不了的回忆就是你也忘不了的回忆吧?

"从别后,忆相逢。几回魂梦与君同。"因为分别的日子实在太久太久,久到他们都已经绝望了,以为此生再也不可能重逢了。没想到,在一次意外的时刻,他们居然又见面了。"几回魂梦与君同",这是多么痴情的告白。也只有在意外重逢的时刻,他们才能如此尽情倾诉别后绵绵不尽的相思和几近绝望的悲凉。

虽然"几回魂梦与君同"用的是女子的口吻,但情感却是属于词人自己的,是晏几道发自内心的诉说。"今宵剩把银钲照,犹恐相逢是梦中。"经历了无数次梦中的相会和梦醒后的孤独寂寞,晏几道几乎对现

实和未来绝望了。可就在他绝望之际,他居然真的再次见到了梦中的女孩:"今宵剩把银釭照,犹恐相逢是梦中。"他不敢相信这次居然不是梦!这次居然是真的!他只能整夜整夜让银灯照着女子的容颜,他极度欢喜着,又极度恐惧着,生怕这又是一场空欢喜的梦!

经过了太久的等待,做过了太多相聚的美梦,也有过太多梦醒后的空虚失落,等到真的重逢了,反而怀疑这会不会又是一场让人空欢喜的梦!

不知道你有没有过这样的经历呢?我是有过的,而且是经常。有时候做着梦,自己在梦里会拼命地告诉自己:你不要相信,这不是真的,这只是一个梦。就在前不久,我去俄罗斯的圣彼得堡,刚到圣彼得堡的当天因为比较累,就没有出去参观,早早地休息了。结果当晚就做了一个梦,梦见我回国了,在梦里我特别着急:我明明刚到圣彼得堡,还没来得及玩,怎么就回国了呢!这不可能吧!这肯定是在做梦吧!我于是在梦里拼命揉眼睛,强迫自己从梦里醒过来,好不容易睁开了眼,恍惚了半天,才终于确定我果然还是睡在圣彼得堡的宾馆里,这才放下心来继续睡了过去。

"今宵剩把银釭照,犹恐相逢是梦中",说的就是这样的梦与现实的交错吧?只不过,我的梦只是一个普通的关于旅行的梦,而晏几道的梦境确实充盈着情感的力量,让人甚至油然而生一种劫后余生的庆幸感。的确,杜甫的《羌村三首》(其一)诗里就写过"夜阑更秉烛,相对如梦寐"的句子。杜甫的诗句写的是安史之乱后,他曾经被叛军俘虏,囚禁在沦陷的长安城,后来他才终于找到机会逃出长安,在长达一年多的杳无音讯之后,妻儿都以为杜甫活着的希望是微乎其微了。可

宋

是一年之后,当狼狈不堪的杜甫突然出现在妻儿面前,他们真是又惊又喜,止不住地泪流满面。重逢的那天深夜,当孩子们都已睡去,前来探望安慰的邻居陆续离去,只剩下杜甫和杨夫人夫妻相对的时候,他们才终于可以尽情倾诉漫长的离别之苦和牵挂之忧。"夜阑更秉烛,相对如梦寐",写的就是这种死里逃生之后重逢的痛苦与惊喜。

"今宵剩把银釭照,犹恐相逢是梦中",正是化用了杜甫的诗句"夜阑更秉烛,相对如梦寐"。当然,晏几道生活的时代正是北宋的太平盛世,他没有经历过像杜甫那样九死一生的战乱,然而晏几道毕竟也经历过家族的由盛而衰,就好像《红楼梦》里的贾府一样,那种人世沧桑恍若一梦的苍凉感、虚幻感,在他的心中也是那么的浓烈,就像他自己所说的那样:"追惟往昔过从饮酒之人,或垅木已长,或病不偶,考其篇中所记,悲欢合离之事,如幻如电,如昨梦前尘,但能掩卷抚然,感光阴之易迁,叹境缘之无实也。"(《小山词自序》)

我曾经讲到过,在晏几道的一生中,有四位女子是最令他难忘的,也是和他感情最深的红颜知己。这四位女子的名字分别是:莲、鸿、苹、云。晏几道与这四位女子的聚散离合,也正是他的人生盛衰转折的反映。"今宵剩把银釭照,犹恐相逢是梦中",这一次意外重逢的那位女子,是不是就是莲、鸿、苹、云当中的一位,我们无法得知,但"犹恐相逢是梦中"的晏几道,辗转尘世多年,早已是两鬓风霜,落魄潦倒。莲、鸿、苹、云四位红颜知己对于晏几道的意义,不再只是几位美丽的女子和一段美丽的爱情,而是承载了晏几道对前半生繁花似锦的所有回忆。或者我们可以这么说,这首《鹧鸪天》写的不只是晏几道的一段逝去的爱情和一次意外的重逢,它写的是晏几道的整个一生!他的前

半生是那么的富贵风流:"彩袖殷勤捧玉钟,当年拚却醉颜红。舞低杨柳楼心月,歌尽桃花扇影风。"他的后半生却是如此的寂寞忧伤:"从别后,忆相逢。几回魂梦与君同。今宵剩把银釭照,犹恐相逢是梦中。"

当我们再次摊开《小山词》,其实我们打开的就是晏几道的一生,当那些梦一般的前尘往事一页页在我们眼前展开,当一切悲欢离合与令人眷恋的过去如电影般不断重现,也许我们都应该对似水流年心怀感恩吧。

毕竟,那些"如露亦如电"的美好,在晏几道的笔下化作了如此凄美的梦境,并且,还将伴随着晏几道的文字,留在我们永恒的追忆中……

【拓展阅读】

陈廷焯《闲情集》:

仙乎丽矣。后半阕一片深情,低回往复,真不厌百回读也。言情之作,至斯已极。

宋

望江南·超然台作
苏轼

春未老,风细柳斜斜。试上超然台上看,半壕春水一城花。烟雨暗千家。　　寒食后,酒醒却咨嗟。休对故人思故国,且将新火试新茶。诗酒趁年华。

这首《望江南》的作者是北宋词坛上的异类——苏轼。为什么我要说苏轼是北宋词坛上的异类呢?

因为词的本色是以爱情为正宗,以婉约为主要风格,以悲情为主旋律的,所以大多数我们熟悉的经典词作都是以悲悲切切的语气,倾诉着千回百转的爱情体验。这简直是没有办法的事,因为这就是词坛主流,在唐宋流行歌坛上,由男性词人创作,然后将作品交给女歌手去演唱,几乎是词传播的主要途径,词的内容和风格都会尽量去适应女歌手演唱的特点,整体上肯定会偏向柔美婉约。所以词和诗的分工是不一样的——词缘情,尤其擅长描写儿女私情;诗言志,主要描写宏大题材,例如家国情怀、身世抱负等。无论你是多大的官还是多厉害的大文豪,当你选择用词来表达内心细腻幽微的私人情绪时,都会尽量选择那种婉约柔美的风格,哀感顽艳的爱情词就成了公认的词之当行本色。

正因为人们对词的性质有这样的普遍认知,像苏轼那样洒脱不羁的人,一填起词来就总觉得与当时词坛主流有些格格不入了。何况苏轼自己也承认他平生有三件事比不上别人:下棋、喝酒、唱歌。下棋、喝酒不行也就算了,跟填词也没什么直接关系,可是不会唱歌怎么填词呢?自己唱歌都老跑调,那按照既定的旋律去填写歌词肯定就不会那么完美了。所以很多人都批评苏轼填词不合格律,如李清照就直言不讳地批评:苏东坡学问那是没得话说,可是要说填词嘛,那不行不行,苏东坡写的哪能叫词啊?不过是"句读不葺之诗"罢了!他以为把整齐的诗砍成长短参差不齐的句子就叫作词了吗?根本就是外行嘛!

如果说李清照说话不留情面,那我再换一个人吧——陆游。陆游也批评过苏轼:"世言东坡不能歌,故所作乐府辞多不协。"乐府这里就是指宋代合乐而歌的宋词。陆游的意思是:大家都说苏轼唱歌老跑调,所以他写的词很多也是不合音律的。

甚至直到清代,纪晓岚主持编定的《四库全书提要·〈东坡词〉提要》中还说:"词自晚唐、五代以来,以清切婉丽为宗……至轼而又一变,如诗家之有韩愈,遂开南宋辛弃疾等一派。寻源溯流,不能不谓之别格。"言下之意很明显,《花间》、南唐词那样的风格为正宗,苏轼、辛弃疾的词为"别格"——这不就是我们所说的"异类"吗?

这一讲,我们要一起分享的,正是这位"异类"词人苏轼的《望江

宋

南》：

春未老，风细柳斜斜。试上超然台上看，半壕春水一城花。烟雨暗千家。　　寒食后，酒醒却咨嗟。休对故人思故国，且将新火试新茶。诗酒趁年华。（《望江南·超然台作》）

这首词在词牌名《望江南》之外，苏轼还加了一个词题"超然台作"，点明了创作的地点——超然台上。超然台是什么地方呢？超然台在密州，也就是今天山东的诸城。词当中的这句"试上超然台上看"说明，这是苏轼登上密州超然台欣赏风景之后，有感而发写下来的作品。

说到超然台的来历，还有一个有趣的小背景：超然台本来是一处早已废弃的旧台，经过苏轼的整修一新，成了密州最引人入胜的风景名胜之一。

苏轼是一个热爱生活、热爱自然的人，他每到一地，不仅要饱览当地山水名胜，用诗赋文章记录下他对美的独特领悟，而且他还善于用人工的方式为山水的自然之美再添秀色。例如，苏轼在凤翔任上的时候就在官舍旁修建了一座亭子，取名为"喜雨亭"，表达了他对老天爷普降甘霖、缓解旱灾的喜悦之情。他对民生疾苦的关怀之情令人感动。

来到密州之后也不例外，密州虽然贫穷，可是自然山水也别有一番动人之处。熙宁八年（1075）十一月，一座废台在极具审美眼光的苏轼一手设计和打造下，经过简单修葺，很快便焕然一新。

苏轼高兴地写信将此事告知弟弟苏辙，并请苏辙为这座高台命名。

很快,苏辙回信了,不仅给高台取了"超然"的名字,随信还写了一篇文采斐然的《超然台赋》。

"超然"一词出自《老子》:"虽有荣观,燕处超然。"苏轼收到回信后拊掌大喜,他高兴地对夫人王闰之说:"子由(苏辙字子由)真是我的知己,'虽有荣观,燕处超然',无论身外的世界何等繁华富贵,我们也要从容、超脱地立身处世。弟弟引用老子的话,真是知我心者,唯有子由啊!"

为了这个超然台,不仅苏辙写了《超然台赋》,苏轼自己也欣然写下了《超然台记》,表达自己"无所往而不乐""游于物外"的洒脱性情。

从超然台这个名字的由来,我们也可以大致猜到,这首写超然台风景的《望江南》,和我们平时读到的那些凄凄切切的爱情词比起来,可以说是"画风"突变了。

的确,这首《望江南》非常鲜明地体现出东坡式的与众不同。那么,苏轼的《望江南》和一般的词人词作有哪些不同呢?

就这首词而言,至少有两大不同。首先,不同于一般爱情词多写纤细柔美的风景,这首词当中呈现的自然风光显得更加阔大;其次,不同于一般爱情词多抒发细腻哀婉的失意之情,这首词抒发的情绪也显得更加洒脱和旷达。

我们先来看看超然台上与众不同的自然风光吧。

春未老,风细柳斜斜。试上超然台上看,半壕春水一城花。烟雨暗千家。

又是一个春天了,当温暖的春风轻轻拂过,早已解冻的护城河泛起细微的涟漪,河岸边青青的柳条随风轻扬,"春未老,风细柳斜斜"。

宋

春色无边,自然也引发了苏轼的满腔诗情。词的上片就是写密州春天的风光,而且是登上超然台,居高临下一览无遗的密州春景:"半壕春水一城花。烟雨暗千家。"壕应该指的是环城而过的护城河,河水已经涨起来了,春波荡漾,连绵的房屋沐浴在微微飘洒的细雨中,泛起淡淡的雨雾,整个城市仿佛被披上了一层薄薄的纱幕。青翠的绿叶、浓艳的红花,此刻也显出一番宁静、朦胧的美。

"半壕春水一城花。烟雨暗千家。"这是多么宽广的视野,在超然台上,苏轼看到的不是自家花园里的花花草草、亭台楼阁,而是整个密州城的全景。

要知道,苏轼可是密州的地方官啊!"烟雨暗千家"里的"千家"万户绝对不仅仅是风景的一个组成部分,而是苏轼密切关心着的老百姓。

"春未老,风细柳斜斜。试上超然台上看,半壕春水一城花。烟雨暗千家。"我有理由说,上阕的这几句词绝对不仅仅只是自然风光的描写,而是实实在在饱含着一个地方官内心的自豪与欣慰。为什么呢?我想和大家一起稍微回顾一下,苏轼担任密州知州之后所经历的一些事情。

苏轼是在北宋熙宁七年(1074)九月初,接到朝廷旨意,从杭州通判调任密州知州的。从级别上说,密州知州是地方行政一把手,相当于密州市长,比市长的副手通判职位要高,权力当然也更大。但是密州的自然条件比起杭州来还是要差很远的,生活也要艰苦得多。而且这年十二月三日,苏轼一到密州,很可能是因为水土不服染上了重病,连除夕夜都是在病床上度过的。过了年,病还没有痊愈,苏轼又碰上了密州蝗灾泛滥。他是一个勤政爱民的好官,来不及安顿好一家人,

更顾不上自己的病体缠绵,一头栽进了紧张的抗灾赈灾工作中。他身先士卒,日日夜夜奔走在田间陌上,亲自督察灭蝗的进程。连续两年的蝗灾和旱灾让本就相对贫穷的密州沦入更加困苦的境地,老百姓逃难的逃难,抢劫的抢劫,苏轼既要安抚百姓,又忙于组织缉盗,累得是脚不沾地、席不暇暖,好不容易才让形势稍微缓和下来。

等到政事逐渐稳定,病体也已好转,性格中颇具洒脱和浪漫气质的苏轼便开始琢磨如何将住所北边一座废弃的旧台好好翻新一下。

熙宁八年(1075)十一月,超然台在苏轼的主持下修葺一新。超然台建成不久,春天的脚步也款款而来,春风吹绿了超然台四周的参天大树。于是,苏轼常常和同事、朋友一起登台远望,感受春天日渐暖和的气息,享受密州古朴的山川之美,体会淳朴的风土人情。

熙宁九年(1076)的春天,苏轼再次登上超然台,映入他眼帘的是一派春色:密州的春天当然比不上杭州西湖的旖旎多情,可是经过苏轼一年多的治理,这里的老百姓渐渐克服了连年的天灾人祸,显露出安居乐业的融和景象。"试上超然台上看,半壕春水一城花。烟雨暗千家。"在苏轼眼里,这不仅是和谐的自然风光,更是和谐的百姓生活场景。

其实,差不多在同一时期,苏轼写了两首《望江南》,除了这首《望江南·超然台作》(春未老)之外,他还写了一首《望江南》(春已老),其中有"醺咏乐升平"的句子,表达对密州城市升平景象的欣慰和愉悦之情。百姓安居乐业,这大概是一个地方官最大的安慰了吧!

词的上阕点明了创作地点是密州超然台,下阕又记录了创作时间,是在熙宁九年(1076)的寒食节之后。

寒食后,酒醒却咨嗟。休对故人思故国,且将新火试新茶。诗酒宋

趁年华。

寒食节是中国最古老的节日之一,一般以冬至之后的第105天为寒食节。早在周朝就已有相关节俗的记载,在这一天举国上下要举行祭祀活动并且严禁烟火,将上一年传下来的旧火种全部熄灭。所以寒食也称为禁烟节或禁火节,要持续三天时间。民间则从冬至后第104天就开始禁火,只能吃冷食,成为"私寒食"或"大寒食"。寒食节是中国传统节日中唯一一个以饮食风俗来命名的节日。

旧火种禁灭之后第三天,要重新钻燧获取新火种,象征着新的一年耕作和生活的开始,这个仪式称为"钻燧改火"或者"请新火"。而新火种多从榆木、柳树钻取得来。

寒食禁烟火、清明改用榆柳取新火虽是一个远古相传的习俗,原本是和农业生活密切相关的,但在后来的发展中还被赋予了一个极为感人的历史故事。据《左传》记载,晋国公子重耳为了躲避争储的内讧,不得不逃离晋国,经历了长达19年的流亡生涯。19年中,他曾数次沦落到饥寒交迫的地步,可是无论他多么落魄潦倒,身边始终有几位忠臣不离不弃,陪伴他、支持他挺过逆境,这几位忠臣中有一位叫介之推。有一次,重耳饿到几乎支撑不下去了,在生死存亡的关头,介之推悄悄割下自己大腿上的肉做成肉羹给重耳吃。后来重耳历尽艰辛,终于重返晋国,成为历史上的春秋五霸之一晋文公。

回国登基后,晋文公封赏19年逃难生涯中始终追随他的几位臣子,却偏偏遗漏了介之推。介之推没有主动去求赏,而是带着老母亲隐居到绵上山(今山西介休绵山)。晋文公后来想起介之推的功劳,准备封赏他,于是放火烧山想把介之推逼出来。据说大火整整

烧了三天三夜,介之推却并未出山,他和老母亲抱着一棵大树被活活烧死。晋文公没想到介之推会如此坚守气节,后悔不迭,他下令从此以后,在介之推的忌日里严禁烟火,举国上下只能吃冷食,以表达对介之推的悼念和祭奠。这可以说是寒食节特有的一个历史文化含义了。因为这段历史,介之推隐居的山西介休也被称为"中国清明(寒食)节文化之乡"。

到了唐、宋时候,寒食禁旧火,寒食之后第三天也就是清明节改用新火成了一种独特而隆重的仪式。这一天,宫中会命令小内侍在阁门中用榆木钻火,并用巨大的蜡烛分赐文武百官。唐代诗人韩翃著名的《寒食》诗描绘的就是这一重要节俗:"春城无处不飞花,寒食东风御柳斜。日暮汉宫传蜡烛,轻烟散入五侯家。"

随着文明的进步、习俗的简化,寒食禁火、清明改火越来越成为一种象征性的仪式,人们在清明节这一天改用榆柳作为柴火来烹煮食物也被称为是"换薪火"了。

苏轼在这一天不仅登上超然台,满城春色尽收眼底,千家万户笼罩在烟雨凄迷之中,也由此更加引发了他对"故国"的思念。"寒食后,酒醒却咨嗟",从一场宿醉中醒过来的苏轼,不仅对春光的流逝感到惋惜,甚至忍不住一声长叹,因为在春天即将过去的时候,他的心头泛起了浓郁的思乡之情。

要知道,寒食之后的清明节,原本就是应该回乡扫墓的日子啊,所以清明节往往也是游子们乡愁涌动的时刻。"休对故人思故国",这里的"故国"应该是指北宋的京城。苏轼自从熙宁四年(1071)七月离开汴京,屈指算来,他辗转在各个地方官任上已经有六个年头了。为了宋

排遣这种浓郁的愁情,他怡然自得地享受起清明的"特色节目":"且将新火试新茶",也就是改用新火来煮当年清明前采摘的新茶喝。也许比起酒来,一壶散发着清香的明前新茶更能驱遣浓郁的忧思,到达超然自得的境界吧。

休对故人思故国,且将新火试新茶。诗酒趁年华。

"诗酒趁年华"是再一次呼应第一句"春未老"。春天是一年中最新鲜的季节,那么,又何必在这样美好的日子里对着老朋友哀伤叹息呢?还是将思念暂时藏在心底,趁着美好年华用诗酒来丰富人生的色彩吧!这真是东坡式特有的豁达与洒脱。许多诗人、词人都会在时间的流逝面前表现出浓郁的悲情,就像李煜的"林花谢了春红,太匆匆",就像晏殊的"满目山河空念远,落花风雨更伤春",可苏轼却能努力从浓郁的悲情中超脱出来,用更加超然的心态,从容地面对时光。

春未老,风细柳斜斜。试上超然台上看,半壕春水一城花。烟雨暗千家。　　寒食后,酒醒却咨嗟。休对故人思故国,且将新火试新茶。诗酒趁年华。(《望江南·超然台作》)

不惋惜过去,也不恐惧未来,把握当下,付出努力,享受现在的时光,才是把握住了真正的人生。

【拓展阅读】

苏轼《望江南·暮春》

春已老,春服几时成。曲水浪低蕉叶稳,舞雩风软纻罗轻。酣咏乐升平。　　微雨过,何处不催耕。百舌无言桃李尽,柘林深处鹁鸪鸣。春色属芜菁。

江城子

苏轼

十年生死两茫茫,不思量,自难忘。千里孤坟,无处话凄凉。纵使相逢应不识,尘满面,鬓如霜。　夜来幽梦忽还乡,小轩窗,正梳妆。相顾无言,惟有泪千行。料得年年肠断处,明月夜,短松冈。

这首《江城子》是苏轼非常著名的词作之一,我相信,能背诵这首词的人一定很多,因为在这首词中,那种刻骨铭心的夫妻深情,一直深深地打动着我们。

这是一首记梦词,又是一首悼亡词。苏轼还写了一句题序:"乙卯正月二十夜记梦",乙卯就是指熙宁八年,也就是 1075 年。乙卯正月二十夜,年月日都记得非常详细,做梦这样寻常甚至可能是天天都会发生的小事,苏轼却是如此郑重其事地对待,可见他对这个晚上的梦是何等珍惜、何等看重。

因为他梦到的那个人,就是他的结发妻子王弗。

宋

在苏轼的心目中,王弗不仅拥有青春亮丽的容颜,更是智慧与善良的天使。然而,也许是天妒红颜,治平二年(1065)五月二十八日,王弗在年仅27岁的青春年华中骤然病逝,他们的婚姻只持续了十一年。

这一年,苏轼也才30岁。

"十年生死两茫茫,不思量,自难忘。"从王弗去世的1065年,到写下这首词的1075年,整整十年过去了。苏轼当时正在密州知州的任上,这一年的苏轼,也已经40岁了。

十年来,他似乎并没有刻意要去想起王弗,可是王弗在他心灵的最深处,却也始终不曾忘记过。

很多人在读这首《江城子》的时候,都把重点放在了苏轼对王弗的一往情深上,这当然是不错的,不过,我在反复品味这首词的时候,不知道为什么,却总是不由自主地想到法国著名小说《小王子》当中的一句话:"Mais j'étais trop jeune pour savoir l'aimer." 这句话翻译成中文,其实是我们早就听惯了的一句:但我那时还太年轻,还不懂得如何去爱。

我有时候忍不住会想,如果苏轼曾经读到过《小王子》,他会不会也因为这句话而怦然心动,会不会因为这句话想起他离别十年的结发妻子,想起他人生第一次爱上的这个女人呢?

1054年,16岁的王弗嫁给了19岁的苏轼。以现在的眼光来看,这肯定要算是早婚了。可是在古代,女子十五及笄,男子二十弱冠,已经是可以婚嫁的成年人了。当然,那是在古代,刚刚成为新娘的王弗虚岁才16岁,按现在的实际年龄算,才15周岁。

你的身边,一定也有不少这个年龄阶段的亲人或者朋友吧?在我们当代人眼里,十五六岁还是蹦蹦跳跳、无忧无虑、少不更事的少女

呢,撒撒娇、卖卖萌可能都是家常便饭。可是王弗就已经嫁为人妻,要学着做一个贤惠的妻子、一个孝顺的儿媳妇了。

16岁,玫瑰花一样盛开的年龄啊。可是,当年19岁的苏轼就真的能够懂得如何爱护他的小妻子吗?当我读着苏轼写给王弗的墓志铭的时候,总会产生一种错觉:王弗明明比苏轼小3岁,却总是像苏轼的大姐姐一样,时刻照顾着他、提醒着他,引导着他成长、成熟。

我说两个小故事,也许我们就能看出,当年的苏轼实在太年轻,他对王弗到底有多依赖。

苏轼22岁考中进士,他进入仕途后担任的第一个官职是凤翔签判。在凤翔的时候,有一天天下大雪,很快就成了一片冰雪覆盖的世界,可是苏轼发现他们住的地方院子里有一棵古柳,树下大约有一尺见方的地方竟然没有一点儿积雪。等到雪过天晴之后,那个地方拱起来好几寸。苏轼好奇心大发:会不会是古人在这里藏了丹药呢?因为丹药性热,埋丹药的地方就很难有积雪。苏轼决定把这个地方挖开来看个究竟。正准备动手呢,王弗走了出来,很委婉地说了一句:"如果婆婆还在世,她一定不会让你这么做的。"

苏轼一听,脸一下子红到了耳根:不义之财不能取,这确实是他母亲做人的一个准则。在王弗的劝诫下,苏轼赶紧打消了挖宝藏的念头。

有时家中有客人来访,苏轼在客厅接待客人,也会请王弗站在屏风后面听他与客人的谈话。客人走后,王弗对丈夫说:"刚才那人说话模棱两可,首鼠两端,只知道一味揣摩、迎合你的喜好,这样的人不可深交啊。"

宋

有时遇到那些拼命向苏轼献殷勤的人，王弗也总是提醒丈夫："夫君，这位朋友显然是有求于你才表现得这么热乎，缺少真心诚意。越是急不可耐想和你套近乎的人，一旦发生什么事情，他躲你也会躲得越快越远，甚至落井下石都说不定。"而王弗的话往往不久就真的应验了。苏轼很佩服妻子识人的这份敏锐，久而久之，对妻子的依赖也就更深了。

十一年的婚姻，苏轼和王弗的夫妻生活一定有很多很多难忘的记忆，可是从现存的文字材料中，我们就只能够读到王弗是如何照顾、如何体贴丈夫的，却看不到苏轼呵护王弗的点点滴滴。"十年生死两茫茫，不思量，自难忘。"十一年的相爱相守，王弗陪着苏轼从19岁走到了三十而立，那是苏轼从一个名不见经传的书生到一举成名天下知的阶段，他的每一步成功后面都有着王弗默默的支持；而十年的生死离别，他与曾经最亲密的妻子却是幽明两隔，相距千万里之遥：王弗去世后葬在他们的故乡四川眉山，十年来，苏轼辗转奔波，再没有机会回到故乡，再去看一眼妻子。"千里孤坟，无处话凄凉。"一个"孤"字，并不仅仅是说王弗坟墓的孤独，更是这十年来苏轼离开王弗之后内心深刻的孤独感，和他对妻子那种挥之不去的愧疚感。

十年的离别啊！十年之后，40岁的苏轼虽然仍在壮年，但经过多年漂泊，他早已是两鬓染霜，"纵使相逢应不识，尘满面，鬓如霜"。一别十年，即便他这时真的有机会回去，王弗还能认出他吗？她那位曾经英姿勃发、神采飞扬的丈夫，如今却是如此憔悴衰老。她会心疼吗？她会难过吗？

40岁的苏轼已是不惑之年，但每当想起王弗，他仿佛就回到了十

多年前,他仿佛还是那个事事依赖妻子的毛头小伙子。是的,那时的他还太年轻,还不太懂得如何去爱他的妻子,但他却享受到了妻子毫无保留的爱。

十年,是时间让他成了一个成熟的中年男人;也是时间,让他重新领悟了当年妻子对他付出的爱是何等珍贵。这种时间的特殊意义,又让我想起了《小王子》里的一句话:"C'est le temps que tu as perdu pour ta rose qui fait ta rose si importante."(因为你把时间投注在你的玫瑰花身上,所以她才会如此重要。)

是的,爱之所以弥足珍贵,是因为经过了时间考验的执着,才赋予了爱情以特殊的价值和意义。"十年生死两茫茫,不思量,自难忘。"苏轼用了十年的思念,才换来他对于爱情的领悟。当他在十年之后的梦中再次见到王弗的时候,他所有关于初恋的记忆就定格在了那一个场景上:"夜来幽梦忽还乡,小轩窗,正梳妆。"

十一年的婚姻,王弗从一个16岁的少女变成了27岁的少妇,还生下了他们的长子苏迈。但是苏轼在梦中见到的妻子,却还是新婚宴尔时那娇憨性感的模样,"小轩窗、正梳妆"。那时,最让苏轼心动的情景就是每天醒来,蒙眬睡眼中,看到清晨的第一缕微光柔和地透过窗帘,而妻子王弗已经坐在窗前的梳妆台旁边,梳理着她一头乌亮的长发。听到丈夫低低呼唤的声音,妻子回过头来,微微一笑,一边轻声答应着丈夫,一边连忙起身过来服侍丈夫起床,她那轻盈的身影给宁静的清晨平添了一份动感的美丽。

19岁的苏轼,是从王弗那里,第一次认识到爱情的模样,第一次品尝到幸福的味道,第一次体会到婚姻的珍贵。

换句话说,在血缘亲情之外,其实是王弗第一次教会了他爱和被爱。

因为这所有的"第一次",王弗才会在苏轼心里占据了终生不可替代的位置。

"夜来幽梦忽还乡,小轩窗,正梳妆。相顾无言,惟有泪千行。"虽然《江城子》是一首记梦词,但整首词当中,只有这几句才是对于梦境的描写。十年的沧海桑田啊,当他们在梦中重逢,苏轼分明看见,王弗明亮的双眼溢满了泪水,是因为心疼丈夫的憔悴、疲惫吗?是因为了解丈夫十年来所受的委屈吗?这十年来,没有敏慧的妻子时时在旁提醒,心思单纯、性格直率的丈夫一定碰了不少钉子吧?……王弗的眼睛里好像装满了问题。十年啊,太多的牵挂,太多的担心,当千言万语一齐涌上心头,反而一个字都说不出来了,只能是化作流不尽的泪水。

"相顾无言,惟有泪千行。"苏轼的情绪在这一瞬间也濒临崩溃,虽然两个人都没有说话,但彼此交汇的眼神,无言的泪水,让夫妻俩都深深明白了对彼此的苦苦思念与牵挂。

"小轩窗,正梳妆"是梦中最幸福、最甜蜜的场景;"相顾无言,惟有泪千行"却是十年离别、苦苦相思的集中爆发。

梦总是短暂的,梦醒时分,当苏轼再次被迫回到现实,他的眼前再次出现了千里之外妻子长眠的那座孤坟,在月色下越发显得凄冷,"料得年年肠断处,明月夜,短松冈"。当年妻子下葬时他亲手种下的小松树如今已亭亭如盖了吧?

一往情深也许不只是苏轼才会有,不过,以词的形式来追悼亡妻,苏轼似乎还是第一人。

十年生死两茫茫,不思量,自难忘。千里孤坟,无处话凄凉。纵使相逢应不识,尘满面,鬓如霜。　夜来幽梦忽还乡,小轩窗,正梳妆。相顾无言,惟有泪千行。料得年年肠断处,明月夜,短松冈。

当我再一次品读这首深情的《江城子》,我想到了英国著名诗人弥尔顿的悼亡诗《梦亡妻》:"我仿佛看见我才死去的结发圣女……她披一身霜罗,纯洁如心灵。她蒙着面纱,但是我似乎看见,爱敬、妩媚和善良在她身上晶莹闪亮,她脸上的高兴劲儿比谁都鲜艳,然而当她正要俯身拥抱我,我醒了,她飞了,白天又带我回到了漆黑一片。"

苏轼与弥尔顿,《江城子》与《梦亡妻》,不同的年代、不同的文化背景,可是一样的一往情深,一样的荡气回肠。

【拓展阅读】

唐圭璋《唐宋词简释》:

此首为公悼亡之作。真情郁勃,句句沉痛,而音响凄厉,诚后山(陈师道)所谓"有声当彻天,有泪当彻泉"也。

宋

江城子·密州出猎
苏轼

老夫聊发少年狂,左牵黄,右擎苍。锦帽貂裘,千骑卷平冈。为报倾城随太守,亲射虎,看孙郎。 酒酣胸胆尚开张,鬓微霜,又何妨?持节云中,何日遣冯唐?会挽雕弓如满月,西北望,射天狼。

这首词写于熙宁八年(1075)的秋天,当时苏轼正在密州知州任上。这也是苏轼来到密州的第二年,这年春天,苏轼碰上了这里的旱灾。他深入民间了解老百姓生活疾苦的时候,有经验丰富的老农告诉他,旱灾往往是和蝗灾泛滥的程度密切相关的,要想斩草除根地防止蝗灾,除了火烧、土埋、消灭蝗虫卵等方法之外,还必须尽快缓解旱情。因此,苏轼一边改善水利设施,一边亲自到常山去求雨。

说来也巧,也许是他这番为民除害的诚意感动了上天,在求雨回来的半路上,就刮起了大风,当晚就痛痛快快下了一场大雨。这场大雨一下,不仅旱情大为缓解,蝗灾的隐患也得以消除,老百姓额手称

庆,苏轼自己也情不自禁地写下了喜雨的诗篇。

除了缓解迫在眉睫的蝗灾和旱灾,苏轼还雷厉风行地为百姓做了许多排忧解困的好事。例如,密州地方穷,再加上此前连年天灾,很多老百姓饥寒交迫,根本没有办法养活一家人,在百般无奈的情况下,很多人不得不将刚出生的婴儿抛弃。苏轼看在眼里痛在心上:如果不是实在生计艰难,为人父母者怎么忍心将自己的亲生孩子活活抛弃!他下令仔细盘查官仓中储藏的余粮,将剩余的几百石粮食专门找了个仓库存放起来。老百姓中凡是有愿意收养弃婴的,每收养一个,由官府每月发放六斗粮食作为补贴。渐渐的,弃婴越来越少,那些收养弃婴的家庭也慢慢与孩子培养出了亲情,养父母对收养的孩子视若己出,弃婴也能感受到来自父母的温暖和抚爱,彼此都舍不得分开了。以这样的方式存活下来的弃婴竟然达到了好几千人。密州的老百姓无不感念知州大人苏轼的智慧和仁爱。

熙宁八年(1075)秋天,苏轼再次赴常山为民祈祷。因为政事已经渐渐理顺,苏轼的情绪也高涨了许多。回程路上,他兴致勃勃地向随从的僚属建议:时间还早,天气又这么好,秋高气爽的,咱们不如来一场秋猎,也好好活动活动筋骨?

在大家眼里,苏轼是一个鼎鼎大名的文学家和勤于政事的地方官员,平时性情温文尔雅、乐观豁达,很少看到他威武雄壮的一面。一听知州大人如此提议,同僚们当然是一呼百应,欢欣鼓舞啊。

于是乎,只听到山林中骏马奔腾,当离弦之箭呼啸而过的时候,人们都不由得屏息而待,不一会儿,树林里就传来了开心的声音:"又射中了!"

宋

　　平时苏轼或在办公室埋头处理公务,或是吟诗作赋、挥毫泼墨,或穿上便服到田间陌上去视察民情,难得这回打猎他尽情展示出了雄姿英发的另一面。一场打猎下来,竟然收获颇多,随从们就更不用说了,兴奋得不住口地又是喝彩又是欢呼,苏轼捋着胡须,自然也是乐呵呵的,毫不掩饰内心的豪情和欢乐。

　　这场打猎大伙儿可谓尽兴而归。苏轼抑制不住兴奋之情,回家之后挥毫写下了千古名篇《江城子·密州出猎》:"老夫聊发少年狂,左牵黄,右擎苍。锦帽貂裘,千骑卷平冈。为报倾城随太守,亲射虎,看孙郎。"

　　40岁的苏轼自称"老夫"虽然显得太早了一点,但起首一句"老夫聊发少年狂"就已经豪气逼人,苏轼那种特有的豪迈之气扑面而来:你看他左手牵着黄色的猎狗,右臂架着凶猛的苍鹰,头戴锦帽,身穿貂皮大衣,率领着千余人马在山林中左奔右突,追逐着猎物。

　　这次出城去常山祭祷和打猎,除了密州知州苏轼之外,官员们几乎是倾城出动,队伍之壮观,声势之浩大,确实令人倍增豪情。"亲射虎,看孙郎",即便是平时文质彬彬的苏轼,在猛兽面前也丝毫没有怯懦和退缩,而是挽起大弓,镇定从容地一箭射中目标。

　　当然,"亲射虎,看孙郎"也用到了一个著名的历史故事:孙郎是指三国时候东吴的孙权。据说孙权在一年秋天出行的时候,途中遇到老虎。凶猛的老虎咬伤了孙权的坐骑,这突如其来的危险没有让孙权丧失理智和勇气,他反应极其敏捷而果敢,立即将手中的双戟猛力投出,一投便击中老虎,随后在侍从的协助下捕获了这只垂死挣扎的老虎。

　　这次密州出猎,苏轼是不是也像孙权一样亲自射杀老虎,我们已

经没有办法去考证了。不过结果并不重要,重要的是苏轼是以孙权的勇敢自比,充分展现了他打猎时勇猛的风采。

打猎凯旋,自然是要畅饮庆贺一番了。"酒酣胸胆尚开张,鬓微霜,又何妨?持节云中,何日遣冯唐?会挽雕弓如满月,西北望,射天狼。"几杯烈酒下去,苏轼的豪情壮志更是被充分激发出来。两鬓有些发白又有什么关系呢?我有的是力量,有的是智慧,有的是报国的热血和激情,只要给我机会,我也会立下报效国家的大功大业的。

"持节云中,何日遣冯唐"这两句又用到了一个历史故事:关于汉代冯唐和魏尚的故事。《史记·冯唐列传》记载,魏尚担任云中(今内蒙古和山西北部交界处)太守,在一次与匈奴战后统计具体杀敌人数的时候,多报了6个人。在古代,军功和杀敌的人数是挂钩的,杀敌越多,战功越大。可是就因为这多报的6个人,魏尚不仅没有获得应有的战功,反而被政敌利用,以此为罪名攻击他,魏尚被罢官了。

朝中另外一个大臣冯唐很为魏尚鸣不平,于是冯唐专门去求见了汉文帝,为魏尚求情说:"魏尚为官尽心尽职,他爱惜士卒,军费不够用,就自己掏腰包,几乎是平均每五天杀一头牛,犒劳将士们,所以魏尚的麾下一直士气高昂,连匈奴都听说了魏尚治军严谨,不敢轻易来侵犯,反而是躲得远远的。这次魏尚率领部下杀了那么多匈奴兵,功勋卓著,如果只是因为杀敌的人数多报了几个就遭受严惩,恐怕以后大家都不敢上阵英勇杀敌了啊。如果您论功行赏太轻,而惩罚又太重,会不会伤了前线将士的心呢?"冯唐这一番话合情合理,汉文帝也不免为之动容,于是当即命冯唐为使者,拿着皇帝的符节,赦免了魏尚,让他官复原职。

宋

在这首《江城子·密州出猎》中,苏轼其实是把自己比作了受人谗害的魏尚。宋神宗和宰相王安石推行变法,苏轼是不赞同新法的人,因为政见不同,苏轼自请到外地做官。他认为,与其在朝廷中深陷于无休止的党争,还不如在地方官任上,为老百姓多做一些具体的实事、好事。尽管苏轼是自请外任,心中还是难免有一些失意的情绪,他多么希望朝廷能够理解自己对国家的这一颗赤胆忠心,多么希望有一个像冯唐那样仗义执言的忠臣来为自己剖白心迹。如果朝廷给他这样的机会,他一定会像一个真正的壮士那样,将弓箭拉得像满月一般圆,而且充满力量,打退西北方胆敢进犯的敌人。

"天狼"本是星宿的名字,因为它的形状和方位而被视为贪婪、残酷和侵略的代名词。熙宁年间,北宋最头疼的敌人就是屡屡侵犯边境的辽国,因此,"西北望,射天狼"实际上象征的就是苏轼迫切希望能够驰骋疆场,击退西北入侵的敌军,为国家建功立业。

看来,让苏轼"老夫聊发少年狂"的不仅仅是一次普通的打猎,更是他报国热血的激情涌动。在同一时间,苏轼还写了一首七律《祭常山回小猎》,打猎场面的壮观豪迈与《江城子》类似,其中尾联写道:"圣明若用西凉簿,白羽犹能效一挥。"《江城子》中苏轼以魏尚自许,《祭常山回小猎》中则以古代著名儒将谢艾自许——"西凉簿"是指西凉主簿谢艾。谢艾是十六国时期前凉大将,多次指挥以少胜多的战役,驰骋沙场,威名赫赫,是儒生建立战功的典范。苏轼自认为能够像谢艾一样,从容摇动着白色的羽扇,指挥千军万马冲锋陷阵,守边卫国。

这首《江城子·密州出猎》不仅仅是苏轼词中的代表作,更是宋代

词坛标志性的作品之一。苏轼对此是颇为自得的,他曾经把这首词誊写下来寄给好朋友分享,还不无得意地说:"近却颇作小词,虽无柳七郎风味,亦自是一家。呵呵!数日前,猎于郊外,所获颇多,作得一阕。令东州壮士抵掌顿足而歌之,吹笛击鼓以为节,颇壮观也。写呈取笑。"(《与鲜于子骏书》)

这说明苏轼对这首作品十分钟爱,还经常让东州壮士"抵掌顿足",放声高歌,并命人击鼓吹笛来进行伴奏,听来真是令人热血沸腾。甚至可以这么说,《江城子》不仅是苏轼自己的填词经历中标志性的作品,还是整个词史上的一首标志性作品。

那么,这首《江城子》是如何体现出它的标志性地位的呢?首先来看苏轼自己的填词经历吧。

青年时期的苏轼怀着满腔政治热情,他的主要文学成就集中在诗文方面,主题也偏向于政治、历史或者身世抱负,直到他来到杭州通判任上,结识了张先等著名大词人之后,才开始学着填词。36岁的苏轼和82岁高龄的张先成了词坛的忘年知己,那个时候,苏轼的词作还有很明显的模仿张先的痕迹。举个例子吧,同样是《江城子》这个词调,苏轼在杭州的时候也填过一首词《江城子·湖上与张先同赋,时闻弹筝》:

凤凰山下雨初晴,水风清,晚霞明。一朵芙蕖,开过尚盈盈。何处飞来双白鹭,如有意,慕娉婷。　　忽闻江上弄哀筝,苦含情,遣谁听。烟敛云收,依约是湘灵。欲待曲终寻问取,人不见,数峰青。

这首《江城子》描写杭州凤凰山的秀美风景,以及听到美妙筝声之后的感受,笔调轻灵婉约。说实话,我们熟悉的苏轼的个性气质在这首词里体现得还不是那么明显。

宋

来到密州之后的第二年正月,苏轼又写了另外一首非常著名的《江城子》,追忆他去世十年的结发妻子王弗,"十年生死两茫茫,不思量,自难忘"。那首《江城子》可谓一往情深,只不过词的风格依然是缠绵悱恻、婉约凄美的,也没有脱离词坛主流的情调。

就在同一年,也就是熙宁八年的秋天,当这首《江城子》"老夫聊发少年狂"横空出世的时候,独具苏轼气质的豪迈词章才真正以傲视群雄的姿态在词坛上放射出夺目的光芒。

那么,为什么我说这首《江城子》不仅标志着苏轼词作个性风格的成熟,而且还是整个词坛带有标志性的代表作呢?这就要说到当时北宋词坛的主流声音了。

在苏轼之前和苏轼同时代,北宋词坛的主流声音主要有两派:一派以晏殊、晏几道父子(大晏、小晏)为代表,擅长小令,主要继承并发展晚唐五代以来的《花间》、南唐词风,内容多为男女闺情,基本风格婉约柔美。这一派还有欧阳修、宋祁等人。另一派以柳永为代表,主要发展了长调慢词,内容除了男女闺情之外,还多有羁旅行役、城市风光等题材,基本风格仍以婉约为主。这一派词人还有秦观等。

在苏轼登上词坛之前,正是柳永词广为传唱的时候。因此,苏轼多次将自己的作品与柳词进行比较,试图在柳永占尽风骚的词坛赢得一席之地。他在写下这首《江城子·密州出猎》之后,还不忘标榜一句:"虽无柳七郎风味,亦自是一家。"言外之意是,虽然你们都喜欢柳永的词,可是别忘了,我的词也别有风味哦!呵呵!

苏轼所谓的柳七郎风味,概括起来大约有这么三点:婉约、柔媚、通俗。

而苏轼的《江城子·密州出猎》却显示出与词坛主流迥然不同的豪迈、壮阔与博学——这大概就是苏轼颇引以为傲的"自是一家"的宣言了：你们只知道追捧柳永那样的"靡靡之音"，我偏偏就不学他，我偏偏要另立门派、另树旗帜，看你们服不服？

作为豪放派之祖，苏轼的创新之举引起了词坛经久不息的风波，他所倡导的豪放一派也越来越获得更多人的认同，并且通过其后辛弃疾等词人的发扬光大，终于在婉约派之外别立"豪放"一宗，两者并行，不容忽视。

老夫聊发少年狂，左牵黄，右擎苍。锦帽貂裘，千骑卷平冈。为报倾城随太守，亲射虎，看孙郎。　酒酣胸胆尚开张，鬓微霜，又何妨？持节云中，何日遣冯唐？会挽雕弓如满月，西北望，射天狼。

苏轼《江城子》的出现"吹皱"了北宋这一池波纹轻漾的"春水"，可以说，作为豪放派宗祖的苏轼，如"天风海雨"般"逼人"的词作一出，虽然在苏轼只是率性为之，却震撼了整个北宋词坛，堪称"异军突起"。

【拓展阅读】

苏轼《祭常山回小猎》

青盖前头点皂旗，黄茅冈下出长围。弄风骄马跑空立，趁兔苍鹰掠地飞。回望白云生翠巘，归来红叶满征衣。圣明若用西凉簿，白羽犹能效一挥。

苏轼《和梅户曹会猎铁沟》

山西从古说三明，谁信儒冠也捍城。竿上鲸鲵犹未掩，草中狐兔不须惊。东州赵叟饮无敌，南国梅仙诗有声。向不如皋闲射雉，归来何以得卿卿。

宋

水调歌头
苏轼

明月几时有？把酒问青天。不知天上宫阙，今夕是何年。我欲乘风归去，又恐琼楼玉宇，高处不胜寒。起舞弄清影，何似在人间。转朱阁，低绮户，照无眠。不应有恨，何事长向别时圆？人有悲欢离合，月有阴晴圆缺，此事古难全。但愿人长久，千里共婵娟。

苏轼这首《水调歌头》不仅家喻户晓，甚至还被谱成了流行歌曲，曾经被天后级的歌手演唱过，先是邓丽君，后来是王菲，都相继唱过这首歌。因为这首词的主题，关联到了中国最重要的传统节日之一——中秋节，几乎每到中秋的时候，词中的名句"但愿人长久，千里共婵娟"就会成为引用频次最高的词句，表达人们良好的佳节祝愿。

关于苏轼这首词的主题，主要有两大层次的内涵。第一，当然是抒发中秋感慨，表达中秋祝愿，这首词也成了中秋诗词经典中的经典。南宋人胡仔甚至评价说："中秋词，自东坡《水调歌头》一出，余词尽废。"(《苕溪渔隐丛话》)第二,就是亲情主题了,而且还是兄弟之间的手足亲情。用词这种形式来抒发兄弟感情,苏轼也许不是第一个,但绝对是最有名的那一个!

这首《水调歌头》中秋词作于熙宁九年(1076)八月十五日。这一年,苏轼正在密州知州任上。中秋佳节的晚上,苏轼邀请了许多同僚、文友在官邸北边的超然台上饮酒赏月,一直到酒阑人散,万籁俱寂中,只有一轮高悬空中的明月静静地陪伴着苏轼,乘着酒兴,苏轼挥笔写下了吟咏中秋的千古名作。在这首词前面,苏轼还加了一行小序:"丙辰中秋,欢饮达旦。大醉,作此篇。兼怀子由。"子由,就是弟弟苏辙的字。

那么这一年的中秋,苏辙又在哪里呢?

其实,这个时候的苏辙,离苏轼还真的挺近的。苏轼在密州,也就是今天的山东诸城;苏辙在齐州,也就是今天的山东济南。两地相隔并不太远,按理说见个面,一起过个节,并不是什么难事。而且苏轼原本也以为从杭州调到密州,离弟弟更近了,见面也容易多了。可是来到密州两年,兄弟俩各自忙于工作,竟然还是没有机会见面。

算起来,他们这一次分别,已经整整六年了。因此,苏轼在这首词的序言中说"兼怀子由",明确表达了对弟弟的思念和关切之情。

"明月几时有?把酒问青天。"词一开篇就颇具苏东坡式的豪迈。苏轼虽然被人看作是全能型天才文人雅士,可是他也谦虚地自称平生有三件事情比不上别人:下棋、唱歌和喝酒。他酒兴虽然不浅,酒量却不大,不过中秋赏月岂能没有美酒助兴?何况宋代人过中秋节,最重要的一道程序就是饮美酒。富贵之家自然不必说,"玳筵罗列,琴瑟铿宋

锵,酾酒高歌"是中秋之夜必不可少的节目,即便是贫寒之家,也要"解衣市酒,勉强迎欢,不肯虚度此夜"。(《梦粱录》)每年中秋节前几天,都城汴京的各大酒店就开始重新装饰门面,张灯结彩,花团锦簇;到中秋当天,酒店里赏月的最佳座位早就被抢订一空,"市人争饮,至午未间,家家无酒"(《东京梦华录》),一直要喝到各大酒楼的酒坛子都底朝天为止。

中秋是一年中明月最美好的时光,岂可轻易辜负!苏轼劈头一问,其实已蕴含着对自然天道的质疑:明月是从什么时候开始照耀着宇宙天地的呢?没有人可以回答这个问题。屈原曾经问过:"夜光何德,死则又育?"(《天问》)张若虚曾经问过:"江畔何人初见月,江月何年初照人?"(《春江花月夜》)李白也曾经问过:"青天有月来几时,我今停杯一问之。"(《把酒问月》)苏轼不善饮酒,可是面对着宇宙的玄妙,他也忍不住对酒当歌,把酒问月:他仰望着自古以来就高悬夜空的明月,穿越时空隧道与古人思接千载。世间人事在发生着沧桑巨变,可是永恒不变的明月却依然充满睿智地凝望着人间的陵谷变迁。

既然是"把酒问青天",接下来笔锋自然一转来到了天上:"不知天上宫阙,今夕是何年。"人间已经沧海桑田,那么天上现在是何年何月何日了呢?

"我欲乘风归去,又恐琼楼玉宇,高处不胜寒。"这是整首词当中最有"仙气"的几句。随着苏轼的情绪抒发,我们仿佛能够看到高台上翩翩玉立的苏轼,宽袍长袖随着秋风轻轻扬起,好像是一位随时都能御风而行的神仙真人。

可是苏轼真的舍得离开人间,去那个不食人间烟火的神仙世界吗？

不，他舍不得。他担心天太高了，虽然月宫豪华富丽，可是一定会寒冷得让人受不了吧？

在古人的心目中，中秋本来就是一个道教氛围特别浓厚的节日。传说月亮中有嫦娥仙子，她居住的宫殿就叫"广寒宫"。有一个关于唐玄宗游月宫的传说特别流行：唐代有一个很有名的道士叶静能邀请唐玄宗一起遨游月宫，临行之前，还特意请唐玄宗穿上保暖的裘衣，但即便穿得厚厚的，到了月亮上以后因为"寒凛特异"，唐玄宗还是冷得直哆嗦，嚷嚷着受不了了。道士便拿出一粒火龙丹请唐玄宗服下，唐玄宗这才勉强支撑着到了广寒宫。

连唐明皇都受不了广寒宫的寒气凛冽，难怪苏轼要担心天太高，月宫太冷了，凡人怎么受得了呢？当然，苏轼也并不是真的相信月亮上有广寒宫和嫦娥仙子，他在词中所写到的"天上宫阙"其实象征着另外一种生活方式：那就是远离人间俗世，归隐田园山林的悠然。

在他的词中，"天上"和"人间"实际是代表着出世和入世的矛盾纠结。

入世当然是艰辛的，就拿他和苏辙来说吧，他们兄弟一起长大，一起学习，一起玩耍，一起旅游，一起跟着父亲苏洵进京赶考，又一同蟾宫折桂，几乎是形影不离。可是步入仕途之后，弹指一挥间，二十年已经过去，他们仍然辗转在各个地方，沉浮在新旧党争之间，深感仕途之凶险无奈。

入世固然艰难，可是想要出世却更难吧？就好比天上的广寒宫，虽然出世的生活貌似悠闲高雅，却又那么寒冷孤独，何况苏氏家族的宋

生计仍然需要他和苏辙勉力维持,他们从小深植于心的忠君忧国之情更是无法释怀。他们无法毅然决然地抽身而退,和万丈红尘潇洒地说再见。

那么,还是安心回到人间来吧。"起舞弄清影,何似在人间。"在月光之下迎风起舞,"我舞影零乱,我歌月徘徊"(李白《月下独酌》),这份美好也不逊色于天上的广寒宫吧?

如果说词的上片是借中秋夜月引发天上人间的联想与出世入世的矛盾,那么下片则转入了对弟弟的绵绵思念:"转朱阁,低绮户,照无眠。"月亮从高空渐渐西移,转过朱红色的高阁,又低低地斜挂在雕花的窗棂上,静静地照耀着那个一夜无眠的人——苏轼。

此刻,酒意渐消,苏轼还深深沉浸在对亲人的思念之中:子由,你还好吗?六年未见,你受了那么多委屈,还能独自支撑吗?

写这首《水调歌头》的时候,苏轼和苏辙分开已经长达六年了。有离别就会有离恨,"不应有恨,何事长向别时圆",为什么每次月圆之时我们都不能团聚,只能分隔两地,遥寄相思呢?词人先是怀疑月亮无情:人间还充满着离别的苦痛,它却自顾自地团圆完满。可是再一转念,他又否定了这份质疑:"人有悲欢离合,月有阴晴圆缺,此事古难全。"月亮其实也是有情有义的,对人间每天上演的悲欢离合也是怀着深切同情的,月亮的阴晴圆缺不正象征着人间的悲欢离合吗?要是月亮真的无情,那它为什么不是天天圆满的呢?可见,人间有人间的孤独与思念,月亮也有月亮的缺陷与遗憾,"月有阴晴圆缺",这是宇宙间亘古不变的规律。在这一点上,月的圆缺和人的悲欢是完全相通的。

既然连月亮都不能常常圆满,那么亲人之间的离别也就不要太过

伤感了吧?"此事古难全"再一次体现出苏东坡式的豁达心胸。从现实的困境中超脱出来,在历史的时空流转中洞察人生哲理,历史有兴衰轮回,月亮有阴晴圆缺,人生当然也不可能事事如意。

不沉溺于暂时的困境,而用乐观的心态来化解悲恸才是真正的超脱。

就拿他和弟弟来说吧,虽然此时的他与亲爱的弟弟已分别六年,可是他们毕竟还能在不同的地方遥望同一轮圆月,能够通过明亮的月色遥寄对兄弟的关切,这已经是莫大的幸运了。既然自古以来就没有完美无缺的事物,那么"但愿人长久,千里共婵娟",只要他和苏辙兄弟能够永远健健康康、平平安安,能够永远生活在同一轮明月之下,永远彼此给对方以最大的安慰和最大的精神支持,这就已经是最好的结果了。

一首饱含苏轼对弟弟思念、牵挂之情的《水调歌头》,就在这个特别的中秋月夜横空出世了。

也许月亮真的是有思想、有情义的,就在苏轼写下这阕《水调歌头》之后不久,苏辙罢齐州任进京述职,苏轼改知徐州。熙宁十年(1077)二月,苏轼一家人来到山东鄄城一带,苏辙专程从汴京赶来迎接他。分别七年之后,兄弟俩终于再度聚首。苏辙陪着哥哥,一直将他送到徐州任上,又在徐州逗留了一百多天。

这次重逢,苏辙特意在徐州陪着哥哥度过了一个中秋节,分别七年后能够在月圆之时再度携手赏月,这对聚少离多的兄弟俩来说真是一种难得的奢侈。苏轼邀请了投缘的好朋友,就在彭城山下,泛舟湖上,沐浴在清风明月之中,饮美酒,赏明月,共度良宵。

宋

在月光的清辉下,苏辙动情地写了一首《水调歌头·徐州中秋》,来应和前一年兄长写下的《水调歌头》中秋词。我们不妨再来完整地读读苏辙的《水调歌头·徐州中秋》词:

离别一何久,七度过中秋。去年东武今夕,明月不胜愁。岂意彭城山下,同泛清河古汴,船上载《凉州》。鼓吹助清赏,鸿雁起汀洲。

坐中客,翠羽帔,紫绮裘。素娥无赖,西去曾不为人留。今夜清尊对客,明夜孤帆水驿,依旧照离忧。但恐同王粲,相对永登楼。

相比苏轼在《水调歌头》(明月几时有)那种"天上宫阙"和人间清影的出尘与超脱,苏辙的中秋词更加凸显出人间聚散离合的浓郁悲愁:"离别一何久,七度过中秋。"他们兄弟一别七年才能聚在一起再过一个中秋节。去年的中秋夜,他们还分离两地,各自思念着对方,不胜伤感悲愁:"去年东武今夕,明月不胜愁。"时隔一年,他们好不容易才能够享受到泛舟清河、音乐美酒助兴的中秋佳节:"岂意彭城山下,同泛清河古汴,船上载《凉州》。"然而,欢乐的时光总是过得太快,随着月亮西沉,告别的时刻也飞速到来:"今夜清尊对客,明夜孤帆水驿,依旧照离忧。"这个中秋月夜还能与哥哥、好友相对畅饮,明天此时就要一个人漂泊天涯了,怎不让人倍感惆怅?

第二天,也就是八月十六日,苏辙再次挥泪告别哥哥,登舟而去。而这一回离别,兄弟俩还将经历更加险恶的政治风波。因为就在两年后,也就是元丰二年(1079),苏轼突然被诬陷为写诗讥刺新法、诽谤朝廷,七月被捕入京,这就是差点让苏轼送命的文字狱"乌台诗案",弟弟苏辙当然也被无辜牵连遭遇贬谪。

近二十年后,也就是绍圣四年(1097),苏轼被贬海南儋州,苏辙被

贬广东雷州。五月十一日，苏轼紧赶慢赶，终于在藤州（今属广西）赶上了贬途中的弟弟，陪同弟弟到达雷州，短暂逗留几天后，再渡海赴儋州。这一年，苏轼已是62岁，苏辙也已年近60，这一次短暂的相聚竟然成了兄弟俩这一生中最后的诀别。

在漫长的分离中，苏轼还写过一首著名的词《西江月·中秋和子由》：

世事一场大梦，人生几度秋凉。夜来风叶已鸣廊，看取眉头鬓上。　　酒贱常愁客少，月明多被云妨。中秋谁与共孤光，把盏凄然北望。

这真是历尽劫难之后的沉痛感慨，"世事一场大梦，人生几度秋凉"，依然是中秋佳节，可是夜空中愁云密布，月色昏暗不定，苏轼再也没有当年"明月几时有，把酒问青天"的豪气，苏辙也不再有"鼓吹助清赏，鸿雁起汀洲"的雅兴，流落天涯的苏轼只能"把盏凄然北望"，在痛苦中凄然怀念着他牵挂了一辈子的弟弟。

明月几时有？把酒问青天。不知天上宫阙，今夕是何年。我欲乘风归去，又恐琼楼玉宇，高处不胜寒。起舞弄清影，何似在人间。　　转朱阁，低绮户，照无眠。不应有恨，何事长向别时圆？人有悲欢离合，月有阴晴圆缺，此事古难全。但愿人长久，千里共婵娟。

六十多年的兄弟之情，一荣未必俱荣，一损必定俱损，但无论是寒窗共读，还是同处富贵，或是同受牵连、同遭患难，都从无怨言，从无猜疑，这是一种极其罕见的兄弟、知己之情，而这份手足亲情也终于沉淀成了世间最美的文字。从此以后，每年的中秋夜，"但愿人长久，千里共婵娟"就是中国人最美好的祝福，是中秋节寄托对亲人的牵挂，祝愿

宋

亲人一生平安,祈盼团圆的吉祥愿望。

【拓展阅读】

苏轼《水调歌头》

余去岁在东武(密州),作《水调歌头》以寄子由。今年,子由相从彭门(徐州)百余日,过中秋而去,作此曲以别余。以其语过悲,乃为和之。其意以不早退为戒,以退而相从之乐为慰云耳。

安石在东海,从事鬓惊秋。中年亲友难别,丝竹缓离愁。一旦功成名遂,准拟东还海道,扶病入西州。雅志困轩冕,遗恨寄沧洲。　岁云暮,须早计,要褐裘。故乡归去,千里佳处辄迟留。我醉歌时君和,醉倒须君扶我,惟酒可忘忧。一任刘玄德,相对卧高楼。

浣溪沙
苏轼

簌簌衣巾落枣花,村南村北响缲车,牛衣古柳卖黄瓜。酒困路长惟欲睡,日高人渴漫思茶,敲门试问野人家。

据我所知,现在各个城市附近都在发展农家乐,这种休闲旅游形式很可能是伴随着双休日的实施而发展起来的。因为周末休息两天,宅在家里吧,有点浪费;出门旅游吧,去太远的地方时间又不够。那就到城市周边的乡村,暂时避开城市的喧嚣和雾霾,呼吸一下新鲜空气,吃吃原汁原味的土菜,还可以顺便体验一下农家生活:比如去果园里自己采摘当季的水果,或者去菜园子里采摘当季的蔬菜,或是去池塘边钓钓鱼……有特色的乡村甚至还会举行当地特有的民俗活动。农家乐这种旅游形式花费时间不长,消费水平非常亲民,一般的工薪家族都能很轻松地承担,所以很快就成为城市人青睐的一种休闲方式。

读苏轼的这首《浣溪沙》,就能感觉到一种虽然土得掉渣,却也别宋

致有趣的农家乐情调。

应该说,苏轼笔下的农家乐和我们当代意义上的农家乐相比,有相似的地方,也有不同的地方。相似的地方主要就是田园风光了,虽然我们离苏轼生活的年代已经过去了将近一千年,但农村生活的很多方面,比如说田里种的水稻或者小麦,果园里的当季水果,菜地里的四季蔬菜,养的鸡鸭牛猪,还有做副业的像养鱼、养蚕,或者卖一点儿当地土产,等等。反正,农村生活的主体就是农民和土地,这一点是一直没有改变的。

那么不同的地方又在哪里呢?我们不妨先来看看苏轼笔下的"农家乐":"簌簌衣巾落枣花",一开始,苏轼就给我们营造了一个听觉的氛围——枣花"簌簌"飘落的声音。这可是城市里听不到的声音吧?城市里的车水马龙、人声鼎沸早就淹没了自然界的声音。可是到了宁静的乡村,连枣花飘落的声音都清晰可闻。而且枣花的花朵是比较小的,颜色一般也比较淡雅,并不像牡丹、芍药或者桃花、海棠一样惹人注目,可正是这种并不起眼的小花,却在苏轼的笔下翻出了引人注目的新意:"簌簌"的声音说明风吹落花不是一朵两朵,而是下了一阵又一阵的"花雨",落在衣服、头巾上,才会引起我们特别的注意。

"簌簌衣巾落枣花,村南村北响缲车。"看来,苏轼进入这个小村庄之后,迎接他的是一连串动态的声音,先是簌簌飘落的枣花,这是来自自然界的天籁之声;接下来的"村南村北响缲车",就是人的活动制造出来的声音了。"缲车",也就是缲丝车,是从蚕茧中抽丝出来的一道工序,"村南村北"当然只是一种互文见义的写法,并不是只有村子的南边和北边有缲车运转的声音,而是指整个村庄到处都传出缲车工作

的声音。

枣花飘落的簌簌声、缫车工作的吱呀声,一开始两句,苏轼就直接用听觉的描写,为我们呈现了一幅动态而热闹的乡村风光。一个村庄工作繁忙的状态,其实说明的是,老百姓主要的经济来源是有保障的,这个村庄的经济状况相对来说也是比较繁荣的。

"簌簌衣巾落枣花,村南村北响缫车,牛衣古柳卖黄瓜。"上阕三句词,从乡村的自然风光,到村民的经济生活,最后落到了村庄的"旅游服务业"上了:穿着牛衣的村民在村口的古柳树下出售地里刚刚摘下来的新鲜黄瓜。

"牛衣",本意是给牛御寒用的类似于被子的披盖物,大多使用乱麻编制而成,有点像我们平时所说的蓑衣。但是古典诗词中出现"牛衣"往往还和一个著名的典故有关,这个典故就是"牛衣对泣"。

汉代的时候,一个叫王章的人,做官以前家里很穷,连睡觉盖的被子都没有。王章自己生了一场大病,也只能睡在乱麻编的牛衣中。王章觉得自己这回是死定了,哭着和妻子诀别。没想到妻子是一个又智慧又刚强的女子,她给丈夫打气说:"论才华、论学识、论人品,京城里那些大富大贵的人哪个比得上你?现在你不过是生了一场病就这样自暴自弃,哭哭啼啼,未免太没出息了吧!"王章听了,觉得很惭愧。在妻子的"激将法"下,后来王章果然做到了京兆尹的大官,相当于今天北京市市长了。王章做了大官之后,自信心爆棚,不免自我膨胀起来,妻子又提醒他:"人要知足啊,难道你忘了当年卧病牛衣中哭哭啼啼的时候了吗?"(《汉书·王章传》)

因为王章的这个故事,古典诗词中就有了"牛衣对泣"这个词语,

宋

有时也作"牛衣泪"或者"牛衣泣",意思就是因为家境贫寒而伤心落泪,如陆游就写过"一生不作牛衣泣"的诗句(《和范待制秋兴》)。

当然,苏轼这里写的"牛衣古柳卖黄瓜"应该并不是用王章和妻子牛衣对泣的典故,而只是用到了牛衣的本义,也就是乱麻编成的蓑衣,真实地呈现了农民生活的简朴和艰辛。但其实这句词还有一个不大普及的版本,那就是"半依古柳卖黄瓜"。

南宋时候有一个叫曾季貍的人,在他写的《艇斋诗话》中有这样的记载:苏轼在徐州的时候写了一首词,其中有一句"半依古柳卖黄瓜"。可是现在多数版本都印成了"牛衣古柳卖黄瓜",这其实是错的。因为我曾经见过苏轼的亲笔手稿,写的就是"半依",所以我就知道印书的人是把"半"字错认成"牛"字了。

那么,曾季貍的这个说法是不是靠谱呢?我觉得是靠谱的。

因为曾季貍不是一个乱说话的人。曾季貍是谁呢?他是唐宋八大散文家之一曾巩的弟弟曾宰的曾孙,和朱熹、陆游这些大学问家都有交往,他自己也是一个家学渊源深厚的学者。所以他说看到过苏轼的手稿,我觉得不应该是在吹牛。

如果是"半依古柳卖黄瓜"的话,那么这句词就更有画面感了:卖黄瓜的乡民坐在古柳树下,背靠着柳树的树干,很有那种慵懒散漫的味道——对于乡民来说,卖黄瓜肯定不是他的主要收入来源,只是因为正好是黄瓜成熟的季节,顺便卖掉一些家里吃不了的黄瓜,贴补点家用。所以,他并不像集市里那些专业的小贩一样,卖力地吆喝推销,而只是背靠着古柳树,在树荫下乘着凉,甚至半闭着眼睛打着盹儿,有路过的行人口渴了,卖个一两根黄瓜让他们解解渴,如此而已。

苏轼也是这样,走了半天乡村小道,确实有点累、有点渴了,现在看到一棵浓荫蔽日的大柳树,还有新鲜欲滴的黄瓜,赶紧叫醒打盹的老乡,买他几根黄瓜解解馋。这样看来,是不是"半依古柳卖黄瓜"比"牛衣古柳卖黄瓜"显得更贴切、更加切合这首词的整体风格呢?毕竟,这首写乡村印象的词整体上是一种自然、宁静、祥和的风格,突然插入一个"牛衣"的典故,确实显得有点突兀。不过因为大多数的版本都写作"牛衣古柳卖黄瓜",那我在这里姑且还是从众吧。

"簌簌衣巾落枣花,村南村北响缫车,牛衣古柳卖黄瓜。"上片是写进入农家乐的"第一印象",听觉印象、视觉印象、味觉印象都有了;下片就该写词人自己的感受了。

"酒困路长惟欲睡,日高人渴漫思茶,敲门试问野人家。"大概中午喝了酒,走了很远的路,天气又热,下午苏轼觉得有点昏昏欲睡了,几根黄瓜吃下去还是解不了渴,他现在只想大口大口灌几杯凉茶下去,痛快一下。于是他信步停在一户农家门口,敲了敲柴门:"敲门试问野人家。""野人"当然不是我们一般说的那种粗野没教养的人或者未开化的民族。在古代的语境中,"野人"就是指农夫、居住在村野里的村民,是和"国人"也就是城市居民相对应的一种称呼。苏轼自己就说过,他本来就出身于农村,他原本就是一个"田间野人"呢。

"酒困路长惟欲睡,日高人渴漫思茶,敲门试问野人家。"词写到这里戛然而止了,主人有没有应答,词人有没有喝到茶,词里都没有写,但我们完全可以想象,苏轼一定是如愿以偿的。因为整首词都在用一种很轻松的笔调,描述乡村生活的淳朴与自然,淳朴的村民自然不会对路过的行人吝啬一碗茶水的,而苏轼的这一番"农家乐"行程,应该

宋

也是满载而归了。

簌簌衣巾落枣花,村南村北响缲车,牛衣古柳卖黄瓜。　酒困路长惟欲睡,日高人渴漫思茶,敲门试问野人家。

《浣溪沙》似乎已经解释完了,但还有一个关键问题我们没有解决。那就是,苏轼为什么会来到这个小乡村?难道他真的是为了打发双休日的假期,来一次轻松休闲的"农家乐"旅游吗?

当然不是。

这首《浣溪沙》写的"农家乐"景象,其实是徐州附近的小乡村,而苏轼写这首词的时候,他真正的身份并不是农家乐的导游,而是徐州市的市长——徐州知州。而且他并不是只写了这一首《浣溪沙》来反映徐州的农村生活,而是一连写了五首《浣溪沙》,全方位地向我们介绍了徐州"农家乐"的特色。

作为徐州的地方官,苏轼可不是一天到晚坐在城市的官府衙门里办公、发号施令,他跟一般的官僚不一样,苏轼是一个非常亲民的地方官,对民生疾苦总是有着切身的体验。

熙宁十年(1077)四月,42岁的苏轼从密州调到了徐州,结果当年黄河决堤,徐州地处汴水、泗水的下游,一旦黄河泛滥,徐州必定遭殃。这一年,徐州就遭遇到了多年不遇的大洪水,积水深的地方甚至达到了二丈八尺九寸,水面高出城里的平地足足一丈还要多。

因为洪水来势太过凶猛,城里的一些富豪纷纷收拾金银细软,乱哄哄地嚷着要出城避难。刚刚到任没多久的新官苏轼,一头扎进了抗洪救灾的紧急任务中,他亲自到抗洪现场,对那些富豪们说:"只要有我在,绝不会让洪水淹没徐州城!"因为被地方官的信心和决心所打

动,不仅富豪们都安心回了家,有不少人还主动加入了抗洪大军,这一举措无疑对安定民心产生了很明显的效果。

在长达两个月的抗洪救灾中,苏轼率领当地的驻军和人民想出了很多有效的办法,如筑堤堵水,修筑长堤达九百八十四丈;派人派船抢救被洪水围困的居民;筹集钱粮救济落难的灾民。苏轼自己则总是披着一袭蓑衣,拄着手杖,日夜奔走在抗洪第一线,夜里就睡在草棚里,一连许多天连回家都顾不上。直到洪水退去,黄河恢复故道,这场抗洪救灾才宣告胜利,徐州老百姓的生命财产终于被保住了。

洪水虽然退去,可是苏轼并没有因此而高枕无忧。他知道黄河决堤有一定的规律,大约每隔五六十年就会溃决一次,虽然在他任上肯定不会再经历第二次黄河决堤了,但他考虑的不是个人政绩,而是为徐州百姓做了长远的打算:他上书朝廷,请求下拨专项经费,为徐州修筑防洪堤坝。

大堤修建竣工之后,徐州还修建了高达十丈的"黄楼",既用来纪念抗洪斗争的胜利,也提醒徐州人民时刻要居安思危。徐州老百姓特别感念苏轼的功德,在元丰二年(1079)苏轼调离徐州的时候,父老乡亲们你扶着我、我搀着你,自发赶来为他送行。他们发自肺腑地说:"要是没有使君,在前年的洪水中,我们恐怕早就变成鱼鳖了。"

熙宁十年的大洪水刚刚退去,第二年,也就是元丰元年(1078)的春夏之交,徐州又遭遇了春旱。苏轼作为地方官,又带头去城东石潭祈雨,苏轼自己还专门写下了《徐州祈雨青词》和《起伏龙行》诗,诗中就说到了徐州大旱的情景"东方久旱千里赤,三月行人口生土"(《起伏龙行》)。大概真的是心诚则灵吧,祈雨之后不久,徐州果然普降甘宋

霖,旱情缓解,尤其是农村生活恢复正常,苏轼又专程去石潭举行谢雨的仪式。

就是在这次谢雨的途中,苏轼一连写下了五首《浣溪沙》,反映喜得甘霖之后的徐州,尤其是农民虽然艰苦却也充满欢乐的生活场景。这首"簌簌衣巾落枣花"就是这一系列组词中的第四首。

那么另外四首又表现了怎样的农家风情呢?我们不妨一起来读一读。

第一首:

照日深红暖见鱼,连溪绿暗晚藏乌,黄童白叟聚睢盱。　麋鹿逢人虽未惯,猿猱闻鼓不须呼,归家说与采桑姑。

第一首主要是写祈雨地石潭附近的村野风光,附近的老百姓都来参加谢雨的仪式,一个个欢欣鼓舞的样子,连动物都来凑热闹,一派欣欣向荣的场景。

第二首:

旋抹红妆看使君,三三五五棘篱门,相排踏破茜罗裙。　老幼扶携收麦社,乌鸢翔舞赛神村,道逢醉叟卧黄昏。

第二首主要写村姑们为了围观帅气的市长大人,纷纷换上了她们觉得最漂亮的红裙子,三三五五地挤在柴门口,你推我搡地唯恐自己看不到,连裙子都被踩破了。村民们也在自己的土地庙里去祭祀谢雨,有个老头儿不小心喝多了醉倒在路边,仍然是一派质朴而欢乐的气氛。

第三首:

麻叶层层苘叶光,谁家煮茧一村香,隔篱娇语络丝娘。　垂白

杖藜抬醉眼,捋青捣䴬软饥肠,问言豆叶几时黄。

第三首主要是写市长大人苏轼关心农民的经济状况和收入情况。看到农作物长得很茂盛,蚕茧也丰收了,苏轼当然和村民一样感到由衷的开心,他还关切地询问当地农民:豆类作物几时成熟啊?收成可还好吗?

第五首:

软草平莎过雨新,轻沙走马路无尘,何时收拾耦耕身。　日暖桑麻光似泼,风来蒿艾气如薰,使君元是此中人。

第五首就是写苏轼自己的感慨了。看到农村有些简单甚至辛苦的生活,他仍然感觉到田园生活那种与生俱来的亲近感。虽然他身为"使君",为官一方,却从来不曾忘记自己原本也是起于乡村田野,他甚至感慨,什么时候才能抛却红尘,回归田园呢?

簌簌衣巾落枣花,村南村北响缫车,牛衣古柳卖黄瓜。　酒困路长惟欲睡,日高人渴漫思茶,敲门试问野人家。

徐州市市长亲自担任本地农家乐的形象代言人,兼任导游,一连写下了五首《浣溪沙》来展现徐州的田园风光,你是不是也会被这样清新隽永的乡村图景打动呢?

【拓展阅读】

楼敬思《词林纪事》引:

东坡老人故自灵气仙才,所作小词,冲口而出,无穷清新,不独寓以诗人句法,能一洗绮罗香泽之态也。

宋

卜算子

苏轼

缺月挂疏桐,漏断人初静。谁见幽人独往来?缥缈孤鸿影。　惊起却回头,有恨无人省。拣尽寒枝不肯栖,寂寞沙洲冷。

这首词写于黄州,也就是今天的湖北黄冈,在宋代属于淮南西路。黄州算是经济比较发达的区域,而且这里物产富饶,又南临长江,交通、风景都不错,是个好地方。可是,并不是说到了好地方就一定会有好心情,因为苏轼来到黄州并不是休闲旅游,而是因为众所周知的原因,被贬谪来到这里的。这个众所周知的原因,就是北宋历史上的第一场文字狱——乌台诗案。

那么,在乌台诗案中,苏轼到底经历了什么呢?我们不妨简单梳理一下乌台诗案的过程。

在北宋神宗年间,朝廷的政治矛盾主要集中在所谓新党和旧党之间。王安石是新党的领袖,他厉行变法,轰轰烈烈地展开了北宋历史

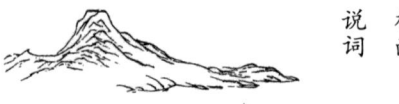

上有名的"熙宁变法";苏轼作为旧党的代表人物,很不赞同王安石的变法。可王安石是铁腕宰相,又受到神宗的极力支持和信任,为了避免政治矛盾进一步激化,苏轼不得已只好请求外放,在杭州、密州、徐州等地辗转担任地方官。

元丰二年(1079),御史台搜罗了苏轼的诗文作品,在里面深文罗织,煞费苦心要揪出苏轼讽刺变法的证据,说他不满朝廷,妖言惑众,罪该万死。宋神宗勃然大怒,下旨逮捕苏轼。当时苏轼正在湖州知州任上,七月二十八日,派去执行逮捕令的官员皇甫遵气势汹汹地闯入湖州州府衙门,当着他全家人的面,将苏轼五花大绑带走;八月十八日,苏轼被押解到京城,银铛入狱,在监狱关押了130天。

被御史们轮番逼供的苏轼,越来越嗅到死亡的气息,他在狱中给弟弟苏辙写下了绝命诗:"是处青山可埋骨,他年夜雨独伤神。与君世世为兄弟,更结人间未了因。"他对弟弟说,死不可怕,到处的青山都可以是他的葬身之地,只是当年与弟弟一起寒窗苦读的时候,一起夜雨对床的誓言再也不能实现了,留下弟弟一个人在凄风苦雨的暗夜里独自伤神,希望来生还可以和苏辙再做兄弟。

狱中的苏轼,已经在绝望中做好了赴死的心理准备。

苏轼入狱是一个震惊朝野的政治事件,不少正直之士都挺身而出,为营救苏轼而奔走出力。连他的政治对头王安石都亲自上书为他说情:"岂有圣明之世却杀害才学之士的呢?"太皇太后也被惊动了,亲自出面为苏轼求情,宋神宗这才对苏轼"网开一面",以水部员外郎黄州团练副使的名义将苏轼贬谪黄州。凡与苏轼有交游的人也都受到不同程度的处罚,如苏辙被贬筠州(今江西高安)。这就是著名的"乌宋

台诗案",也是北宋历史上的第一场文字狱。"乌台"是御史监狱的代称,因为汉代御史台外经常聚集很多乌鸦,不停地聒噪,充满着一种恐怖的气氛,所以御史台又被称为"乌台"。

元丰三年(1080)正月初一,当首都汴京(今河南开封)城还沉浸在过年的热闹喜庆中时,苏轼却在衙役的押解下,带着长子苏迈,凄凉地离开了汴京,踏上了去往黄州的漫漫旅途。一个月以后,也就是元丰三年二月初一,苏轼、苏迈父子俩到达黄州,暂时安置在黄冈东南边的一座寺庙定惠院中。五月下旬,弟弟苏辙护送苏轼的妻子王闰之及全家二十多口人抵达黄州,在鄂州知州朱寿昌的帮助下,苏轼一家搬进了黄州城南门外长江边上的临皋亭。从此,苏轼一家在黄州度过了四年多的贬谪时光。

从二月到达黄州寓居定惠院,到五月迁居临皋亭,这三个多月,是苏轼忍受孤独、调整身心的时期。就在这段时间里,苏轼写下了著名的《卜算子》词:

缺月挂疏桐,漏断人初静。谁见幽人独往来?缥缈孤鸿影。　惊起却回头,有恨无人省。拣尽寒枝不肯栖,寂寞沙洲冷。

对于这首词,苏轼的得意门生黄庭坚有一句非常经典的评价:"语意高妙,似非吃烟火食人语。非胸中有数万卷书,笔下无一点尘俗气,孰能至此!"黄庭坚这段话说得比较文绉绉,其实用一个词来概括这段话的意思,就是说苏轼的词有一股子"仙气"。也难怪,就好像李白被称为"诗仙"一样,苏轼也被称为"词仙"嘛。可是,什么样的诗词才算是有"仙气"呢?我们现在如果说一个人"挺仙儿的",意思就是他给人的感觉好像不食人间烟火,不懂人间疾苦,飘逸空灵,洒脱自如。

可是,苏轼的仙气却和我们通常所说的"不食人间烟火"不一样,他的"仙气"是一种非常独特的气质。那么他这种"仙儿"的气质,到底体现在什么地方呢?

我想,就以这首《卜算子》作为经典个案,来分析一下苏轼词中与众不同的仙气。

苏轼的"仙儿"首先体现在远离人群的静谧。《卜算子》一开始就营造了一个夜深人静的气氛:"缺月挂疏桐,漏断人初静。""漏断"的意思是计时的漏声已断,也就是夜已经很深了,白天喧嚣的人声也终于安静下来了,月亮渐渐地升了起来。不过,因为是"缺月",残缺的月亮升上树梢,仿佛是挂在了枝叶稀疏的梧桐树上,这样的月色大概并不明亮。一弯残缺的月亮,反而更加显出夜色的幽暗。

缺月、疏桐、漏断、人静。从视觉的风景写到听觉的声音,一个万籁俱寂的夜晚就这样降临在了我们的身边。通常在这样的时间和氛围中,应该是人们安睡的时候了。可是在全世界都沉睡的时候,只有一个人在失眠。这个人,就是苏轼。

因此,苏轼的"仙儿"其次就体现在享受孤独。"谁见幽人独往来?缥缈孤鸿影。"前面两句"缺月挂疏桐,漏断人初静"是营造宁静的背景和氛围,接下来这两句就是主角登场了。可是接连登场的主角貌似有两个,一个是"幽人",一个是"孤鸿",那么,到底谁才是苏轼真正着力想要表现的主角呢?

这首词有的版本还附加了一个小标题,题目就叫"孤鸿"。可见,这首词的核心意象是"孤鸿"——一只孤孤单单的大雁。如果这样理解的话,那"谁见幽人独往来?缥缈孤鸿影"大概就可以这样翻译了:

宋

这样寂静的夜,谁能见到在夜色中独自往来的"幽人"呢?可是再仔细定神一看,原来那并不是人,而是一只单飞的大雁,它高飞的身影显得那么遥远,隐在夜色中更加缥缈不定。

正是因为夜色幽暗,才会让人将孤鸿高飞映在地上的朦胧影子误认为是幽人往来的身影。

这样看来,真正的主角还是那只"孤鸿"。或者说,主角本来就只有一个,就是孤鸿。"幽人"不过是因为看不清楚而错认的孤鸿身影而已。

"缺月挂疏桐,漏断人初静。谁见幽人独往来?缥缈孤鸿影。"词的上阕着力营造了宁静与孤独,下阕换头用一个"惊"字,引起了突如其来的动感:"惊起却回头,有恨无人省。"

不知哪里来的突然的动静,惊起了刚刚准备在树枝上栖息的鸿雁。它惊飞的一刹那,蓦然回首的那个眼神,透露出无尽的幽怨和恐惧。它在恨什么,又在怕什么呢?

"拣尽寒枝不肯栖,寂寞沙洲冷。"我每次读这首《卜算子》的时候,最喜欢的就是这两句,尤其是"拣尽寒枝不肯栖"这一句最让我感动。为什么呢?

其实年轻的时候读词,大多是凭一种感觉,喜欢或是不喜欢,感动或是不感动,都不需要什么特别的理由。可是现在要对词进行深入解读,就不能只凭借主观的喜好,而必须进行更为理性一点的专业解释了。就比如以前我喜欢"拣尽寒枝不肯栖"这一句,喜欢的就是鸿雁那种清高的气节,那么多的树枝可供选择,可是鸿雁就是拣尽寒枝,不肯栖息,宁可在寂寞、冷清的沙洲上停留,独自品尝漂泊无依的滋味。那

份孤傲、那份宁折不弯的固执,真是让我莫名感动与敬佩。

当然,这纯粹是我的"感情用事"。如果理性一点的话,我们似乎应该首先对苏轼的这种写法提出一个质疑。什么质疑呢?不知道你是不是对大雁的生活习性有一些了解,通常而言,大雁确实是不会在树枝上栖息的,《周易》里面出现过"鸿渐于木"的说法,但那只是借以说明卦象,而且这个卦象确实隐隐有虽栖而不安的寓意。

我在网上也查了一些资料,大雁是一种水鸟,脚蹼和一般的鸟爪不一样,是抓不牢树枝的,待久了会有跌落的危险。因此,大雁栖息的地方一般在是水生植物丛生的水边或沼泽地。其实古人也早已注意到鸿雁的这一生活习性:"鸿雁未尝栖宿树枝,惟在田野苇丛间。"并且,还有人因此批评说,苏轼的"拣尽寒枝不肯栖"是有语病的,是不懂大雁生活习性的文人孟浪之语。

其实,苏轼怎么会真的不懂大雁的生活习性呢?他当然是懂的,而且正因为他非常懂,所以他才能巧妙地利用这个习性,将它转化成了情感蕴意十分丰富的词句。如果从大雁的自然生活特性来说,应该是拣尽寒枝"不能"栖,可是苏轼故意将"不能栖"改成了"不肯栖",大雁原本无知无觉的自然属性,一下子就被转化成了富于人情味的主动选择,因而塑造出了一个高冷、孤傲、独立不群的孤雁形象。这才是苏轼的高明之处!

而这一点,也正是我要补充说到的苏轼词"仙儿"的第三大特征:孤傲不群。孤鸿虽然也是一种鸟儿,但它跟其他的鸟儿不一样,它偏偏不选择温暖的树枝栖息,却宁愿独守寂寞寒冷的沙洲。"拣尽寒枝不肯栖,寂寞沙洲冷。"这样的句子,和屈原"鸷鸟之不群兮,自前世而宋

固然"的傲岸、独立精神是何其惊人的一致！

缺月挂疏桐，漏断人初静。谁见幽人独往来？缥缈孤鸿影。　惊起却回头，有恨无人省。拣尽寒枝不肯栖，寂寞沙洲冷。

这首词读到这里，我们基本可以肯定，这就是一首咏孤雁的词。可是，我们当然不能满足于只解读到这里。因为我们都知道，大多数的咏物词绝对不会仅仅只停留在单纯的咏物，咏物词往往会寄托作者特殊的寓意，这首《卜算子》也不例外。何况，苏轼在写这首《卜算子》的时候，是在那样一个特殊的经历之后——"乌台诗案"。这个文字狱让苏轼背上莫须有的罪名，被贬黄州。想当年，他和弟弟苏辙通过制科考试的时候，仁宗亲临崇政殿，读到两人的制策，回到后宫还兴奋地对皇后说："朕今日为子孙得两宰相矣。"

仁宗皇帝当年认定的宰相之才，却一朝沦落，成了一介罪臣。就算豁达如苏轼，心情的落差、满腹的冤屈和愤懑也是可以想见的吧？我们只要看看苏轼初到黄州时的表现就可以略知一二了。

苏轼和长子苏迈到达黄州的时候，还没有固定的住处，只能暂时安置在定惠院里。这里不仅举目无亲，而且苏轼显然还没有从乌台诗案造成的惊悸和恐惧当中解脱出来，他终日闭门不出，只在晚上悄悄地出去到附近转转，昼伏夜出的生活就好像是一只惶惶不可终日的小老鼠。比如他在一首诗中这样写道："昏昏觉还卧，展转无由足。强起出门行，孤梦犹可续。"这首诗的诗名很长：《二月二十六日，雨中熟睡，至晚强起出门，还作此诗，意思殊昏昏也》。白天蒙头大睡，晚上趁着夜色才敢出门，心情有如惊弓之鸟，这就是苏轼初到黄州寓居定惠院时的生活状态和心理状态。

以前苏轼无论在什么地方做官,都会成为那个地方的灵魂人物,当地的官员、文人士子聚集在他周围,冠盖相随。苏轼自己又是个爱热闹的人,因此他走到哪里都不会感到寂寞。可是来到黄州之后,他却不得不学会忍受孤独,正像他自己在诗中承认的那样:"清诗独吟还自和,白酒已尽谁能借。"(《定惠院寓居月夜偶出》)他自己一个人写诗,一个人唱和,一个人喝酒,一个人伤感……酒喝完了,抬头四顾,竟然找不到一个可以借酒给他喝的朋友。这样看来,《卜算子》词当中的"惊起却回头,有恨无人省"表面上是写孤雁,其实就是初到黄州的苏轼,是他自己的真实写照。

的确,《卜算子》句句都在咏孤雁,但句句都映照着苏轼自己。因此,当我们用这样的思路再重新解读这首词的时候,就不必拘泥于孤雁这个表面意象,而应该深入苏轼的内心深处了。例如"谁见幽人独往来?缥缈孤鸿影"这两句,从孤鸿的角度来读的话,"幽人"可以理解为孤鸿飞过映在地面的身影,幽暗朦胧中让人误以为是人影;但更应该从词人的角度来解读,那么"幽人"完全可以理解为是苏轼自己。

"幽人"的本意就是隐居的人,《周易》的"履"卦有"履道坦坦,幽人贞吉"的爻辞,原意是幽居的人安于恬静的生活,所以没有危险困难,能够得到平安吉祥。"谁见幽人独往来?缥缈孤鸿影。"有谁能够见到那个在深夜里独自徘徊的"幽人"呢?大概只有同样深夜徘徊不眠的那只孤雁吧?于是孤鸿与孤独的词人成了夜深人静时唯一能够互相理解、彼此对话的知音。

大约跟这首《卜算子》同一时期,苏轼还写过一首诗《定惠院寓居月夜偶出》,开头两句便是"幽人无事不出门,偶逐东风转良夜",也是

宋

自称"幽人",也提到了初到黄州、昼伏夜出的生活状态。这首诗可以和《卜算子》词对照着来读,也许我们对这个时候的苏轼会了解更多一点。

"谁见幽人独往来?缥缈孤鸿影。""幽人"与"孤鸿"这样的意象彼此映照,让我忽然想起了"庄周梦蝶"的著名故事:"昔者庄周梦为胡蝶,栩栩然胡蝶也。自喻适志与!不知周与。俄然觉,则蘧蘧然周也。不知周之梦为胡蝶与?胡蝶之梦为周与?"庄子说他做梦梦见自己变成了蝴蝶,完全忘了他原本是庄周,等一觉醒来,发现他还是庄周。于是他很恍惚,不知道到底是蝴蝶梦见它变成了庄周呢,还是庄周梦见他变成了蝴蝶。

人生的真实与虚幻,大概就像庄子和蝴蝶的互相转化吧?

这样一想,我们倒也不必拘泥于一定要搞清楚"幽人"到底是"孤鸿",还是"孤鸿"就是"幽人"了,因为他们其实已经完全化为了一体,相同的命运、相同的心情,还有相同的个性。而"拣尽寒枝不肯栖,寂寞沙洲冷",说的当然也不只是鸿雁的人生选择,更是苏轼自己的人格宣言——宁可受尽磨难,忍受孤独,也绝不改变自己清高、贞洁的个性与人品。

词解释到这里,我顺便再补充一个小八卦,古人对于文化名人的八卦创造能力是惊人的,我觉得也不可轻易埋没。杨湜的《古今词话》转载了一个小故事,说是苏轼被贬惠州的时候,有个叫温超超的女孩,到了待嫁的年龄可就是不肯出嫁,直到听说苏东坡来了,才高兴地说:"这才是我的夫婿呢!"于是超超每天徘徊在苏东坡的书房外,听东坡吟诵诗文,一旦东坡有所察觉,她就赶紧逃走。后来东坡听说了这件事,说:"我来做媒,将王郎介绍给她。"后来苏轼又被贬海南,再北归的时候,超超已经去世了。于是东坡就写了这首《卜算子》,用"拣尽寒枝不肯栖"的句子来纪念超超。

这样的故事当然不可深信,但一则古人的八卦往往写得颇具文学色彩,很生动,不妨当成微型小说或者传奇一读;二则这些故事也说明了文化名人与经典作品深入人心的影响力;三则有些故事虽然未必一定是真实事件,但它却反映了故事创作者的某种文学态度,甚至还可以折射出某个时代对某个文学家及其作品的接受态度。因此,古人才会对这些故事颇为珍惜,并且编撰成集,流传后世。

好了,让我们再来复习一下这首充满仙气的《卜算子》:

缺月挂疏桐,漏断人初静。谁见幽人独往来?缥缈孤鸿影。　　惊起却回头,有恨无人省。拣尽寒枝不肯栖,寂寞沙洲冷。

关于《卜算子》,我们就解读到这里了。在这首词里,我们感受了苏轼在特定时期下表现出来的"仙气":远离人群、享受孤独、孤傲不群。但这样的状态在黄州并不会延续太久,因为像苏轼这样豁达乐观的人,他很快就会从逆境中走出来,呈现出一个我们熟悉的幽默、旷达、永远不会被打倒的苏东坡。

【拓展阅读】

黄蓼园《蓼园词选》:

此东坡自写在黄州之寂寞耳,初从人说起,言如孤鸿之冷落;下专就鸿说。语语双关,格奇而语隽,斯为超诣神品。

宋

浣溪沙
苏轼

山下兰芽短浸溪,松间沙路净无泥。萧萧暮雨子规啼。　谁道人生无再少?门前流水尚能西。休将白发唱黄鸡。

关于这首《浣溪沙》的主题,我想借用一个很时尚的词来概括:那就是苏东坡的"逆龄"梦。我在网上搜了一下,"逆龄族"的解释是容貌看起来显得很年轻,与实际年龄相逆的人,而且不光外表年轻,还显得很有内涵和气质。逆龄族是一种生活态度,意味着用心追求青春永不放弃。

写这首《浣溪沙》的时候,是北宋元丰五年三月,也就是1082年春天,这一年苏轼是多大呢? 47 岁。

47 岁,这个年龄对于不少人来说,很可能就在"油腻中年男"的边缘挣扎了,不过咱们的苏轼还是显得那么潇洒不羁,你看这首词的下片是不是就是逆龄族的青春宣言呢?

说词 杨雨

谁道人生无再少？门前流水尚能西。休将白发唱黄鸡。

谁说人生就只能是一年比一年更衰老呢？谁说人生就不能青春逆袭呢？相比那么多诗人词人面对时光流逝而流露出来的无奈和悲伤，苏轼简直是展现出了一种"螳臂当车"的勇气！谁说岁月就是一把杀猪刀，刀刀催人老呢？苏轼偏偏挥舞着另外一把大刀，企图抽刀断流，将流水般东流不息的时光拦腰斩断！

"谁道人生无再少"，这是苏轼用反问的语气来强调青春逆袭的坚定。古诗有云："花有重开日，人无再少时。"后来元曲大家关汉卿在《窦娥冤》里也引用过这几句古诗："花有重开日，人无再少年。不须长富贵，安乐是神仙。"原诗是哪位诗人在什么时候写的，已经不可考了，苏轼有没有听过这几句诗也很难确定，但花谢了还会再开，春天走了还会再来，人的年龄却好比已经开弓射出的箭，绝无再回头的可能，这个道理谁都懂，苏轼当然也懂。可是他偏偏要反着来，偏偏要说人生就是有重返青春的可能。为什么一贯很懂道理的苏轼，会写出这样毫无理性的句子呢？又是什么给了苏轼这样的勇气和豪迈呢？

答案在接下来的这一句中："门前流水尚能西。"

苏轼是从自然风景当中汲取了灵感，才发出这样掷地有声的青春宣言。他看到门前流水的方向竟然是由东往西而去的，这让他感到大为惊讶了。

中学的时候我们学地理，就都有这样的常识，中国的地理形势，从整体而言是西边地势高，东边地势低，所以多数大江大河的流向都是由西往东，水往低处流这是大家熟知的常识，长江、黄河都是这样的。像李煜的词"恰似一江春水向东流"，这就是很符合地理常识的句子；

宋

像明代归有光写的"淮水自西流,黄河从北下。并合向东行,终年无停泻"(《淮上作》),也是很符合地理常识的诗句。

那么,苏轼是从哪里看到了由东向西而去的流水呢?是哪条河流这么任性,偏偏要逆流而行呢?

原来,这首《浣溪沙》词前面还有一句小序,苏轼是这样交代创作背景的:"游蕲水清泉寺,寺临兰溪,溪水西流。"

这条任性的河流压根儿不是什么长江、黄河、淮河这样的大江大河,而只是一条名叫兰溪的小溪流。这条小溪流本来也没名气,可是因为大文豪苏轼为它专门写了这首《浣溪沙》,所以这条兰溪也成为风景名胜了。兰溪的具体位置,苏轼也交代得很清楚,他是在游览蕲水清泉寺的时候,看到了附近的这条兰溪,因为兰溪与众不同的流向引起了他特别的注意,于是有感而发写下了这首词。

蕲水县就是今天湖北黄冈的浠水县,清泉寺在蕲水县城外。苏轼于元丰三年(1080)二月初一到达湖北黄州,这是他仕途生涯中遭遇的第一次贬谪,可是我们在这首词中看不到一点儿被贬的悲伤和怨愤,只看到满满的东坡式的潇洒不羁。

就在他来到黄州的第三年,也就是元丰五年,他已经做好了在黄州安家的打算。于是三月七日这天,苏轼约了几个好朋友一起去沙湖考察土地,打算买块便宜一点儿的地,种地安家,好安顿一家人的生活。沙湖在黄州郊区,距离黄州城大约三十来里。可是就在这次去沙湖相地的时候,他得了病,左手肿了,初步判断应该是中了什么药石的毒气,于是他又绕道去了蕲水麻桥的庞安时家治病,并且在庞医生家里住了好几天。这位庞医生是个聋子,医术却很高明,据说"一针而愈",针灸一次就消了肿。

苏轼上门求医,庞医生当然也不会放过这个求大明星签名、赐字的好机会,而且庞医生聪明绝顶,他和苏轼的交流主要靠笔和纸,常常是苏轼刚刚开始写几个字,还没写完,庞医生就早早地猜到了苏轼的意思。苏轼还调侃庞医生说:"吾以手为口,君以眼为耳,皆一时异人也!"

苏轼病好以后,庞医生又陪着他在蕲水到处转了转,清泉寺就是他们游览的一处重要景点,这里还有据说当年王羲之洗过毛笔的泉水,被命名为洗笔泉,泉水极为甘甜,寺庙下临兰溪,溪水就是由东往西而流。苏轼一时兴起,就写下了这首著名的《浣溪沙》。

谁道人生无再少?门前流水尚能西。休将白发唱黄鸡。

这里的"门前流水"就是指清泉寺门前的兰溪了。既然流水都能对抗自然规律,一反常态往西边流去,人当然也可以对抗时间,一反常态重返少年啊!这是一种看上去极其任性毫无道理的逻辑,可是诗词就有一种"无理而妙"的特点,越是看上去毫无道理的句子,越是能够反映出作者独到的创意。"谁道人生无再少?门前流水尚能西",反映的就是苏轼那种乐天派的洒脱个性。

这种乐天派的性格连以豪放洒脱著称的李白都比不上呢,因为李白写过"功名富贵若长在,汉水亦应西北流。"(《江上吟》)李白的原意是汉水不可能往西北方向流,就像功名富贵也不可能永远保留一样。苏轼恰恰反用了李白的意思,偏要说水就是能够往西边儿流。有才就是任性吧?

"休将白发唱黄鸡",这一句化用了唐代诗人白居易的诗《醉歌示宋

妓人商玲珑》:"谁道使君不解歌,听唱黄鸡与白日。黄鸡催晓丑时鸣,白日催年酉前没。腰间红绶系未稳,镜里朱颜看已失。玲珑玲珑奈老何?使君歌了汝更歌。"

黄鸡的特点是在丑时鸣叫报晓,丑时相当于凌晨一点到三点,这个时候天还没亮,可是黄鸡已经在鸣叫催晓了,这简直是光阴严相逼的节奏啊!李白在《将进酒》里也高唱过:"君不见高堂明镜悲白发,朝如青丝暮成雪。"黄鸡、白发其实本来都是哀叹时光匆匆的意象,苏轼自己也化用过白居易这首诗,写了一首诗《与临安令宗人同年剧饮》:"试呼白发感秋人,令唱黄鸡催晓曲。"

不过,与白居易的悲叹白发衰年不同,苏轼在那首诗里也洋溢着不同一般人的洒脱情怀:"黄鸡催晓不须愁,老尽世人非我独。"人有童年、少年,成长为成年人到老年人,这本来就是自然规律,与其在黄鸡的催晓声中一味哀叹,那还不如乐观面对时光的流逝,不要徒劳地悲伤恐惧呢!

顺便说一句,苏轼是很多读书人崇拜的偶像,可是苏轼自己也有他崇拜的偶像。我觉得,他至少有三大偶像:一个是屈原,一个是陶渊明,另外一个就是白居易。苏轼不是自号东坡居士嘛,其实东坡的这个名号灵感也来自于白居易。白居易当年被贬忠州(今重庆忠县)的时候,写过《东坡种花二首》诗:"东坡春向暮,树木今何如?漠漠花落尽,翳翳叶生初。每日领童仆,荷锄仍决渠。"他还写过《步东坡》诗:"朝上东坡步,夕上东坡步。东坡何所爱?爱此新成树。"白居易在当忠州刺史的时候,在忠州的东坡开垦荒地,亲自带领僮仆种花种树;而苏轼被贬到黄州之后,他新开垦的荒地恰巧也在黄州东门之外,所以

他就将这块荒地命名为"东坡",还给自己取了东坡居士的号。这意味着苏轼从这个时候开始,更加认同白居易那种在困境中仍然知足常乐的思想了。

看来苏轼是特别偏爱黄鸡、白发的意象的,因为在十年后,也就是元祐六年(1091)年正月十五元宵节那天,56岁的苏轼又写了一首《浣溪沙》,而且又用到了黄鸡、白发的意象:"雪颔霜髯不自惊,更将翦彩发春荣。羞颜未醉已先赪。　　莫唱黄鸡并白发,且呼张丈唤殷兄。有人归去欲卿卿。""雪颔霜髯不自惊""莫唱黄鸡并白发"都是在豪迈地宣称,头发白了、胡子白了,那又有什么不得了的!别再唱什么悲悲切切的黄鸡白发歌了,好好地把握现在,享受当下吧!

谁道人生无再少?门前流水尚能西。休将白发唱黄鸡。

如果说这首《浣溪沙》的下片是苏轼从兰溪的流向获得灵感,借机发表他的"逆龄宣言"的话,那么这首词的上片就纯粹是用白描的手法来描写兰溪附近的自然风光了。

山下兰芽短浸溪,松间沙路净无泥。萧萧暮雨子规啼。

所谓白描的手法,其实是借用了绘画的专业术语。在传统的国画中,只用墨勾勒轮廓,用水墨渲染,不用彩色修饰,就叫作白描。引用到文学批评上,白描是说文字平淡得就像咱们平时说的大白话一样,完全没有渲染烘托,没过多辞藻文采的修饰,效果却是秀洁雅淡、清丽脱俗的。就像鲁迅解释的那样,白描的特点就是:有真意,去粉饰,少做作,勿卖弄。(《南腔北调集·作文秘诀》)如果用现在女孩子的化妆术来比喻的话,应该就相当于我们说的"裸妆"吧:妆容自然清新,虽然也经过了精心修饰,但看上去完全没有刻意化妆的痕迹,所以裸

宋

妆又被称为透明妆。

那我们看看苏轼笔下"裸妆"的兰溪风光吧。

"山下兰芽短浸溪",山下的小溪水潺潺流淌,溪边野生的兰草刚刚长出新芽,溪水流过,兰芽越发被清洗得娇嫩透明了。

"松间沙路净无泥",这一句也很有味道。如果我们去过乡下,可能会有这样的经历,反正我是有过的。去乡下的时候最怕什么天气?最怕下过雨之后走乡村的小路吧?因为下雨之后,乡下的泥巴路会变得特别泥泞,深一脚浅一脚的,走路不方便不说,湿泥巴粘到鞋子上又脏又黏糊,让人很难受。可是苏轼笔下的乡村小路是什么样子的呢?"松间沙路净无泥",松树林里的沙路也被溪水冲洗得干干净净的,一点儿泥巴都没有,一尘不染,这是多么清新洁净的景色呀!这让我一下子就想到了王维的"明月松间照,清泉石上流"的句子,是同样清澈的自然风光。

不过,苏轼的这句"松间沙路净无泥"又和白居易发生了关系。因为白居易也写过:"柳桥晴有絮,沙路润无泥"(《开成二年三月三日奉十二韵以献》)的诗句。你瞧,苏轼可以说是白居易的铁杆粉丝吧?

上片的最后一句"萧萧暮雨子规啼",从视觉的景色又转到了听觉感受,子规就是杜鹃鸟儿,在黄昏的潇潇雨声中,偶尔传来一两声杜鹃的鸣叫,不仅不让人感到喧嚣吵闹,反而越发增添了乡村景色的静谧与安宁。

在这里,我又要"敲黑板"了,因为白居易再一次现身啦。原来"萧萧暮雨子规啼"也是化用白居易的诗句,白居易的《寄殷协律》诗中有:"吴娘暮雨萧萧曲,自别江南更不闻。"你看,苏轼背白居易的诗

背得是有多熟啊,信手拈来全是偶像的诗句。

　　山下兰芽短浸溪,松间沙路净无泥。萧萧暮雨子规啼。　谁道人生无再少?门前流水尚能西。休将白发唱黄鸡。

　　拒绝中年油腻,莫唱白发黄鸡,在人生困境中勇敢逆袭,在未来迎接更精彩的自己,这就是东坡式的洒脱和任性。

【拓展阅读】

　　陈廷焯《白雨斋词话》:

　　东坡《浣溪沙》云:"谁道人生无再少?门前流水尚能西。休将白发唱黄鸡。"愈悲郁,愈豪放,愈忠厚,令我神往。

宋

定风波
苏轼

莫听穿林打叶声,何妨吟啸且徐行,竹杖芒鞋轻胜马,谁怕？一蓑烟雨任平生。　　料峭春风吹酒醒,微冷。山头斜照却相迎。回首向来萧瑟处,归去,也无风雨也无晴。

在悲情主旋律的诗词世界里,苏轼总是能让我们感受到乐观向上的人生姿态,正像前人评价的那样:"东坡先生非心醉于音律者,偶尔作歌,指出向上一路,新天下耳目,弄笔者始知自振。"(王灼《碧鸡漫志》)这段话的意思就是说,苏轼虽然对音律不怎么讲究,但他偶尔写起歌词来,总是能够让人耳目一新,和那些成天沉溺在"负面情绪"中的人不一样,苏轼总是能够让人的精神振作起来。这首《定风波》,就是这一类"指出向上一路"的作品,也可以说是苏轼非常有名的词作之一:

莫听穿林打叶声,何妨吟啸且徐行,竹杖芒鞋轻胜马,谁怕？一蓑

烟雨任平生。　料峭春风吹酒醒,微冷。山头斜照却相迎。回首向来萧瑟处,归去,也无风雨也无晴。

每次读这首词的时候,我的眼前仿佛又出现了那一幕风风雨雨的场景。那是北宋神宗元丰五年(1082)三月七日,苏轼约了几个好朋友一起去沙湖考察土地。沙湖在黄州(今湖北黄冈)郊区,距离黄州城大约三十来里,苏轼听说那里地理位置不错,风景秀美,土地肥沃,价钱也比较实惠,便有些动心,想看看是否可以在那里买一块地,自己动手盖一些简单的房屋好安置家人。

暮春三月,正值雨季,天气善变,出门的时候还是晴空万里,但一向考虑周全的东坡还是让书童带上了雨具。一行人走到半路,果然乌云翻滚,一场突如其来的大雨倾盆而下,而这时书童拿着雨具已经早早赶到前面去了。苏轼和朋友们落在后面,雨伞雨衣什么都没有,朋友们一下子慌了神,有的喊着说:"赶紧把袍子脱下来顶在头上遮遮雨吧!"有的加快脚步奔跑起来,边跑边嚷嚷:"快跑快跑,说不定前面有人家可以躲躲雨什么的!"可是脚下一个不留神,摔了个满身泥……

正在大伙儿被淋得狼狈不堪的时候,忽然一阵悠扬嘹亮的口哨声响起,大伙儿忙乱中回头一看,原来是东坡。只有他一个人丝毫没有受到骤雨的影响,还是按照刚才的步速,拄着竹杖,不慌不忙地走在山道上,一会儿悠闲地吹吹口哨,一会儿又随意地哼哼流行歌曲。雨水噼里啪啦打在他身上,钻进他的脖子,淋湿了他的衣裳,脚上的草鞋早就湿透了,沾满了泥浆……可这一切都没有影响东坡的兴致,他反而好像很享受这场大雨似的。他这种悠然自得的状态感染了朋友们,大家也停下慌乱的脚步,问他:"还是先生自在,您就不怕淋了雨受了

宋

风寒?"

东坡笑呵呵地说:"怕有什么用啊?反正大雨已经下了,躲是躲不过的,而且你们看这风向也不稳定,你跑快一点跑慢一点淋的雨其实都是一样的,这山路也不平整,要是不小心摔了跤反而更危险。所以啊,我劝大家别紧张,大不了回去热热地熬碗姜汤给大家驱驱寒就好了。"

东坡的话果然平复了大伙儿的焦虑,大家一想,东坡先生的话确实有道理,大风大雨既然来了,而且明明躲不过,那就索性不躲了,还是从容地迎着风雨往前走吧。于是,一行人冒雨走在山路上,吟啸声和着风雨声在山间此起彼伏,真是别有一番风味。

这就是这首《定风波》上阕记录的真实场景了:"莫听穿林打叶声,何妨吟啸且徐行,竹杖芒鞋轻胜马,谁怕?一蓑烟雨任平生。"前半部分是写实:滂沱大雨打在山林的树叶上,发出密集的唰唰声,可那又怎么样?别去管那风声雨声了吧,还不如唱着歌、吹着口哨淡定前行呢。拄着竹杖穿着草鞋,一身登山的打扮轻装前行,比骑马还显得轻快一些呢。

在这里,我又要重重地敲下黑板了,这首词的第一句"莫听穿林打叶声"的第二个字最好读成第四声,因为不仅仅是格律要求第二个字是仄声,而且"听"读第四声的时候,更能够突出那种任凭、听凭的意思,而不仅仅是用耳朵听的意思。如果要用白话文翻译"莫听穿林打叶声"的话,那就不是翻译成:你不要去听雨水打在树叶上的声音了;而最好翻译成:别去管那大雨穿林打叶的声音了!怎么样,这两种不同的翻译,情绪也是不一样的吧?

最后两句是从真实经历中提炼出东坡式的人生哲理:"谁怕?一蓑烟雨任平生。"一场大风雨又有什么可怕?人生要经历那么多的风雨坎坷,既然躲不过,那就让我披一袭蓑衣,一直这样潇洒地往前走吧!

"谁怕?一蓑烟雨任平生。"这样的句子,真有一点沧海一声笑,笑傲江湖、笑对风雨的味道。但是"谁怕"听上去只有简简单单两个字,真要做到什么都不怕,在人的一生中该有多么艰难,又需要怎样的智慧呢!

要读懂苏东坡发自内心的"谁怕",恐怕还必须先来了解一下,他来到黄州之前,到底遇到过怎样的狂风暴雨,那样的"狂风暴雨"可不是像一场突如其来的春雨那么好对付。大家知道,苏轼一生中遇到过的最凶险的一场"风雨"——乌台诗案,那也是他人生中最可怕的一场巨大灾难。

苏轼作为一名朝廷"犯官",来到贬谪地自然不可能得到特殊优待,连正常的俸禄也被剥夺,官府只是按时发一点物资,代替所谓的"薪水"。这一点微薄的物资对于苏轼一大家子二十多口人而言,实在是杯水车薪。何况,除了长子苏迈已经是二十多岁的成年人并且娶妻成家了以外,另外两个儿子苏迨、苏过都只有十多岁。俗话说得好:半大小子,吃死老子。这么多人口,拿什么来养活他们呢?

苏轼出自书香门第,在被贬黄州前一直担任地方官,有较为殷实的官俸作为生活保障,再加上妻子贤惠善于持家,因此虽然人口一直在增多,倒还从来没有过缺衣少食的忧虑。可是,自从到了黄州之后,生活境遇和从前比起来简直是天壤之别了。

宋

为了勤俭持家,苏轼不得不精打细算起来。我们千万不要以为一个洒脱不羁的人,就一定是一个生活上的"弱智"。恰恰相反,苏轼的智慧不仅体现在人生大起大落的时候,更体现在无处不在的生活细节上。他和妻子王闰之商量,要好好地使用极其有限的积蓄。他决定全家人每天的费用不得超过150文钱,每个月的初一,取出4500文钱,平均分成30份,挂在屋梁上,每天一早用叉子挑下一份来,然后赶紧把叉子藏起来,绝不多取。如果当天还有结余,就用一个大竹筒把没用完的钱存起来,以备招待客人的时候用。他估算了一下,这样做的话,按照黄州的消费水平,他们的所有积蓄大概可以支撑一年多一点的时间。

可是,一年之后的生活该怎么办呢?光节流不开源可不行,坐吃山空,再多的积蓄总有用完的时候啊!

这也难不倒苏轼。来到黄州的第二年春天,他就带领着一家大大小小亲自开垦荒地。这块荒地就在黄州城东门外的一个小山坡上,早被废弃多年,遍布砂石瓦砾,野草丛生。苏轼一家人忙活了大半年,好不容易将荒地整理干净,又引进了必不可少的水源,赶在冬季到来之前终于种下了第一茬麦种。眼看着自己的辛勤劳动有望获得丰收,苏轼的心情舒坦了许多,还欣欣然给这块地取名为"东坡",又给自己取了一个号——"东坡居士"。

粮食的问题有了初步的解决方案,东坡接下来就该考虑全家人的住房问题了。他想买一块经济实用的土地盖几间屋子,当然如果新的住房附近有更肥沃的土地那就更好了,毕竟经过头一遭垦荒耕作,加上邻居老农的帮忙,东坡已经积累了一定的农业生产经验,对未来的

生活更加充满信心。他这个想法一传出来,愿意帮忙的热心朋友不少,很快就向他推荐了沙湖的土地,东坡很高兴,在朋友们的陪伴下亲自来到沙湖踏勘土地。

这就是这首《定风波》诞生的背景了。"莫听穿林打叶声,何妨吟啸且徐行,竹杖芒鞋轻胜马,谁怕？一蓑烟雨任平生。"原来,苏轼是话外有话啊,他想说的可不仅仅是一次偶然遭遇的狂风暴雨,他真正想说的是人生之中不可预料的灾难！风雨其实就是人生苦难的象征,而漫漫人生路,总有沟沟坎坎,不可能总是晴空万里,天高气爽。风雨来了怎么办？苏轼的答案就是:"谁怕？一蓑烟雨任平生。"

词的上阕描写突然遭遇的风雨,下阕转入雨后天晴。

"料峭春风吹酒醒,微冷。山头斜照却相迎。回首向来萧瑟处,归去,也无风雨也无晴。"风雨再大,也总会有雨过天晴的时刻。山风吹在身上还带着几分料峭的春寒,确实让人感觉有点凉意,但山头那一缕斜射过来的阳光让"我"心里平添了几分温暖。"我"明白了一个人生的道理:阳光总在风雨后,人生就是一个风雨交加的过程,无论有多大的风雨,都不能退缩、不能害怕,只要你从容地闯过去,就一定会有温暖的阳光在前方等待着你、迎接着你,赞同你的勇气,抚慰你的身心。"也无风雨也无晴"正是东坡理性人生的智慧表现:遇到风雨不会恐惧慌张,沐浴阳光也不会得意忘形,始终保持一种达观、乐天的心态,坦然直面、超越人生中一切不可知的苦难,达到率性自然的人生境界。

顺便说一个小故事,闻名天下的"东坡肉"据说就是苏轼在黄州时期发明的美食。黄州是偏僻了一点,但其实是一个物产丰富的好地宋

方,尤其是水产品丰富,猪肉尤其便宜。如何将这些价廉物美的东西制成美食,让苦难的生活增加一点情趣,这也是苏轼智慧的一种表现。他写下了一篇著名的《猪肉颂》:"净洗铛,少着水,柴头罨烟焰不起。待他自熟莫催他,火候足时他自美。黄州好猪肉,价贱如泥土。贵人不肯吃,贫人不解煮。早晨起来打两碗,饱得自家君莫管。"

这篇《猪肉颂》不仅公布了东坡肉的做法,更是淋漓尽致地呈现了一个乐天派的苏东坡。不过是吃一碗最普通的红烧肉,却顿时让贫穷的生活充满了审美化的诗意。

莫听穿林打叶声,何妨吟啸且徐行,竹杖芒鞋轻胜马,谁怕?一蓑烟雨任平生。　料峭春风吹酒醒,微冷。山头斜照却相迎。回首向来萧瑟处,归去,也无风雨也无晴。

这就是苏东坡式的阳光,是笑对风雨的气魄,是直面人生困境的智慧,正像德国著名浪漫派诗人荷尔德林所说的那样:人,要"诗意地栖居在大地上",无论活着有多么艰难,人,总是要去寻找自己的精神家园,哪怕为此,你必须走向远方……

【拓展阅读】

郑文焯《手批东坡乐府》:

此足证是翁坦荡之怀,任天而动。琢句亦瘦逸,能道眼前景。以曲笔直写胸臆,倚声能事尽之矣。

念奴娇·赤壁怀古

苏轼

大江东去,浪淘尽、千古风流人物。故垒西边,人道是、三国周郎赤壁。乱石穿空,惊涛拍岸,卷起千堆雪。江山如画,一时多少豪杰!　　遥想公瑾当年,小乔初嫁了,雄姿英发。羽扇纶巾,谈笑间、樯橹灰飞烟灭。故国神游,多情应笑我,早生华发。人生如梦,一樽还酹江月。

苏轼这首《念奴娇》写的似乎是关于英雄美人的主题。古今中外英雄美人的故事很多,不过想要青史留名,至少得满足三大条件:第一个条件,英雄建立的功业足够伟大,才有可能进入史书的记载;第二个条件,美人的容貌要足够美丽,并且和英雄的爱情故事还要足够传奇;第三个条件,这样的英雄、美人必须进入文人的视野,通过文学艺术作品的流传才有可能广为人知,并且代代相传。比如,唐玄宗和杨贵妃的故事之所以被人熟悉,主要并不是因为正史的记载,而是因为白居宋

易的《长恨歌》风靡天下,后来《长恨歌》又被演绎成小说、戏曲等各类文学艺术作品,细节越来越丰富,故事越来越有传奇色彩,当然也就受到越来越多的读者欢迎了。

那么,苏轼笔下的英雄、美人是谁呢?

英雄,便是三国时候东吴的周瑜;美人,便是周瑜的妻子小乔了。而将这一对英雄、美人作为吟咏主题的最著名的词,当然就是苏轼的《念奴娇·赤壁怀古》了。

在这里,我正好借机会说明一下,大家在读古典诗词作品的时候,经常会发现这样的现象,不同的版本收录的同一首作品,个别字、词可能会不一样。例如苏轼的这首《念奴娇》,因为太受欢迎了,所以选录这首词的选本就特别多,将近一千年的不同版本的流传,肯定会出现个别字、词的差异。像"乱石穿空",有的版本就写作"乱石崩云";"惊涛拍岸",有的版本写作"惊涛裂岸";"谈笑间",有的版本写作"笑谈间"或者"谈笑处";"人生如梦",有的版本写作"人间如梦",等等。像这样的情况,几乎每一首古典诗词都会碰到。再举个例子,大家从小就会背李白的《静夜思》:"床前明月光,疑是地上霜。举头望明月,低头思故乡。"可是这个版本并不是最权威的,像《全唐诗》和《李太白全集》等版本收录的《静夜思》都是这样的:"床前看月光,疑是地上霜。举头望山月,低头思故乡。"因为这样的现象实在是太多了,我在讲解的时候,一般会尽量选择比较权威或者比较通行的版本,为了节约大家的时间,就不一一说明所有版本的差异了。

讲完了版本差异,我们再来了解一下《念奴娇》这个词牌。众所周知,苏轼很多词都特别豪放,特别具有阳刚之气,所以有人就说他的词

"须关西大汉,铜琵琶,铁绰板,唱'大江东去'"。这样一首豪壮之词,还真适合用《念奴娇》这个词调。为什么这么说呢?

其实,"念奴"本来是一个人的名字,她是唐玄宗时候的一位著名宫廷女歌手,不仅长得很有姿色,而且最大的特点就是"铁肺",擅长飙高音,声音特别高亢嘹亮,"每啭声歌喉,则声出朝霞之上"。唐玄宗很喜欢听她唱歌,每年宫廷大宴的时候,因为万众喧哗,什么乐队的声音都镇不住场,每到这个时候,唐玄宗就派贴身太监高力士在楼上大声宣布:"念奴就要出来给大家唱歌了,你们愿意听吗?"大家一听念奴要唱歌了,喧哗声立刻就停了下来。这说明念奴的声线是很高亢的,《念奴娇》这个词调确实也是音调高亢,尤其适合抒发英雄豪杰之情。而且,因为苏轼这首《念奴娇》太有名了,《念奴娇》这个词牌名又有了一个别称,就叫《大江东去》。

顺便再补充说明一下,当代学者王兆鹏先生主持统计了一个宋词排行榜,对历代最受欢迎的宋词做了定量分析和排名,结果跻身前三强的第三名是李清照的《声声慢》,第二名是岳飞的《满江红》,第一名就是这首《念奴娇·赤壁怀古》了。

那么,苏轼的这首《念奴娇》到底凭借什么可以高居宋词排行榜的榜首呢?我想,主要原因无外乎这么三个:第一,当然是得益于苏轼本人的名气了。第二,在苏轼之前,词坛是以婉约柔美为主流风格的,而这首《念奴娇》以其与众不同的豪壮慷慨之气,成为宋词发展史上标志性的作品,它标志着"豪放词"从此正式亮相词坛。当然,这并不是说在这首《念奴娇》之前就没有人写过豪放词,就连苏轼自己也写过其他一些豪放风格的作品,例如《江城子·密州出猎》等,但影响力都没有

宋

这首《念奴娇》这么大。所以要扛起"豪放词"这面大旗,还须等到这首《念奴娇》横空出世。第三,那就是和一般的豪放词不同,苏轼在这首词中巧妙地加入了英雄、美人的元素,让原本一路高歌英雄豪杰的壮美,平添了一分美人顾盼生姿的柔美,让这首词的风格变得更加丰富多元,也给读者留下更多遐想的空间,当然也就更受欢迎了。

好了,啰唆了这么多,该谈谈这首词本身了。"大江东去,浪淘尽、千古风流人物。"词一开篇就气势磅礴,滚滚长江东去,从遥远的过去一直流到现在,还要一直奔腾不息地流向未来。那汹涌的浪涛,见证了多少风流人物当年的英雄豪迈,又淹没了多少风流人物的传奇故事。在那么多曾经叱咤风云的风流人物当中,此时此地,让苏轼的内心汹涌澎湃的,又是历史上的哪一位呢?

"故垒西边,人道是、三国周郎赤壁。"这几句就点出了苏轼生发无限感慨的地点:这就是当年赤壁之战的古战场!

大家对三国的故事一定也是比较了解的:建安十三年(208),曹操率领号称八十万的大军南下,破荆州、下江陵,顺长江往东,准备攻打割据江南的孙权与刘备,一统天下。孙权、刘备为了抵抗曹操大军,结成了同盟军。孙权派遣大将周瑜率兵与刘备会合,行至赤壁时与东征的曹操相遇,赤壁大战爆发。在古典名著《三国演义》中,这段故事重点突出的是诸葛亮的神机妙算,但是根据史书的记载,取得赤壁大战胜利的决策者,其实是孙刘联军的统帅,也就是东吴大将周瑜。是周瑜派遣黄盖使用诈降计,又采用了火攻的办法,摧毁了曹操的战船,重创了曹操的几十万大军。

在苏轼眼中,真正扭转历史轨迹、奠定三国基本格局的风流人物,

正是年方34岁、英气逼人的周瑜。

"乱石穿空,惊涛拍岸,卷起千堆雪。"接下来几句词,又将历史的怀想瞬间拉回到了眼前的实景。指挥千军万马的三国周郎已经消失在历史的长河中,如今的赤壁古战场,乱石嶙峋,陡峭的山崖直指云霄,惊涛骇浪一阵阵扑向江岸,白色的浪花仿佛是千万雪堆不断涌起。

"江山如画,一时多少豪杰!"赤壁大战的硝烟早已散尽,可是赤壁古战场如此壮观的自然景色,仍然让人忍不住遥想当年战争的酷烈、英雄们指点江山时的万丈豪情。

如果说,在上阕中,三国周郎已经以一种历史创造者的英雄姿态闪亮登场;那么,下阕该是美人惊艳亮相的时候了。

"遥想公瑾当年,小乔初嫁了,雄姿英发。"根据《三国志》的记载,周瑜"长壮有姿貌",本来就是个体形高大威猛、容颜俊美的大帅哥,当时人都羡慕地称他为"周郎"。在他24岁的时候,孙策亲自迎请他,和他一起攻打皖城,并且遇到了桥公的两位女儿。这两位女儿都是国色天香,时人称为"二乔"(也称"二桥")。于是孙策自己娶了姐姐大乔,周瑜娶了妹妹小乔,两人就此成了连襟,亲上加亲的关系了。

公瑾是周瑜的字。"遥想公瑾当年,小乔初嫁了,雄姿英发。"从上片赤壁古战场壮丽风景的描写,笔锋一转,以小乔出嫁的当年,更加衬托出英雄人物周瑜的风姿绝世,也让这首激昂慷慨的豪放词流露出一分婉媚的情调。

前人说得好:"江山莫谓全无主,半属英雄半美人。"只有江山没有美人,或者只有美人没有江山,这样的英雄人物可能都是不完美的。西楚霸王项羽身边如果没有那位生死相随的虞姬,项羽的英雄功业恐

宋

怕也会少了许多传奇色彩;同样,雄姿英发的盖世英雄周瑜,若是没有倾国倾城的小乔陪伴,总会让人觉得好像缺了点儿什么。

"遥想公瑾当年,小乔初嫁了,雄姿英发。羽扇纶巾,谈笑间、樯橹灰飞烟灭。"因为有了小鸟依人的绝色美女小乔,傲视群雄打江山的周公瑾才更加显得风流潇洒。他戴着儒将特有的青丝带头巾,从容地摇着一把羽毛扇,指挥着仅仅五万联军,而曹操的几十万水军、战船就在他的谈笑风生、运筹帷幄之下化为灰烬。"羽扇纶巾,谈笑间、樯橹灰飞烟灭。"这三句词又采用了对比的手法,既突出了周瑜的胸有成竹、从容不迫,又衬托出曹操大军的外强中干、狼狈不堪。

"遥想公瑾当年,小乔初嫁了,雄姿英发。羽扇纶巾,谈笑间、樯橹灰飞烟灭。"看到这几句词,你可千万别以为苏轼一定是站在周瑜这一边,把曹操当作共同的敌人,故意吹捧周瑜而贬低曹操。其实在上阕"江山如画,一时多少豪杰"中,"多少豪杰"是包括了周瑜、曹操、刘备、诸葛亮这一群主宰历史风云的英雄人物的。差不多和这首《念奴娇》写于同一时期的《赤壁赋》,苏轼就以曹操为主人公,发出了这样的感慨:"方其破荆州,下江陵,顺流而东也,舳舻千里,旌旗蔽空,酾酒临江,横槊赋诗,固一世之雄也。"这说明,在苏轼眼里,曹操也是当之无愧的一世之雄。只不过,在赤壁之战中,作为胜利一方的代表,周瑜的一手江山、一手美人,才更显出他的出类拔萃,潇洒俊逸,他才是英雄中的英雄,是所有风流人物中最令人向往的完美代表。

当苏轼沉浸在对历史的追忆中,再和眼前的现实对比,不禁发出无奈又深沉的感慨:"故国神游,多情应笑我,早生华发。人生如梦,一樽还酹江月。"仅仅三十出头的周瑜,就已经在群雄逐鹿的时代建立了

不世功勋,而苏轼自己呢,在写下这首《念奴娇·赤壁怀古》的时候,正是元丰五年(1082)的七月,这一年,苏轼已经47岁了。

47岁的苏轼因为乌台诗案被贬黄州,在泛舟赤壁之后写下了咏史怀古的《赤壁赋》和《念奴娇·赤壁怀古》词,借历史上的英雄人物来感慨自己的人生蹉跎,华发早生。二十多年前初入仕途的苏轼,又何尝不是像周瑜那样,年轻有为,风度翩翩,充满着建功立业的激情与梦想呢?

可是,二十多年过去了,半辈子的奋斗换来的却是壮志难酬,被贬他乡,"故国神游,多情应笑我,早生华发",连鬓边的白发都好像在嘲笑他的自作多情吧。一想到这里,苏轼的万千感慨化为了一声长叹:"人生如梦,一樽还酹江月。"既然人生就如同一场梦,虚无缥缈难以把握,既然曾经叱咤风云的英雄人物终究会消逝在历史的烟尘之中,只有那一轮明月,依然平静地照耀着奔流不息的长江,照耀着在历史长河中曾经闪亮过的一个又一个风流人物,那就让我洒一杯酒,祭奠这永恒的月色,也祭奠心目中永不磨灭的那些英雄吧。

赤壁之战自古以来就是文人墨客偏爱的咏史主题,佳作也不少,苏轼这首词凭什么能够脱颖而出,成为最经典的名篇呢?我们不妨稍微做一点比较。大家比较熟悉的有名的吟咏赤壁的作品,唐诗中当属杜牧的《赤壁》,宋词中就属苏轼的这首《念奴娇·赤壁怀古》了。同样的主题,杜牧和苏轼的角度就是截然不同的。

杜牧在经过赤壁古战场的时候,看到赤壁之战中沉没在水底泥沙中的一支铁戟,于是他灵感迸发,写下了著名的《赤壁》诗:"折戟沉沙铁未销,自将磨洗认前朝。东风不与周郎便,铜雀春深锁二乔。"杜牧

宋

是一个特别喜欢给历史翻案的诗人,所以他这首诗的创新就新在对历史进行了大胆的假设:假设赤壁之战的时候没有刮起东南风,那周瑜的火攻计策就泡汤了,赤壁之战的胜负可能就要逆转了。而一旦孙刘联军失败,恐怕东吴的两大美女大小二乔就会被曹操抢过去,关在铜雀台上,占为己有了吧?

与杜牧《赤壁》诗相似的是,苏轼也将最浓墨重彩的一笔留给了周瑜和小乔:"遥想公瑾当年,小乔初嫁了,雄姿英发。羽扇纶巾,谈笑间、樯橹灰飞烟灭。"同样是将英雄与美人融合在凝练的词句中,既展现了周瑜指挥赤壁之战时的胆识与智慧,又凸显了这位青年才子风流潇洒的日常生活,历史的风云非常生动地再现在词人笔下,让我们仿佛身临其境,不由得心向往之。

因为《念奴娇》篇幅的规模远远大于七言绝句,因此在苏轼的笔下对周瑜形象的塑造更为细致和丰富,既有外在气质的刻画:"羽扇纶巾""雄姿英发",又不乏对这位将才潇洒气度的仰慕:"谈笑间、樯橹灰飞烟灭"。"灰飞烟灭"四个字更是顺带着将曹军溃败的历史结局,轻描淡写地"融化"在周瑜从容洒脱的"谈笑"之间。

可见,同是吟咏赤壁之战的历史,杜牧《赤壁》诗胜在立意的奇崛和大胆的历史假设,而苏轼的《念奴娇·赤壁怀古》胜在古战场的壮观气势与周瑜风度的生动描写,以及由此引发的历史兴亡、国家盛衰以及个人身世沉浮的感慨。

大江东去,浪淘尽、千古风流人物。故垒西边,人道是、三国周郎赤壁。乱石穿空,惊涛拍岸,卷起千堆雪。江山如画,一时多少豪杰! 遥想公瑾当年,小乔初嫁了,雄姿英发。羽扇纶巾,谈笑

间、樯橹灰飞烟灭。故国神游,多情应笑我,早生华发。人生如梦,一樽还酹江月。

这首词差不多解读完了,不过我必须要补充说明一点,虽然这首《念奴娇·赤壁怀古》高居历代最受欢迎的宋词排行榜之首,但恰恰苏轼当年游览并写下《赤壁赋》和《念奴娇》的地方,其实并不是曹操和周瑜打仗的赤壁古战场。

周瑜大败曹操的赤壁应该在湖北咸宁嘉鱼县东北的江边,而苏轼被贬黄州游览的地方是叫赤鼻矶。因为发音相近的关系,可能让苏轼误以为他游览的地方就是当年的赤壁战场了。不过,还是要感谢这个小小的误会,我们才有机会欣赏到一首如此淋漓悲壮的经典词作。

宋

水龙吟

苏轼

似花还似非花,也无人惜从教坠。抛家傍路,思量却是、无情有思。萦损柔肠,困酣娇眼,欲开还闭。梦随风万里,寻郎去处,又还被、莺呼起。　　不恨此花飞尽,恨西园、落红难缀。晓来雨过,遗踪何在?一池萍碎。春色三分,二分尘土,一分流水。细看来不是,杨花点点,是离人泪。

这首《水龙吟》是一首别开生面的次韵词。所谓"次韵",就是依次使用所和的原诗词中的韵脚来写诗填词,也叫"步韵"。有一种说法认为,次韵诗开始于白居易和元稹。白居易和元稹是相交一生的至交好友,两人光彼此之间的唱和诗就"多至十六卷,凡一千余篇"。(清·赵翼《瓯北诗话》)两人的唱和诗还编成《元白唱和集》,不仅独步一时,世称"元和体",甚至也成为后人望尘莫及的一个高峰。还有一种说法认为次韵诗始于南北朝,根据《洛阳伽蓝记》记载,一个叫王

肃的人抛弃了原配妻子谢氏,另娶元魏帝的女儿,谢氏写诗寄给王肃说:"本为薄上蚕,今为机上丝。得路遂腾去,颇忆缠绵诗。"王肃收到这首诗后,他的继室夫人代为作答,写的诗仍然用原诗的韵脚"丝"和"诗"。这说明在那个时候就已经出现次韵诗了。(明·焦竑《焦氏笔乘》)但是,毕竟次韵诗真正在文人唱和中成为一种时尚、成为一种流行的风气,是开始于元、白的次韵唱和,这一点是没有疑问的。

苏轼写诗填词比较洒脱自由,天马行空,不大喜欢受到格律的束缚,但恰恰次韵诗词是束缚最多的,因为它要求必须和原诗词押同样的韵,规定很严格。而且文人次韵唱和,往往还暗中较着劲儿,很有那种互不认输、一定要超过对方的意思。尤其是那些名气不相上下的文人,对待次韵唱和更是一点儿都不敢马虎,生怕落了下风,丢面子啊!这样的心态,恐怕连苏轼也不能例外。因此,这首《水龙吟》就和苏轼别的词不太一样。苏轼填词本来是不太讲究音律的,可是这首词因为是次韵,苏轼可算是用足了他的才力,不仅音律精细,经得起仔细的推敲,而且情感婉约缠绵。尽管词的主题是吟咏杨花,但也融入了一点爱情的意味和身世的感怀,特别符合词体的婉约本色,在苏轼的词集中算得上一首高水平的作品。要读懂这首词,我觉得需要把握两大特点:第一,就是词的主题;第二,就是次韵的创作形式。

先来看这首词的主题。这是一首咏物词,咏的是杨花。不过和一般的咏物诗词不同的是,苏轼没有用太多的笔墨去描摹杨花的形态和生物特性,而是一开始就赋予了杨花一种特殊的情感。这是一种什么样的情感呢?我们先来看上片:

似花还似非花,也无人惜从教坠。抛家傍路,思量却是、无情有宋

思。萦损柔肠,困酣娇眼,欲开还闭。梦随风万里,寻郎去处,又还被、莺呼起。

"似花还似非花",起句化用了白居易"花非花"的句子,既营造出一种含蓄朦胧的感觉,又点出了杨花的生物属性——杨花本来就不是一种花,而是柳絮。柳絮其实是柳树的种子,有白色的绒毛,当春风起时,随风飘散好像飘絮,又好像是一种花儿一样,所以又被称为杨花。"似花还似非花,也无人惜从教坠。"既然杨花本来就不是花儿,很难引起人们爱花、惜花、怜花的情感,因此,尽管杨花随风坠落,到处漂泊,抛家傍路,无家无根,也没有多少人会怜惜它。可词人却和其他人不一样:"抛家傍路,思量却是、无情有思。"词人偏偏从杨花的坠落中读出了一份细腻的情思,就像杜甫的诗句所说的那样:"落絮游丝亦有情。"(《白丝行》)那么,苏轼从杨花的飘落中到底读到了一种什么样的情感呢?

"萦损柔肠,困酣娇眼,欲开还闭。""柔肠""娇眼"显然都是形容女性神态和心情的词语,思念让她柔肠寸断,一阵阵袭来的睡意让她双眼迷离。不过这几句词其实还是一语双关。例如,"娇眼"同时也是在描摹柳叶的形态,柳叶初生时,又细又弯,就好像人刚刚醒来,睡眼蒙眬,欲开还闭的样子,别有一番慵懒的味道。如果这个睡眼初展的人还是一位美女的话,那就更加楚楚动人了。所以,柳叶又被称为"柳眼"。就像李商隐的诗《二月二日》:"花须柳眼各无赖,紫蝶黄蜂俱有情。"后来李清照也写过:"暖日晴风初破冻,柳眼梅腮,已觉春心动。"(《蝶恋花》)

既然是刚刚从睡梦中醒来,睡眼蒙眬的样子,那接下来几句就是

写这位美女睡醒之后的心情了："梦随风万里,寻郎去处,又还被、莺呼起。"这是化用唐代诗人金昌绪的《春怨》诗:"打起黄莺儿,莫教枝上啼。啼时惊妾梦,不得到辽西。"原来她在梦里又梦见了她的丈夫,她的梦就像柳絮随风一样,正准备飘向万里之外,去追寻她的丈夫呢,没想到,丈夫还没见到,美梦就被黄莺儿的叫声给惊醒了。这真是太令人懊恼了!这样的梦,真是不想醒啊!

似花还似非花,也无人惜从教坠。抛家傍路,思量却是、无情有思。萦损柔肠,困酣娇眼,欲开还闭。梦随风万里,寻郎去处,又还被、莺呼起。

上片既是咏杨花,也寄托了思妇的情绪。情郎远行,思妇既感慨自己的命运像杨花一样漂泊无依,又希望自己的梦境能够像杨花一样随风万里,寻郎去处。句句咏花,也是句句写人。上片重点写杨花随风飘扬的形态,下片重点就转到了杨花的坠落,从花开写到了花落。

不恨此花飞尽,恨西园、落红难缀。晓来雨过,遗踪何在?一池萍碎。春色三分,二分尘土,一分流水。细看来不是,杨花点点,是离人泪。

过片"不恨"两个字,一下子就将情绪直接掀到了最高潮。"不恨此花飞尽,恨西园、落红难缀。"虽然说的是花都落尽了,实际上指的是春天消逝了。杨花落尽本来是自然规律,可杨花本来又不是花,别的花儿都可以落到地上,化作春泥,可"恨西园、落红难缀",可恨铺满落花的西园竟然也不能"收容"飘零的杨花,当清晨阵雨洒过,就再也找不到杨花的踪迹,只能看到水面上一池破碎的浮萍:"晓来雨过,遗踪何在?一池萍碎。"当然,我们现在知道浮萍其实是另一种植物,但古

人却认为柳絮飘进池塘就成了漂浮水面的浮萍,虽然杨花化为浮萍的传说在科学道理上是不能成立的,但在文学中,柳絮、浮萍被当成是命运漂浮不定的一种象征,确实别有一番凄美的味道。

"春色三分,二分尘土,一分流水。"苏轼大概是一位特别钟爱数字的词人,他尤其喜欢将不可能被量化的"春色"进行一番数字化的"评估",如《临江仙》中"三分春色一分愁",《雨中花》中"不如留取,十分春态,付与明年",等等。当然,苏轼的这种写法也是对前人的一种学习,如唐代诗人徐凝就写过"天下三分明月夜,二分无赖是扬州"(《忆扬州》),将月色一分为三,其中扬州的月色占了三分之二,将无情的数字赋予有情的寄托,这当然是一种奇思妙想。宋初的词人叶清臣也写过类似的句子:"三分春色二分愁,更一分风雨。"苏轼就是继承了这种写法,认为三分春色,其他落花占了两分,终究归于尘土;杨花占了一分,最终付于流水,化作了"一池萍碎"。

"不恨此花飞尽,恨西园、落红难缀。晓来雨过,遗踪何在?一池萍碎。春色三分,二分尘土,一分流水。"咏物抒情写到这里,似乎已经写到了极致,杨花的神韵、杨花的命运与人的情感已经交融到了浑然一体的地步。因此,这首词的煞拍还能翻出啥新意来,就真的是对词人的严峻考验了。

当然,苏轼是经得起考验的,煞拍几句简直是画龙点睛,进一步将杨花的情感渲染到了极致:"细看来不是,杨花点点,是离人泪。"不仅点明"离人"的情感主题,又呼应了上片"萦损柔肠"的思妇情感,如此看来,是杨花恰似离人之泪,还是离人泪恰似"一池萍碎"的杨花,这简直完全分不清楚是杨花还是人了。难怪前人评价,咏物词的最高境界

就在这"不即不离"之间,每一句都紧扣住了吟咏杨花的主题,又丝毫不受杨花主题的束缚,遗貌取神,笔法空灵飘逸又不失缠绵深情,堪称情景交融的典范。

似花还似非花,也无人惜从教坠。抛家傍路,思量却是、无情有思。萦损柔肠,困酣娇眼,欲开还闭。梦随风万里,寻郎去处,又还被、莺呼起。　　不恨此花飞尽,恨西园、落红难缀。晓来雨过,遗踪何在?一池萍碎。春色三分,二分尘土,一分流水。细看来不是,杨花点点,是离人泪。

苏轼的词解释到这里,不知道你的好奇心是不是更强了?既然苏轼的咏杨花词写得这么好,可它毕竟是一首次韵词,那苏轼的这首《水龙吟》比起原作来,到底谁更胜一筹呢?

对了,这个问题我曾经也特别好奇,所以我还必须隆重介绍一下章质夫咏杨花的原作《水龙吟》和章质夫、苏轼唱和的背景。

苏轼这首词应当写于元丰四年(1081)。这年四月,章质夫在荆湖北路提点刑狱上,春夏之交,这正是柳花飘扬的季节。而此时的苏轼,正谪居黄州,他收到章质夫寄来的原词之后,拍案叫绝,叹赏不已,而且他写给章质夫的回信中还说:"你写的柳花词妙绝,谁还能超越你的水平啊!我本来是不敢乱写的,可是一想到你正在柳花飞时去荆湖北路各州县巡视,家中思妇必有难以排遣的闺情愁绪,所以我还是次韵了一首寄给你,可千万别给旁人看到了哈。"原文是:"柳花词妙绝,使来者何以措词!本不敢继作,又思公正柳花飞时出巡按,坐想四子(内子)闭门愁断,故写其意,次韵一首寄去,亦告不以示人也。"

从苏轼写信的这种口气来看,他和章质夫应是交情很好的密友,

宋

说话比较随意,苏轼性格本来就幽默诙谐,所以写信的口气还带着些调侃的意味。而《水龙吟》词中若隐若现的思妇情感,原来很可能就是假托为章质夫妻子的想象之词,同时又寄托了苏轼自己贬谪黄州、身世飘零的感慨。

次韵和词的背景介绍到这里,你是不是已经迫不及待地想知道章质夫的原词到底写得怎样?我们这就来欣赏一下章质夫的《水龙吟》:

燕忙莺懒芳残,正堤上、柳花飘坠。轻飞乱舞,点画青林,全无才思。闲趁游丝,静临深院,日长门闭。傍珠帘散漫,垂垂欲下,依前被、风扶起。　　兰帐玉人睡觉,怪春衣、雪沾琼缀。绣床旋满,香球无数,才圆却碎。时见蜂儿,仰粘轻粉,鱼吞池水。望章台路杳,金鞍游荡,有盈盈泪。

这首词我就不逐字逐句地解读了,反正就词坛上的名气而言,章质夫当然远远比不上苏轼,后来苏轼的次韵和词名扬天下,章质夫的原词反倒没几个人知道了。就在当时,苏轼的和词获得的评价也远远高于原词,甚至还有人这么说,苏轼的词就好比西施这样的绝色佳人,哪怕洗尽铅华,那也是倾国倾城,天下的女子任你怎么浓妆艳抹,也望尘莫及啊!

言下之意很明显,章质夫的原词就好比是浓妆艳抹、刻意打扮过的美女,而苏轼的和词就是素面朝天的西施。谁更美,就不用我说了吧?

当然了,抛开苏轼的才气和名气不说,章质夫的词我也仔仔细细读过好多遍,平心而论,章质夫的原词写得还真是不错的,尤其是描摹杨花的形态真的是非常逼真、形象,像"傍珠帘散漫,垂垂欲下,依前

被、风扶起"这样的句子,将杨花那种飘然坠落又被风轻轻吹起的散漫、慵懒和悠扬的状态,描写得惟妙惟肖,楚楚可怜。

　　要我说啊,章质夫也真是委屈,他的《水龙吟》本来已经堪称佳作,可谁让他的对手是苏轼呢!苏轼平时写词随随便便这么一写,一不小心就能写成天下一流,现在他要和原韵填词,那还不是使出了浑身解数?他要是认真写,天下又还有谁能成为他的对手呢!苏轼就是苏轼,豪放起来大开大合无人能敌,细腻起来也能如此柔肠百结,压倒古今。人家次韵和词,想尽了办法都无法超越原词,苏轼倒好,一出手便成绝唱,反倒把原作给比下去了。

【拓展阅读】

　　李攀龙《草堂诗余隽》:

　　如虢国夫人不施粉黛,而一段天姿,自是倾城。

　　沈际飞《草堂诗余正集》:

　　随风万里寻郎,悉杨花神魂。又云:读他文字,精灵尚在文字里面。此老只见精灵,不见文字。

宋

临江仙
苏轼

夜饮东坡醒复醉,归来仿佛三更。家童鼻息已雷鸣。敲门都不应,倚杖听江声。　　长恨此身非我有,何时忘却营营?夜阑风静縠纹平。小舟从此逝,江海寄余生。

苏轼虽然被称为"词仙"。但词仙苏轼并不是只有这一种气质,他也有很接地气的时候,而且当苏轼接起地气来,还真的是一个非常可爱的阳光大男孩,好像浑身都洋溢着热爱生活的激情与动力。有趣的是,苏轼在黄州的四年多时间里,有两大传闻惹得苏轼自己都大笑不止。什么样的传闻这么好笑呢?一个传闻说苏轼逃跑了;另外一个传闻干脆说苏轼死了。那么,这样的传闻是怎么无中生有的呢?其实,始作俑者还是苏轼自己。今天,我们就来解读苏轼写的一首词《临江仙》,这首词就是引起其中一个传闻的源头。词是这样写的:

夜饮东坡醒复醉,归来仿佛三更。家童鼻息已雷鸣。敲门都不

应,倚杖听江声。长恨此身非我有,何时忘却营营?夜阑风静縠纹平。小舟从此逝,江海寄余生。

这是一首极有情趣的小词。上阕是叙事,讲的是苏轼自己喝醉了酒,深更半夜回家,家人都已经熟睡了,把他一个人关在门外的故事。"夜饮东坡醒复醉,归来仿佛三更。"晚上苏轼在东坡喝酒,估计是和朋友们聊得太开心了,他的酒量本来就不行,一喝多了就容易醉,醒了酒再继续喝,就这样醒醒醉醉,酒局直到半夜三更才终于结束。

"东坡"这个地方我已经介绍过了:被贬黄州的第二年,苏轼就带着家人在黄州东门外的一块荒地上开垦、耕种,并且将这块地命名为东坡,还自号东坡居士,写了《东坡八首》诗来记录他人生中第一次干农活的经历。苏东坡这个名号也是由此而来。后来,苏轼又在东坡相邻的一块废地上盖了五间茅草房,房子盖成的时候,正赶上春雪纷飞,于是苏轼就把正中间的堂屋取名为"雪堂",将亲手写成的"东坡雪堂"四个字的匾额挂在门上。除了全家人居住的临皋亭之外,雪堂又成了苏东坡看管田地、经常和朋友聚会的重要所在。甚至时常有不远千里赶来黄州,看望、追随东坡的朋友,在雪堂一住就是好多天。东坡雪堂虽然简陋,却成了苏轼在黄州的一个精神寄托。

举个例子吧,苏轼有个相交甚深的方外好友——参寥子。参寥子就是僧人道潜,自号参寥,参寥子是当时人对他的尊称。乌台诗案发生以后,苏轼以前很多的亲戚朋友为了避嫌,都跟他断绝了来往,"苏轼"这个名字一度变成了一种忌讳,很多人避之唯恐不及。可是依然有一些不信邪的真朋友,始终与苏轼保持着密切的来往。如参寥子,他一想到苏轼遭受如此冤屈,流落黄州,心里就一阵阵地疼,他觉得陪

宋

伴落难的苏轼是他义不容辞的责任。于是,元丰六年三月,在东坡雪堂落成之后,参寥子也从千里之外的杭州专程赶到了黄州,这份患难真情令苏轼感动万分。参寥子在雪堂一住就是一年多,陪伴苏轼度过了人生最艰难的一段时光。

因此,对黄州时期的苏东坡来说,像"夜饮东坡醒复醉,归来仿佛三更"这样的状况,应该是经常发生的。白天在东坡开荒种地,晚上就在雪堂和好友相聚畅饮,一聊就聊到了半夜三更:"归来仿佛三更。""仿佛"这个词用得尤其可爱,活脱脱勾勒出一个醉态可掬的苏东坡。那个时候既没有手表也没有手机,不能随时把握时间,半夜从野外回家的苏轼,在醉眼蒙眬中只能判断出一个大概的时间,可能是三更天了吧?谁知道呢!反正肯定是很晚了。苏东坡真的很可爱吧?

还有更可爱的在后头呢!当他醉意醺醺地告别朋友,晃晃悠悠回到临皋亭的住处时,家人已经熟睡。"家童鼻息已雷鸣。"说实话,我酷爱这句词,实在是太可爱、太接地气了!我们一般读词,都会觉得词很优美、很含蓄,使用的意象往往都是经过词人精心地选择和修饰,"优美"是我们对宋词的整体印象,而且因为唐宋词描写女性居多,因此相关的意象都会倾向于柔美香艳。可是苏轼偏偏不遵守词体本色。把打鼾这种一点都不美的事写到词里去,据我所知,苏轼可是第一个。苏轼开了这个先河之后,后来的辛弃疾更是青出于蓝而胜于蓝,写他自己喝醉了酒打鼾是"气似奔雷"(辛弃疾《沁园春·将止酒,戒酒杯使勿近》)啊。看来,像苏轼、辛弃疾这样的词坛大家,一般的规矩还真束缚不了他们。

好,我们再回到苏轼的词上来。"家童鼻息已雷鸣",这句词至少

透露出三层含义：家童睡得这么死沉死沉的,鼾声如雷,首先再次印证了苏轼"归来仿佛三更"的时间判断；其次也暗暗透露出东坡住所的简陋——这房子隔音措施实在是太差了,屋里人打鼾,在屋外都能听得清清楚楚；最后,家童的鼾声也衬托出了苏轼的乐观精神,你看,这么艰苦的日子,依然能被苏轼过得有滋有味。苏轼心大,所以他身边的人一个个都会受到感染,心无城府,毫不在意生活的艰难,还能过得这么简单轻松。

"家童鼻息已雷鸣。敲门都不应,倚杖听江声。"被关在门外的苏轼,一边听着家童雷鸣般的鼾声,一边敲着门,因为鼾声太大,家里其他的人在熟睡中也听不到苏轼的敲门声。看来,苏轼平时在雪堂留宿的情况大概时有发生,家里人见他三更半夜还没回家,以为他又在雪堂睡了,就没有给他留门。而且,苏轼为人很宽厚,平时对家童估计也很宽松。你看,主人还没回家,家童不但不留门,反而自顾自睡得死沉死沉的。换了别的主人,可能早就暴跳如雷了,苏轼呢,不但不生气,反而觉得很有趣,他索性倚着竹杖,悠然地欣赏起夜色笼罩下的江景,听着一阵一阵的涛声,仿佛和家童打雷般的鼾声彼此呼应,此起彼伏。

闭着眼睛想象一下吧,一个须发飘飘的半百老人,拄着拐杖伫立在苍茫的夜色之中,江风、江涛的声音如同天籁般回响在夜空之中,其间还夹杂着有节奏的巨大鼾声,这是何等奇特的夜景啊!

"夜饮东坡醒复醉,归来仿佛三更。家童鼻息已雷鸣。敲门都不应,倚杖听江声。"词的上片写到这里,我们的眼前已经呈现出一个既潇洒率性,又十分接地气的苏东坡。不过苏轼的词,最重要的特点并不是有趣、好玩,苏轼其实是一个十分理性的人,他的词,最大的特点宋

是能够将讲故事、发议论和抒发感情这三个方面结合到一起,别人写词大多是情景交融,苏轼的词则是情理交融。上阕将故事的背景简单交代清楚之后,下阕就开始发议论了。别人回家被家人关在门外可能只会单纯地生气,可是苏轼被关在门外却能生发出一番人生的哲理:"长恨此身非我有,何时忘却营营?"

这一番人生哲理是从《庄子》化用而来。《庄子·知北游》中讲了一个故事:"舜问乎丞曰:'道何得而有乎?'曰:'汝身非汝有也,汝何得有夫道?'舜曰:'吾身非吾有也,孰有之哉?'曰:'是天地之委形也。'"《庄子·庚桑楚》亦云:"全汝形,抱汝生,无使汝思虑营营。"庄子对"道"的阐释总是很玄妙,我简单地解释一下,大意就是人的身体不是你自己的,而是天地所付与的,只有全形抱生,忘却世间的功名利禄,从往来奔波的利益追逐中超脱出来,随缘自适,才能养护生命,成就生命的真正意义。

可是,这毕竟是道家的价值观。苏轼早年接受的是正统的儒家教育,胸怀济世之志,他是怀着满腔热忱投身于政治理想的。一旦理想受挫,要让他一下子从多年的理想追求中迅速抽身出来,像庄子所说的那样,完全忘怀世事,顺应自然之道,养性全身,了无挂碍,这样的话说起来很容易,做起来实在太难了。苏轼是一个真诚的人,所以他不会空喊口号,而只是老老实实承认:"长恨此身非我有,何时忘却营营?""长恨"这个词,实在是苏轼对自我矛盾心态的真实解剖。

但苏轼毕竟是苏轼,他和普通人不一样的地方就在于,普通人面对内心的纠结和矛盾往往难以解脱,可苏轼是能够将儒家、道家、佛家思想融会贯通的大文学家、思想家,因此,当他一旦意识到自身的矛盾

时,不会在矛盾中纠结成一团乱麻,而是会用道家和佛教的理论,尝试让自己的精神摆脱困顿,回归平静和自然。"长恨此身非我有,何时忘却营营?夜阑风静縠纹平。""夜阑风静縠纹平"这一句就是对前两句矛盾心态的反思。当苏轼伫立江边,随着夜色越来越深,风渐渐停了下来,江面上的波纹也平静了下来。万籁俱寂的夜晚,让浮躁的心灵仿佛得到了温柔的抚慰,也如同水面一样波澜不兴了。

其实,要我说啊,大自然的声音哪里是说安静就会马上安静下来呢?风声、涛声,还有家童的鼾声,一下子就会从耳边消失得一干二净吗?应该不会。但我们常常说一句俗话,叫作"心静自然凉",苏轼此刻就应该类似于这种状态。因为他自己的心安静下来了,他所看到的一切、听到的一切,也就随之平静了下来,再也不会在内心掀起任何波澜。

因此,"夜阑风静縠纹平",看上去只是突然插进来一句写景的词,但其实,这句词是用平静下来的心态消解了此前"长恨此身非我有,何时忘却营营"的矛盾。由"长恨"逐渐转化为平静,不正是苏轼领悟到的更高的一种人生境界吗?

这一番顿悟,似乎让苏轼豁然开朗了,宇宙之博大,天地之浩渺,自然之永恒,和它们相比,人是何其渺小,人生又何其短暂,何必纠结于人世间的种种纷扰起伏呢?于是,如何解决平时困扰自己的"长恨",答案就自然而然明了了,那就是最后两句:"小舟从此逝,江海寄余生。"

原来解脱困扰的途径就在眼前:一叶扁舟,消逝在茫茫江海中,让渺小的生命融入广阔的宇宙,让博大的自然来包容、化解生命的困境,

宋

这难道不应该是生命的原生形态吗?

夜饮东坡醒复醉,归来仿佛三更。家童鼻息已雷鸣。敲门都不应,倚杖听江声。 长恨此身非我有,何时忘却营营?夜阑风静縠纹平。小舟从此逝,江海寄余生。

一首《临江仙》,从叙事到抒情,从抒情到议论,从议论到顿悟,这既是苏轼至性至情的真实流露,也是感性的苏轼和理性的苏轼在碰撞中升华出一个更加超然、更加智慧的东坡居士。

不过,在这个特殊的夜晚,苏轼是幡然醒悟了,可他没想到的是,不是每个人都能够领悟到他所领悟的那个境界。因为就在第二天,这首小词就像长了翅膀一样到处传开了,而且伴随着词的广为传唱,一个传奇的故事也被传得沸沸扬扬。因为词中有"小舟从此逝,江海寄余生"的句子,于是大家都说昨天晚上苏东坡写了这首词之后,把帽子一摘挂在江边,吹着口哨,撑着一艘小船,飘然远逝了。当地的知州徐君猷听说以后大吃一惊,害怕得不得了。

徐市长害怕什么呢?你想想看啊,苏轼是被贬谪到他属下的一个犯官,虽然他们平时关系很好,而且徐市长对苏轼一家颇为关照,可会不会平时就是对他太宽松了:是我给你的自由过了火,才让你犯下这样的大错?徐市长身负看管朝廷罪臣的职责,可是这么惹眼的苏轼居然就在他眼皮子底下逃跑了,让他怎么向朝廷交代呢?

徐市长一着急,立刻赶到苏轼在临皋亭的家里去察看究竟,没想到一推门,就听到了苏轼自己雷鸣般的鼾声——他宿醉未醒,正睡得香着呢!

"小舟从此逝,江海寄余生",原本只是苏东坡对于人生的一次偶

然顿悟,没想到居然引起如此大的恐慌。从抽象的人生哲理,一下子被拉回到了具体的行为选择,这还真让人啼笑皆非了。

无独有偶,这一次是哄传苏轼逃跑了。还有一次更可笑,元丰六年(1083)四月十一日,曾巩去世,曾巩和苏轼一样名列唐宋八大家之一,而且和苏轼是同年进士,都是欧阳修的高足。让人没想到的是,曾巩的去世居然又让人联想到了远在黄州的苏轼,于是人们纷传苏轼和他同一天也去世了。恰巧那段时间苏轼得了红眼病,闭门谢客有一段日子了,这样一来,这个消息就更像真的了,一时间,谣言满天飞。

苏轼的好朋友范镇当时在许昌,听说了之后大哭不止,立即让儿子赶紧准备派人去吊唁慰问苏轼的家人。范镇的儿子看老爹这么伤心,只好缓缓地劝说:"父亲,这个消息还没有得到证实,咱们这样直接上门吊唁怕是不太妥吧。您看是不是先写封信过去问候一下,如果消息确实,您再去吊唁也不迟啊。"范镇平静下来一想,儿子说的在理,于是他修书一封,派人送到了黄州。苏轼打开信一看,笑得那个前仰后合呀!

这个消息一传十、十传百,不仅远方的朋友深受震动,连宋神宗都听说了,于是向正在身边的蒲宗孟打听。蒲宗孟回答说:"外面是有这样的传闻,但是还没证实消息的真假。"正准备吃饭的神宗一听,连声叹息说:"人才难得啊!人才难得啊!"于是神宗皇帝碗筷一放,再也没有吃饭的胃口了,神色非常伤感。

当然,这样的误会一而再地发生,其实从另一个侧面反映了苏轼的影响力之大。甚至据说因为这个事件提醒了神宗"人才难得",于是神宗产生了要再次起用苏轼的想法。就在第二年,也就是元丰七年三

宋

月,神宗下旨让苏轼量移"汝州",也就是到了离京城更近一点的地方,这就是要重新提拔苏轼的一个信号了。苏轼的命运即将迎来再一次的改变。

【拓展阅读】

苏轼《满庭芳》

元丰七年四月一日,余将去黄移汝,留别雪堂邻里二三君子。会李仲览自江东来别,遂书以遗之。

归去来兮,吾归何处?万里家在岷峨。百年强半,来日苦无多。坐见黄州再闰,儿童尽、楚语吴歌。山中友,鸡豚社酒,相劝老东坡。

云何?当此去,人生底事,来往如梭?待闲看,秋风洛水清波。好在堂前细柳,应念我、莫剪柔柯。仍传语、江南父老,时与晒渔蓑。

定风波
苏轼

常羡人间琢玉郎,天教分付点酥娘。自作清歌传皓齿,风起,雪飞炎海变清凉。　万里归来年愈少,微笑,笑时犹带岭梅香。试问岭南应不好?却道:此心安处是吾乡。

这首《定风波》还有另外一个版本:

常羡人间琢玉郎,天应乞与点酥娘。尽道清歌传皓齿,风起,雪飞炎海变清凉。　万里归来颜愈少,微笑,笑时犹带岭梅香。试问岭南应不好?却道:此心安处是吾乡。

这首词应该可以说是非常能代表苏轼词风的作品之一了。一般而言,词最大的特点是抒情,而且是比较含蓄地抒发感情。可是苏轼的这首《定风波》却是将叙事、议论和抒情三者完美结合,也就是说,在这阕短短的小词中,苏轼不仅讲了一个故事,还抒发了一种感情,并且还提炼出一个人生的道理。那么,这首《定风波》到底讲述了一个什么宋

样的故事呢？

　　这是一个与老朋友久别重逢的故事。这件事发生在北宋元祐元年（1086），地点是在北宋的都城汴京，也就是今天的河南开封，一对久别的老友——苏轼和王巩又见面了。

　　就在苏轼和王巩兴奋地紧紧拥抱在一起的时候，在他们身边不远处，站着一位身段苗条的女子，尽管衣着朴素，但浑身散发出一种恬淡从容的气质，朴素的外表也掩饰不住她那种天生丽质的动人魅力。当苏轼和王巩高兴得手舞足蹈的时候，这个女孩却一直没有说话，只是脸上荡漾着淡淡的微笑。

　　这喜庆而动人的一幕，正是苏轼和王巩分别被贬谪湖北、岭南，几年后遇赦北归先后回到京城再聚的情景。几年前，也就是北宋元丰二年（1079），苏轼因为写诗反映了老百姓的艰苦生活，被王安石的手下罗织罪名，说他反对王安石变法而被捕入狱，后来以水部员外郎黄州团练副使的名义贬谪黄州（今湖北黄冈），这就是北宋历史上著名的"乌台诗案"。

　　苏轼获罪之后，与他交往密切的一批官员、文友也受到牵连，相继被贬官流放，这其中就包括苏轼的好朋友王巩。据文献记载，被苏轼的文字狱牵连的人当中，王巩名列第一。由此也可见苏轼与王巩的交往密切的程度。当年苏轼任徐州知州的时候，王巩专程去看望他，他们一起游览泗水，一起登山，一起吹笛子饮美酒，常常是踏月而归，相处得十分融洽。苏轼甚至对王巩说："自从李白死了之后，世上已经三百来年没有像咱们这样朋友相处的快乐了。"这说明，苏轼是把王巩看作最投缘的朋友之一。

正因为苏轼与王巩的交往密切,诗词唱和、书信往来也特别频繁,所以王巩受到苏轼乌台诗案的牵连也最深,在案件判决之后,王巩还是被贬得最远的一个朝廷官员。王巩原本担任朝廷的秘书省正字,掌管国家重要典籍,被贬到宾州(治所在今广西宾阳),在当时这就已经是非常荒凉边远的岭南了,陪同他一起前往贬所的是他的侍妾宇文柔奴。

在被贬的这几年中,王巩一家都遭遇了巨大的痛苦:他的两个儿子一个死在贬所,一个死在老家,王巩自己也因为水土不服等诸多原因,几乎九死一生。直到元丰六年(1083)秋天,王巩才得以遇赦北归。元丰七年(1084)正月,当时的皇帝宋神宗才发了话:"苏轼自从被贬之后,认罪态度很好,很有长进,他这样的人才实在是难得,老这样把他扔在一边不予重用,我也不忍心。"于是下旨将苏轼调为汝州团练副史、本州安置。同年四月,苏轼离开黄州。

元丰八年(1085),宋神宗驾崩,年仅十岁的宋哲宗即位,太皇太后高氏垂帘听政,决定要重用苏轼。当时已经回朝的王巩早早得知了消息,非常兴奋地将这个好消息写信告诉苏轼。果然,不久苏轼就得到了朝廷的诏令,而且到第二年,也就是元祐元年(1086),苏轼免试除中书舍人,九月又升为翰林学士,相当于皇帝的贴身秘书了。苏轼与王巩这对好朋友也终于在京城再一次拥抱在了一起。

这首《定风波》应该就是写于元祐元年(1086)的春天,苏轼进京之后与王巩重逢,王巩特地设宴为苏轼接风洗尘,在这次宴席上,王巩还特意请出侍妾宇文柔奴为他们唱歌祝酒。

这首《定风波》正是苏轼专门为柔奴写下的歌词。

"常羡人间琢玉郎,天教分付点酥娘。"词一开篇就出现了一男一宋

女两个重要人物：一个是"琢玉郎"，一个是"点酥娘"。

"琢玉郎"这个词出自唐代诗人卢仝的《与马异结交诗》，诗中有两句是这样写的："白玉璞里琢出相思心，黄金矿里铸出相思泪。"从白玉和黄金里面雕琢、铸造成相思，可见这相思有多么珍贵了。因此，"琢玉郎"的意思应该就是指多情种子，也形容男子姿容像白玉一样俊美。这里说到的帅哥琢玉郎当然就是指王巩了。不过，苏轼说羡慕"琢玉郎"，倒并不是羡慕王巩长得帅，天生是个多情种，而是羡慕他"天教分付点酥娘"。分付是赐予、交付的意思。既然苏轼和这位"琢玉郎"是亲密的好朋友，那我们不妨用亲昵一点的语气来翻译这两句词：真羡慕你这个家伙，自己长得帅倒还罢了，老天居然还送给你这么一个温柔美貌、心灵手巧的"点酥娘"，老天爷对你还真是偏心啊！

"点酥娘"是指女子的肌肤像凝结的酥酪一样柔腻嫩滑，就是那种"肤如凝脂"的感觉，这里当然是形容柔奴的美貌了。

那么，苏轼为什么要羡慕王巩呢？难道只是因为王巩很帅，而且还拥有像柔奴这样美貌的侍妾吗？当然不是。王巩还有更值得苏轼羡慕的地方，后面这几句就揭示了更重要的原因："自作清歌传皓齿，风起，雪飞炎海变清凉。"这几句显然是苏轼的想象：在柔奴陪伴王巩南迁的那几年里，柔奴一定像在京城老家的时候一样，自己创作、自己吟唱那些美妙的歌曲。当清亮悦耳的歌声从她的朱唇皓齿中传出来的时候，就好像习习凉风吹过，雪花漫天飞扬，让炎热的岭南顿时变得清凉、舒适起来。

一场改变人生的灾难，就在柔奴这种宠辱不惊的态度中，转变为人生的一场意外收获了。

在这首《定风波》前面原本有一段小序,序言是这样写的:

王定国歌儿曰柔奴,姓宇文氏,眉目娟丽,善应对,家世住京师。定国南迁归,余问柔:"广南风土应是不好?"柔对曰:"此心安处,便是吾乡。"因为缀词云。

序言虽然短,而且貌似只是简单介绍了柔奴的身份:她是王巩的"歌儿"侍妾,复姓宇文,京师人,也就是东京人(今河南开封)。柔奴长得眉清目秀,而且很有口才,"善应对",这就是关于柔奴的全部个人信息了。

不过,这段序言更重要的意义是说明了苏轼写这首《定风波》的直接原因。因为在他们重逢之前,苏轼曾经不止一次想象过,贬谪岭南几年,吃了那么多苦,大帅哥王巩一定被苦难折磨得满面风霜了;他那年轻美貌的侍妾柔奴,原本也是生在京城、长在京城的娇娇女,现在也一定变得憔悴不堪了吧?

可是,当他看到王巩和柔奴的时候不由得大吃一惊:不但好友王巩英俊爽朗一如从前,柔奴甚至比从前显得更加年轻、更加漂亮了。既好奇又欣喜的苏轼忍不住问了一句:"柔奴,这几年跟着定国流放岭南,吃了不少苦吧?"(王巩字定国)。

出乎苏轼意料的是,柔奴并没有对他倾倒满肚子苦水,她只是微微一笑,温柔地看了一眼王巩,说:"只要是跟着定国,走到哪里都不会觉得苦。能让我心灵安顿的地方就是我的家。"

"此心安处,便是吾乡。"苏轼听了柔奴这一番简简单单的回答,先是一愣,继而又是一阵大笑,他拍拍王巩:"你小子,真是好福气啊!"

《定风波》的下阕就是描写苏轼与柔奴的这一番问答,以及由此引宋

发的苏轼的感慨了:

万里归来年愈少,微笑,笑时犹带岭梅香。试问岭南应不好?却道:此心安处是吾乡。

当苏轼带着自责再见到王巩和柔奴的时候,他惊讶地看到,不仅王巩仍然容光焕发,充满豪气,柔奴还是那么安静从容,而且显得比几年前更年轻漂亮了。当她微微一笑的时候,笑容里仿佛还带着一缕大庾岭梅花的清香,没有一丝一毫幽怨的气息。而她那句"此心安处是吾乡"的回答,从容而淡定,更让见过大世面的苏轼惊讶万分,感动万分。显然,在柔奴的心里,物质条件的艰苦她并没有放在眼里,只要拥有内心的平静,拥有一份深沉的爱,再苦再难她都能从容面对。

一个身份低微的侍妾,她固然不会说什么豪言壮语,只是将内心最真实的感受说出来,很平淡,却让一向具有旷达心胸的大诗人苏轼心生敬意,为她写了一首《定风波》表达自己由衷的赞美。

这就是苏轼想要借《定风波》讲的一个故事——王巩和柔奴的故事;而他要抒发的感情就是对王巩和柔奴患难与共的羡慕,对柔奴乐观豁达心胸的敬佩与感动;他还借这个故事讲了一个道理,那就是:此心安处是吾乡。

"此心安处是吾乡"是化用了苏轼的偶像白居易《种桃杏》中的句子:"无论海角与天涯,大抵心安即是家。"不过,用在这首词里,借柔奴之口来表达一种豁达的人生态度,显得那么自然浑成,毫无斧凿的痕迹。

心安,说起来只是一个简单的词,可是,要做到却极其困难。那么,在这个看似简单的词里,苏轼想要说明的到底是什么道理呢?

我觉得,"此心安处是吾乡"至少包含了两层意思。

第一层意思,做事要问心无愧。前面我讲过,这首《定风波》的创作有一个历史背景,那就是"乌台诗案"。王安石推行新法,为的是富国强兵;苏轼反对新法,出发点也是国家和人民的利益。目的一致,只是政见不同。但由于政治斗争的复杂,苏轼在乌台诗案之后遭遇贬谪,还连累了像王巩这样的好朋友。但是,尽管个人的命运蒙受了灾难,只要是为百姓代言,为国家的利益申诉,对苏轼来说,他所做的,件件都是问心无愧的事,所以他才不会怨天尤人。问心无愧,用良心来说话,用良心来做事,这是"心安"的基础。苏轼是这样,王巩和柔奴也是这样。

第二层意思,做人要内心强大。人生总是难免坎坷波折,在某些特定的时候,一个好人、一个问心无愧的人有时候也会遭受非议,甚至遭遇灾难。只有内心足够强大,才能不被非议所左右,也不会被挫折压倒。当苏轼感叹柔奴"万里归来年愈少"的时候,他是透过柔奴年轻柔弱的外表,看到了她坚定强大的内心。而这样强大的内心,苏轼也同样拥有。

做事要问心无愧,做人要内心强大,这正是苏轼通过"此心安处是吾乡"想要告诉我们的道理。故事曲折动人,情感智慧旷达,蕴意含蓄深刻,故事、情感和哲理的完美交融,应该正是这首《定风波》的魅力所在,也是苏轼词的个性魅力所在吧。

【拓展阅读】

苏轼《满庭芳》

余谪居黄州五年,将赴临汝,作《满庭芳》一篇别黄人。既至南都,

宋

蒙恩放归阳羡,复作一篇。

归去来兮,清溪无底,上有千仞嵯峨。画楼东畔,天远夕阳多。老去君恩未报,空回首、弹铗悲歌。船头转,长风万里,归马驻平坡。

无何。何处有,银潢尽处,天女停梭。问何事人间,久戏风波。顾谓同来稚子,应烂汝、腰下长柯。青衫破,群仙笑我,千缕挂烟蓑。

蝶恋花

苏轼

> 花褪残红青杏小,燕子飞时,绿水人家绕。枝上柳绵吹又少,天涯何处无芳草! 墙里秋千墙外道,墙外行人,墙里佳人笑。笑渐不闻声渐悄,多情却被无情恼。

这是苏轼著名的词作之一,其中"天涯何处无芳草"还成了流传至今的千古名句。在当代人的爱情生活中,有两句古典诗词的引用频率是很高的:一句是元稹的"曾经沧海难为水";另外一句就是苏轼的"天涯何处无芳草"。有人失恋的时候,安慰的人往往会说:"别难过了,天涯何处无芳草啊!何必吊死在一棵树上呢?"被安慰的人往往会叹口气,回答:"曾经沧海难为水啊!我这一辈子不可能再遇到比他(她)更好的人了。"这说明当代人是把"曾经沧海难为水"理解为一往情深的意思,而"天涯何处无芳草"当然就是一种豁达洒脱的爱情态度了——失恋不可怕,可怕的是失恋之后,仍然长时间沉溺在痛苦中不

宋

能自拔,甚至极个别的人还可能走向极端的仇恨。

其实,这样来理解"曾经沧海难为水"的确没什么毛病,可是将"天涯何处无芳草"理解为轻松洒脱还是有问题的,至少这样的理解与苏轼的本意是有偏差的。那么,该怎么理解这种偏差呢?我还是先说说和这首词相关的一个小故事吧。

公元1094年(绍圣元年)十月二日,经过长途跋涉,苏轼终于到达了广东的惠州,并暂时寓居在合江楼。这一年,苏轼59岁。

第二年,也就是1095年的深秋,虽然秋风萧瑟,但惠州合江楼前的一幕场景却很温馨:苏轼和他美丽的妻子朝云正闲坐在庭院中,尽管惠州气候温润,但此时庭院中也已经是一派深秋的景致,落叶萧萧而下,这不免引发了苏轼这位大文豪的伤感情绪,他想起自己早先写过的一首词,觉得很符合此时的情境。于是,他对妻子说:"朝云,好久没有唱歌儿了,今天为我唱一曲'花褪残红青杏小'吧。"

朝云见丈夫兴致很高,也欣然应允,她酝酿了一下情绪,正准备啭喉歌唱,可是还没等歌词唱出来,泪水却情不自禁地潸然而下,不一会儿就湿透了衣襟。苏轼大为惊讶,朝云这是怎么了?平时她不是最爱唱自己写的词吗?他赶紧问朝云为什么这么伤心。朝云停顿了好半天,才低声地回答他:"我唱不出来的,是'枝上柳绵吹又少,天涯何处无芳草'这两句啊!"苏轼听了,先是一愣,随即恍然,他爽朗地笑一笑,安慰朝云:"是我正在悲秋,没想到又引出你伤春的情绪了。那我们今天就不唱了吧。"

这首苏轼想听而朝云没能唱出来的歌曲,正是这年春天苏轼刚到惠州后不久写下的《蝶恋花》。我们一般认为,这首词可能写于绍圣二

年（1095）暮春时节，也就是苏轼和朝云被贬到惠州的第二年春天。

说到苏轼的这次贬谪惠州，我还得补充解释一下。

元祐八年（1093），高太后去世，宋哲宗亲政。高太后是旧党的领袖，而哲宗亲政后最重要的事便是以"子绍父志"为理由，改年号为"绍圣"，全面恢复神宗之政，重新任用新党，同时不遗余力地打击旧党。苏轼是旧党的代表人物，虽然他还是哲宗从小的侍读老师，可是在新旧党争之中，哲宗并没有放过他的苏老师。1094年，也就是绍圣元年闰四月，苏轼被诬以"讥刺先朝"的罪名，从定州知州任上被贬英州（今广东英德），接着又贬为建昌军司马、惠州安置，在赴任路上再次接到贬谪诏命，改贬宁远军节度副使、惠州安置。数月之内，连续好几道贬谪令，最终苏轼被剥夺一切实职，彻底投闲置散。

在这个特殊的时期，谁都知道，苏轼此去凶多吉少。惠州之地偏远蛮荒还不说，作为朝廷忌讳的一介贬官，贫穷困苦、恐惧不安将来一定是苏轼生活的主旋律。因此，在他南下之前，几乎所有侍妾都"相继离去"。苏轼当然明白，这是一些可以同富贵却难以共患难的女人，她们的离去在苏轼的意料之中。然而，在所有侍妾中，只有一位女子本来最有理由离去，却毅然决然地选择了留下。

这位女子就是王朝云。在丈夫大难临头的时候，朝云毫不犹豫地选择了万里相随。但实际上，朝云是没有任何义务一定要追随苏轼远谪的。因为首先她不是正室夫人，夫人从夫当然是必需的义务，对侍妾却没有这样的约束。何况在苏轼的所有侍妾中，朝云还是体质最柔弱的一个。而且，朝云为苏轼生下的儿子早已夭折，没有子女的牵累，她完全可以选择自由地离开。其次，此时的朝云刚过而立之年，仍是

宋

风韵犹存、多才多艺的美貌女子,她还有可能寻找到更舒适的未来,没必要跟着苏轼这个"罪臣"颠沛流离,吃尽苦头。

基于这些理由,苏轼也曾经力劝朝云离开,对他一向柔顺的朝云这回却没有听从苏轼,而是执意跟随丈夫远谪岭南。苏轼在《荐朝云疏》中曾深情地说道:"轼以罪责,迁于炎方。有侍妾王朝云,一生辛勤,万里随从。"苏轼的贬谪之行,虽然种种痛苦交加,但他并不孤独,因为至少他还拥有万里随从、忠诚相伴的朝云。

苏轼还专门写过一首《朝云》诗,将他和朝云之间的爱情与唐代白居易及其爱妾樊素相比。樊素曾是白居易最钟爱的侍妾,相伴有十年之久,可是当白居易年老体病之时,尽管难舍难分,樊素最后还是离他而去。白居易曾经写下"病与乐天相伴住,春随樊子一时归"(《别杨枝》)的诗句,来表达失去樊素的伤感。在《朝云》诗中,苏轼宽慰地写下"不似杨枝别乐天"的句子,杨枝即指樊素。相比樊素对白居易的无情,朝云对自己的深情更显得弥足珍贵。

当然,如果朝云仅仅只是对苏轼忠诚,那她还称不上是苏轼最爱重的红颜知己。苏轼对她的喜爱和依赖,更是因为他视朝云为知音,有两个小故事可以说明朝云对苏轼的了解超乎常人。

苏轼还在京城当翰林学士的时候,也就是他仕途最得意的阶段,有一天下朝回来吃完饭,苏轼摸着圆滚滚的肚子悠闲地散着步,他突发奇想,回头问侍妾们:"你们说说看,我这肚子里都装了些什么啊?"一个侍女抢着回答:"先生肚子里装的当然都是锦绣文章啊!"另一侍女也赶忙说:"您装了满肚子过人的见识!"苏轼听了,只是不以为然地摇摇头。轮到朝云的时候,朝云只是微笑着说了一句:"学士一肚皮不合时宜!"苏轼听了,不由得捧腹大笑:"知我者,唯朝云也!"

第二个小故事,就要回到我们要解读的这首词《蝶恋花》了。表面上看来,这又是一首反映苏轼豁达胸怀的词作,尽管远谪岭南对苏轼的政治生涯可以说是致命的打击,可他仍然怀着乐观的心态欣赏着南方美好的春光:"花褪残红青杏小,燕子飞时,绿水人家绕。"春花凋零,残红消退,青青的杏子已经结果,燕子闲飞,绿水静绕,春夏之交的岭南显露出宁静平和的韵味。"墙里秋千墙外道,墙外行人,墙里佳人笑。"不知谁家庭院里时不时传来荡秋千的少女无忧无虑的欢笑声,给明净的春光平添了几分欢喜的味道。这该是一首欢快的词才对,可是当苏轼想让朝云唱起这首词的时候,为什么朝云会泪流满面竟至于无法开口呢?

要回答这个问题,就必须说到朝云对苏轼的理解之深了。初看来,这确实是一首单纯的伤春词:春光虽美,可季节的消逝毕竟是令人伤感的。我们现在感慨时光消逝会说:"时间都去哪儿了?"苏轼的哀伤更加含蓄而诗意:"枝上柳绵吹又少,天涯何处无芳草!"

树枝上的柳绵已经被风吹得越来越少,零落殆尽,因为柳绵的零落意味着春天的消逝,这是这首词中表达伤春情绪最浓重的一笔。但情绪的浓重还不仅仅是因为春光的消逝,联系到这是苏轼被贬惠州之后的第一个春天,我们完全可以肯定,"枝上柳绵吹又少"表达的不仅仅是伤春之意,还暗含着苏轼对自己身世飘零的哀叹。他在花甲之年远谪岭南,又何尝不是像柳绵那样在暮春时节的飘零呢?

在感叹了身世飘零之后,接下来的一句"天涯何处无芳草"看上去很像是东坡式豁达的开解:这里的春天虽然已经消逝了,可是天涯何

宋

处无芳草,可能别的地方正是春回大地的时候。从整个宇宙来说,春天只会有地区之间的流动,却从不会消失。这样一想,那么惠州春光的流逝也不值得那么伤心了。

这是对"天涯何处无芳草"一句最通常的理解,也因此直到现在,我们还用这句貌似豁达的词来宽慰那些失恋的人。可是,既然是一句豁达的宽解之词,为什么朝云会因此而泣不成声呢?

原因只有一个:我们对"天涯何处无芳草"的理解有偏差。其实,这句词在这里非但不是豁达之词,反而表达出比"枝上柳绵吹又少"更为浓重的悲情。原来,这句词化用了屈原《离骚》中的两句:"何所独无芳草兮,尔何怀乎故宇?"这是屈原被流放的时候,他假借巫师之口对自己的劝说:世界那么大,哪里会没有你所追求的"芳草"呢?你又何必一心眷恋着你的故国?言外之意就是"此处不留爷,自有留爷处"!换句话说,既然楚王不信任你,你又何必对故国念念不忘,到哪里找不到你的安身之所呢?

然而,即使明知"芳草"处处都有,屈原也最终没有离开他的故国。苏轼和屈原一样,无论自己身在何处,始终心系一方,他们不能像有的人那样随时可以潇洒地离开、潇洒地朝秦暮楚。苏轼与屈原遭遇的相似,人生态度的一致,才让他发出了类似于屈原的"天涯何处无芳草"的感慨。他真正想要表达的意思是和屈原一样:尽管天涯海角处处都有怡人的芳草,可在我的心里,独独只有这一处的芳草让我刻骨铭心、无法舍弃!

这一层沉痛的忧思单从字面上是看不出来的,苏轼空有一腔忠君报国的真情,可是在垂老之年仍然只落得个飘零天涯的结局,也许这才是

朝云真正理解并且怜惜苏轼的地方。而朝云又从苏轼对家国的忠诚,联想到了自己对丈夫的忠诚。这两种感情性质不同,深挚的程度却都是一样的。虽然"天涯何处无芳草",但"任凭弱水三千,我只取一瓢饮",无论苏轼是富贵得意还是患难失意,朝云都不会改变她的爱情。

历尽磨难之后,苏轼不改初衷,朝云自己也无怨无悔。正因为如此,朝云在吟唱"枝上柳绵吹又少,天涯何处无芳草"的时候才会情不自禁泪流满面。也正因为如此,苏轼看到朝云流泪的时候,才会感慨地说:"我在悲秋,却又引起你伤春的情绪了!"这息息相通的一伤一悲,让这两颗历经苦难的心靠得更紧了。

联系到这首词的下阕"墙里秋千墙外道,墙外行人,墙里佳人笑。笑渐不闻声渐悄,多情却被无情恼",应该更能证明这一理解。如果只是将墙外行人的多情、墙里佳人的无情理解为擦肩而过的风流韵事,那就过于简单了。墙外行人的多情,正如同奔波跋涉在旅途中的苏轼与朝云;而"墙里佳人"的无情,是否继承了屈原以美人比喻君王的传统?

答案应该是可以肯定的。《蝶恋花》并不是一首香艳的伤春、艳遇词,而是苏轼与朝云来到惠州后对身世飘零的深切感怀。

朝云读懂了苏轼,也只有朝云才能读懂苏轼。对朝云而言,忠诚不仅仅是一种道义上的责任,更是一种发自内心无法舍弃的真爱。而一生风流的苏轼或许只有到了此刻,才真正领悟到爱情的真谛。

据说,"枝上柳绵吹又少,天涯何处无芳草"是朝云最爱的词句,几乎是每日必诵。不幸的是,不久朝云就因为体质虚弱,染上了时疫,但在她缠绵病榻之际还仍然时时诵读,尽管在诵读时她仍不免常常为此伤怀落泪。

宋

　　就在这个故事发生后的第二年七月五日（1096），朝云永远地离开了她挚爱一生、追随一生的丈夫苏轼；苏轼也永远地失去了他最后一位钟爱的妻子。朝云去世之后，苏轼终身不再听《蝶恋花》词，"枝上柳绵吹又少，天涯何处无芳草"从此成了苏轼内心深处最不忍碰触的伤痛。

　　朝云殁后，苏轼为这位最爱的女子亲自题写《墓志铭》，他的《悼朝云诗》"伤心一念偿前债，弹指三生断后缘"句寄托了他对朝云深切的哀思。

　　从此以后，苏轼的身边再无女人。

　　花褪残红青杏小，燕子飞时，绿水人家绕。枝上柳绵吹又少，天涯何处无芳草！　　墙里秋千墙外道，墙外行人，墙里佳人笑。笑渐不闻声渐悄，多情却被无情恼。

　　此后，历朝历代慕名来到惠州的名士，也毫不吝啬他们对朝云的追慕之情，为朝云留下的诗句汗牛充栋，来朝云墓祭奠也常常成为他们到惠州后的第一要务。对于天下的读书人而言，也许他们终其一生都无法达到苏轼的高度，但他们内心都渴望身边有一个朝云长相厮守、知音相惜。直到清朝曹雪芹写《红楼梦》，还借贾雨村之口赞美朝云是富有天地灵秀之气的"情痴情种"，朝云成了文学史上浪漫与深情兼具的一个文化符号。这大概是苏轼和朝云自己都不曾想到的吧。

【拓展阅读】

　　王士禛《花草蒙拾》：

　　"枝上柳绵"，恐屯田（柳永）缘情绮靡，未必能过。孰谓坡但解作"大江东去"耶？髯直是轶伦超群。